Kein Hundeleben
für Bartolomé

바르톨로메는 개가 아니다

라헐 판 코에이 장편소설
박종대 옮김

양철북

2부

1부

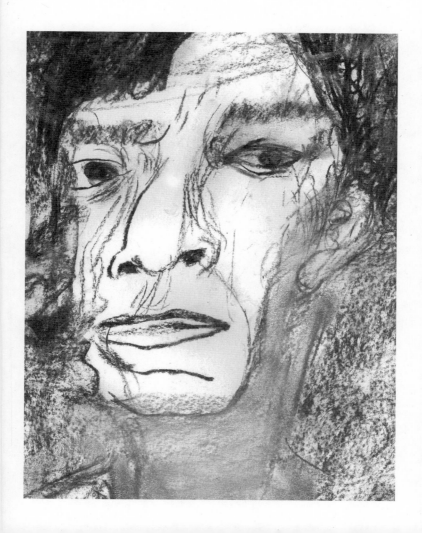

바르톨로메

회칠이 누렇게 변한 낮은 돌집들로 이루어진 마을이 멀리서 손짓하고 있었다. 마치 화가가 푸른 언덕 사이로 작고 하얀 얼룩을 그려 놓은 것 같았다.

바르톨로메 카라스코는 성당 정문 그늘의 무른 돌계단에 앉아 아이들을 지켜보고 있었다. 자기처럼 맨발에 꾀죄죄한 옷을 걸친 아이들이 저녁 식사를 마치고 놀기 위해 마을 광장에 모여 있었다. 바르톨로메는 멍하니 손가락으로 모랫바닥에 그림을 그렸다. 열세 살 형 호아킨의 얼굴이었다. 형은 다른 아이들과 함께 돼지오줌보에 바람을 잔뜩 집어넣은 공으로 축구를 하고 있었다.

한낮의 더위가 한풀 꺾인 이 시간은 아이들이 뛰어놀기 더할 나위 없이 좋았다. 마을 광장은 아이들이 내지르는 소리로 카랑카랑 울렸고, 뛰어다니는 아이들 주위로 먼지가 구름처럼 피어올랐다. 그때 한 아이가 힘껏 걷어찬 공이 바르톨로메가 있는 쪽으로 굴러왔다. 이대로 가만히 내버려 두면 바닥에 그린 그림을 망쳐 버릴 것 같았다. 바르톨로메는 힘겹게 몸을 일으켜 조막만 한 발로 공을 막으려고 했다. 그러나 공을 막기는커녕 오히려 자기가 모래 속에 거꾸로 처박히고 말았고, 굴러온 공은 바르톨로메의 곱사등에 명중했다. 바르톨로메 머리 위로 아이들이 깔깔거리며 웃는 소리가 들렸다. 호아킨이 바르톨로메의 목덜미를 덥석 잡아 일으키고는 축 늘어진 인형처럼 바르톨로메를 흔들어 댔다. 셔츠와 바지에 묻은 모래를 털어 내기 위해서였다. 그러고는 동생을 다시 거칠게 돌계단에 앉혔다.

"그냥 얌전히 앉아 있어!"

호아킨이 동생에게 언짢게 말했다.

"저 병신도 축구를 하고 싶었나 봐."

아이들이 속삭였다. 하지만 누구 하나 이런 말을 큰 소리로 내뱉지는 못했다. 저 못생긴 난쟁이를 놀렸다가는 호아킨이 가만두지 않을 것이기 때문이다. 경기가 다시 시작되었다. 아까보다 더 격렬했다. 바르톨로메는 이렇게 신나게 뛰어노는 아이들을 보는 것이 너무 괴로웠다.

아이들 중에서 가장 빠르고 유연한 사람은 단연 호아킨이었다. 긴 다리를 이용해서 순식간에 아이들의 공을 가로

채기도 하고, 상대 선수들을 요리조리 멋지게 제치기도 했다.

바르톨로메는 저런 긴 다리가 부러웠다. 자신의 다리는 짧고 가느다란 막대기 같았다. 게다가 발도 진흙 덩어리를 뭉쳐 놓은 것처럼 작고 뭉툭했으며, 발끝에 달린 발가락도 심하게 뒤틀려 있었다. 이런 다리로는 뛰는 것이 불가능했고, 걷는 것조차 힘이 들어 휘청거렸다. 반면에 팔은 다리와 곱사등 몸에 비해 무척 길었다. 그래서 손을 땅에 짚고 걸으면 네발 달린 짐승처럼 재빨리 움직일 수 있었다. 하지만 이런 행동은 아무도 없을 때 해야 했다. 들키면 어머니에게 혼이 났기 때문이다.

아버지 후안 카라스코는 마드리드에서 어린 마르가리타 공주의 마부로 일했다. 집에 들르는 일은 아주 드물었다. 한번 집에 오려면 사흘이나 시간을 내야 했고, 그 노정도 힘들기 그지없었기 때문이다.

마을 남자들은 대부분 가까운 소도시로 나가 날품팔이로 일하며 하루하루 벌어먹고 살았다. 귀족의 장원이나 부유한 대지주의 집에서 일하는 것이 보통이었다. 그러나 후안은 달랐다. 저 멀리 마드리드까지 갈 용기를 낸 것이다.

마드리드에 처음 도착한 후안은 왕실 마구간 머슴으로 일했다. 그러다가 말 다루는 솜씨가 마구간 감독의 눈에 띄어 마부로 승진했다. 후안은 반드시 출세하겠다는 생각으로 더욱더 열심히 일했다. 얼마 뒤 후안은 한 단계 더 진

급해서 펠리페 4세가 도성 내의 궁궐이나 성으로 출타할 때면 짐을 싣고 나르는 마부가 되었다. 바르톨로메는 도읍지에 있는 웅장한 건축물들의 이름을 죄다 외우고 있었다. 알카사르와 부엔 레티로는 도성 내의 성 이름이었고, 엘 에스코리알은 수도원 건물이었으며, 토레 데 라 파라다는 왕이 사냥할 때 묵는 성이었다.

시골 출신의 보잘것없는 후안 카라스코는 이제 공주의 마부가 되었다. 마을 사람들은 이렇게 출세한 후안을 '돈 카라스코'라고 높여 불렀다. 후안이 비록 멋진 제복에 말을 타고 금의환향한 것이 아니라, 그들과 똑같은 옷을 입고 터벅터벅 걸어서 고향에 왔지만 사람들은 마치 그를 귀족 대하듯이 했다.

이런 고상한 아버지는 바르톨로메가 네발로 기어 다녀도 때리지 않았다. 매를 드는 쪽은 항상 어머니였다. 바르톨로메는 어머니에게 매를 맞을 때면 자신의 행동이 얼마나 잘못된 것인지 깨닫곤 했다.

"넌 짐승이 아냐!"

어머니는 아들이 기어 다니는 것을 볼 때마다 붙잡아서 매질을 하며 이렇게 말했다.

"너는 우리와 똑같은 사람이야! 알겠니?"

그러나 바르톨로메는 어머니의 말이 맞지 않다는 것을 너무나 잘 알고 있었다. 자신은 다른 형제자매들과 똑같지 않았다. 열네 살 후안나 누나처럼 몸이 날씬하고 똑바르지도 않았고, 호아킨 형처럼 잽싼 다리를 가진 것도 아니었다. 자신은 열 살이지만 여섯 살 누이동생 베아트리스보다도 작았다. 한 살짜리 동생 마누엘도 아무 이상 없이 태어났다. 바르톨로메는 어머니가 포대기를 풀어 놓고 마누엘을 씻길 때면 젖먹이 동생의 건강한 갈색 피부, 튼실한 다리와 팔, 그리고 열 개의 발가락을 보며 속으로 강한 질투심을 느끼곤 했다. 왜 나만 이렇게 흉측한 모습으로 태어났을까? 바르톨로메는 늘 이런 생각으로 괴로워했다.

아이들의 뛰어다니는 속도가 점점 느려지고 있었다. 공이 바닥에서 놀고 있어도 열심히 쫓아가는 아이들이 없었다. 아이들도 이제 지쳤다. 이른 아침부터 염소를 돌보거나 밭에서 잡초 뽑는 일로 고생했던 아이들이었다. 남자들은 돈을 벌러 타지로 나갔기 때문에 마을 일은 모두 여자와 아이들 몫이었다. 이들은 하루 종일 돌밭을 갈고, 밭에 물을 주고, 올리브나무, 레몬나무, 오렌지나무 숲을 가꾸었다.

마을에서 일을 하지 않는 사람은 바르톨로메와 늙은 신부뿐이었다. 하지만 로드리케스 신부는 어쨌든 미사를 올리고, 세례를 베풀고, 고해를 듣고, 장례식을 집전했다. 그에 반해 바르톨로메는 그냥 가만히 앉아서 속절없이 하루해가 지는 것만 지켜보았다. 마을에서 열 살이 되도록 밖에서 밤을 새운 적이 없고, 개천에서 멱도 감지 않고, 물고

기를 잡아 본 적도 없는 아이는 바르톨로메뿐이었다. 또한 올리브 열매를 따지도 않았고, 밭을 갈고 난 뒤 돌 고르는 일을 한 적도 없었다. 이처럼 바르톨로메는 아무 쓸모가 없는 아이였다.

바르톨로메는 즐거운 표정으로 대문 앞에 앉아 인형을 갖고 노는 여동생 베아트리스를 바라보았다. 헝겊으로 곱게 옷을 입힌 나무 인형이었다. 베아트리스는 인형을 좌우로 어르며 나직이 자장가를 부르고 있었다. 집에서도 어머니가 마누엘을 품에 안은 채 똑같은 노래를 부르고 있을 것이다.

후안나 누나는 다른 큰 소녀들과 함께 우물가에 앉아 서로 머리를 빗겨 주고 있었다. 후안나는 아직 소녀였지만, 얼마 안 있으면 긴치마를 입고 시집을 갈 것이다. 그렇지 않아도 아버지는 지난번 집에 들렀을 때 신랑감을 데려왔다. 아버지 친구의 아들이었는데, 과묵하고 진지한 청년이었다. 그러나 일이 성사되지는 못했다.

바르톨로메는 다리가 저려서 밤중에 잠을 자지 못하고 한동안 뒤척이는 경우가 종종 있었다. 한번은 그렇게 누워 있다가 본의 아니게 부모님의 대화를 엿듣게 되었다.

"친구 아들 녀석은 후안나와 결혼하면 병신을 낳을까 걱정이 됐나 봐."

아버지의 딱딱하고 못마땅한 목소리는 지금 이 순간까

지도 바르톨로메의 귓전에 쟁쟁거렸다.

"무슨 소리예요? 나는 건강하고 튼튼한 아이를 넷씩이나 낳았어요. 다른 보통 여자들보다 많이 낳았다구요."

어머니가 나직하게 대답했다.

바르톨로메는 신랑감 남자나 아버지에게는 건강한 자식을 몇이나 낳았는지가 중요하지 않다는 것을 잘 알고 있었다.

해가 연분홍색을 띠며 마을 뒤로 뉘엿뉘엿 넘어가자 광장에서 놀던 아이들도 하나둘 자리를 떴다. 바르톨로메는 광장이 텅 빌 때까지 끈기 있게 기다렸다. 마침내 광장에 아무도 남지 않자 바르톨로메는 조심스럽게 주위를 두리번거렸다. 집들의 덧창문들은 모두 닫혀 있었다. 바르톨로메는 자신을 지켜보는 사람이 없다는 것을 확인하자마자 즉시 손을 바닥에 짚고 한 마리 작은 개처럼 광장을 가로질렀다. 어머니가 조금 열어 둔 대문가에 이르러서야 벽을 짚고 일어나 비틀거리며 안으로 들어갔다.

귀향

"아빠가 왔다!"

베아트리스가 집 안으로 들어오며 환호성을 질렀다. 어머니 이사벨은 앞치마에다 얼른 손을 닦은 뒤 마누엘을 안아 올리며 창밖을 내다보았다.

베아트리스의 말처럼 정말 남편이 오고 있었다. 그런데 이사벨은 남편의 모습을 보면서 이상한 생각이 들었다. 전에 없이 수레와 당나귀를 끌고 오는 것이 아닌가? 무슨 일일까?

밭에서 잡초를 뽑고 있던 호아킨과 후안나는 즉시 일손을 멈추고 아버지에게로 달려갔다. 호아킨은 아버지에게서 자랑스럽게 나귀 고삐를 넘겨받았고, 후안나는 정답게 아버지의 팔짱을 낀 채 셋이서 마을 광장을 가로질러 오고 있었다.

이사벨은 남편이 들어올 수 있도록 옆으로 비켜섰다. 후안은 방 안에 들어서서야 아내를 잠시 껴안았다. 마누엘이 얼굴을 찡그리며 그런 아버지를 쳐다보았다. 그러나 후안은 웃음을 지으며 억센 팔로 막내아들을 안아 천장으로 높이 치켜들었다. 순간 마누엘이 울 듯 말 듯 야릇한 표정을 지었다. 이사벨은 울면 어쩌나 하는 불안한 심정으로 막내아들을 보았다. 그러나 다행스럽게도 아들은 살짝 웃음을 지었다. 후안이 그런 아들을 공중으로 높이 띄웠다가 다시 내려놓자 마누엘은 좋아서 까르르 웃음을 터뜨렸다.

베아트리스는 질투심이 나는지 아버지 다리에 매달려 떨어질 생각을 하지 않았다. 그러자 후안은 마누엘을 엄마 품에 넘기고는 허리를 숙여 베아트리스의 풍성한 검은 머리에 입을 맞추었고, 후안나에게는 사랑스럽게 살짝 뺨을 꼬집어 주었다. 또한 밖에서 나귀를 묶고 물을 주고 들어온 호아킨에게는 대견스럽다는 듯이 어깨를 톡톡 두드려 주었다.

바르톨로메는 침대와 궤짝 사이의 구석에 숨어 되도록 눈에 띄지 않으려고 애썼다. 이사벨이 그런 바르톨로메를 발견하고는 앞으로 끌어당겼다.

"바르톨로메, 아빠한테 인사해야지."

어머니는 아들이 똑바로 설 수 있도록 바르톨로메를 꼭

붙들어 주었다. 바르톨로메가 고개를 숙이며 인사했다.

"다녀오셨어요, 아빠."

바르톨로메가 우물쭈물 인사를 하자 아버지는 가만히 고개만 끄덕였다.

바르톨로메는 어머니의 팔에서 벗어나 다시 구석으로 기어 들어갔다. 그러자 호아킨이 부모님 사이에 끼어들며 말했다.

"수레와 당나귀는 왜 갖고 오셨어요? 이제 우리 부자가 된 거예요?"

호아킨이 잔뜩 기대에 부풀어 물었다.

후안이 너털웃음을 터뜨렸다. 웃음소리가 거칠게 갈라졌다. 먼 길을 오는 동안 길바닥의 먼지를 너무 많이 마셨기 때문이다.

"이 녀석아, 수레와 나귀가 있다고 부자면 마드리드에 있는 사람은 죄다 부자게? 거기선 그 정도면 가난뱅이에 불과해. 부자라고 하면 최소한 마차와 말 몇 마리는 갖고 있어야지."

"어쨌든 저게 우리 게 맞아요?"

호아킨이 다시 물었다. 자기가 볼 때는 당나귀와 수레만 있어도 엄청난 부자로 여겨졌기 때문이다. 사실 마을에서 나귀를 가진 사람은 로드리케스 신부뿐이었다. 그리고 수레다운 수레를 가진 사람은 아무도 없었다. 사람들은 그냥 아쉬운 대로 손수레를 사용했다. 손수레를 끌 아이들은 많았다. 마을 사람들은 돈이 생기면 차라리 염소를 샀다. 염소가 있으면 젖도 얻고, 고기도 먹을 수 있으며, 가죽으로는 갖가지 유용한 물건을 만들 수 있었다. 그런데 염소도 아니고 당나귀라니, 이건 한마디로 호아킨에겐 사치처럼 보였다.

"그만하거라, 호아킨. 아빠 피곤하시다."

이사벨이 큰아들을 나무랐다. 오랜 여행으로 지치고 배가 고프면 남편이 화를 잘 낸다는 것을 알고 있었기 때문이다.

"그냥 둬. 괜찮아."

후안은 아무렇지도 않게 말하며 침대에 걸터앉았다.

"호아킨, 토마스 아저씨 가게에 가서 마실 것 좀 사 오너라. 그리고 베아트리스 너는 아빠 장화 좀 벗겨 주고, 후안 나는 발 좀 씻게 대야에 물을 담아 오너라. 그러고 나서 너희들에게 새로운 소식을 전해 주마."

후안이 호아킨에게 동전 한 닢을 쥐여 주자 호아킨은 냉큼 항아리를 집어 들고 부리나케 토마스 아저씨 가게로 달려갔다.

토마스 가세트는 마을 변두리에 살고 있었다. 자신의 포도밭에서 수확한 포도로 술을 담가 팔았는데, 집 마당에 테이블 몇 개를 내다 놓은 것이 그의 가게였다. 보통 저녁

이면 그는 포도주통을 꺼내 놓고 손님을 기다렸다. 그런데 이렇게 느지막한 오후쯤이면 여지없이 의자에 앉아 꾸벅 꾸벅 졸고 있었다. 호아킨은 가게 안으로 뛰어 들어가 토마스 아저씨를 거칠게 깨웠다.

"아빠가 돌아오셨어요."

토마스가 항아리에 포도주를 담는 동안 호아킨이 이야기를 늘어놓았다.

"당나귀와 수레를 갖고 오셨는데, 마드리드에서 돈을 아주 많이 버셨나 봐요."

호아킨이 뿌듯한 표정을 감추지 않았다.

"그래, 그래. 잘됐구나."

토마스가 심드렁하게 대꾸했다.

"그럼 오늘 저녁엔 우리 가게에도 들르시겠구나."

"그러실 거예요, 토마스 아저씨."

집에서는 바르톨로메가 누나와 동생이 아버지 시중드는 모습을 부러운 눈으로 바라보고 있었다. 베아트리스는 아버지의 장화를 벗겼고, 후안나는 노독으로 발갛게 부풀어 오른 아버지의 발을 찬물로 깨끗이 씻긴 다음 수건으로 닦아 주었다. 마누엘조차 재롱을 떨며 아버지의 피로를 풀어 주었다. 이사벨은 봄철에 밭에다 심은 담뱃잎을 정성스럽게 말려 잘게 썬 다음 자루에다 넣어 두었는데, 거기서 연초를 꺼내 작은 주머니에 담았다. 그러고는 담배 주머니를 마누엘의 손에 쥐여 주며 아버지 쪽으로 돌려세웠다.

"아빠께 담배 갖다 드려라."

마누엘은 두 손을 쭉 뻗은 채 짧은 다리로 아장아장 아버지에게 걸어갔다.

"이젠 마누엘이 곧잘 걸어요."

이사벨이 자랑스럽게 말했다. 후안이 그런 막내아들을 품에 안았다.

"어이구, 우리 막내가 이제 다 컸구나. 아빠 주머니에서 담배파이프도 꺼내다 주겠니?"

후안은 상냥하게 물으며 허리에 차고 있던 가죽 주머니를 열었다. 그러자 마누엘이 손을 쑥 집어넣어 낡은 담배 물부리를 꺼냈다. 얼마나 오래 피웠는지 주둥이 부분이 새까맣게 닳아 있었다.

"어어!"

마누엘은 탄성을 지르며 담배물부리를 자기 입으로 가져갔다. 후안은 그런 아들을 보며 박장대소를 터뜨렸다.

"역시 내 아들이다."

그때 호아킨이 들어왔다. 포도주가 한 방울이라도 흐를까 봐 항아리 윗부분을 조심스럽게 손으로 막고 있었다. 호아킨이 아버지에게 항아리를 내밀었다.

"누가 이 아버지한테 잔을 갖다 주겠니? 공주님의 마부씩이나 되는 사람이 날품팔이처럼 항아리째 마실 수는 없지 않겠냐?"

아이들은 미동도 없이 아버지의 입에서 명령이 떨어지길 기다렸다. 서로 아버지가 자신에게 잔을 갖고 오라고 시키길 바라는 눈치였다.

이젠 내 차례야. 바르톨로메는 속으로 이렇게 외쳤다. 나도 잔은 갖다 줄 수 있어. 의자를 벽 쪽으로 밀어 놓고 올라가서, 한 손을 선반에 짚고 다른 손으로 조심스럽게 잔을 꺼내면 돼.

하지만 제 몸도 가누기 힘든 난쟁이에게는 그조차도 무척 어려워 보였다. 아버지는 절대 바르톨로메에게 그런 부탁을 할 것 같지 않았다.

그래, 엄마가 있어. 엄마가 도와주면 돼. 바르톨로메는 구석에서 기어 나와 어머니에게 몰래 눈짓을 했다. 어서 잔을 꺼내 자기한테 넘겨 달라고 말이다. 그러면 자기가 당당하게 몇 걸음 걸어서 아버지에게 전해 줄 생각이었다. 이사벨은 주석으로 만든 무거운 잔을 선반에서 꺼냈다. 그러나 그 잔을 난쟁이 아들에게 건네지 않고 자신이 직접 아이들 머리 위로 남편에게 건넸다.

"자, 어서 드세요."

이사벨이 재촉했다. 남편이 어떤 연유로 그 먼 마드리드에서 당나귀와 수레를 끌고 왔는지 자신도 무척 궁금했기 때문이다.

마드리드

―

"이제 우린 마드리드로 간다!"

후안이 포도주를 벌컥벌컥 마시고는 잔뜩 목청을 돋우어 선언하듯이 말했다.

마드리드로 간다고! 바르톨로메는 너무 놀라 입을 다물지 못했다. 마드리드는 수백 채의 궁궐들에, 황금 접시에 밥을 먹고 투명한 크리스털 잔으로 물을 마시는 왕자와 공주들이 사는 곳이었다. 그뿐이 아니었다. 거리마다 마부와 말, 제복을 입은 군인들, 세계 곳곳에서 온 상인, 곡예사, 거지들로 붐비고, 좁은 골목마다 상점과 창고, 술집들이 수없이 줄지어 늘어서 있는 곳이기도 했다. 아버지는 집에 돌아오면 종종 화려한 건축물들이 즐비한, 동화 같은 도성의 활기찬 생활에 대해 생생하게 이야기해 주었다. 그러면 후안나와 호아킨, 바르톨로메와 베아트리스는 잠시도 아버지에게서 눈을 떼지 못하고 귀를 기울였다. 이제 그런 곳으로 가서 그 모든 것을 직접 볼 수 있다니, 한마디로 꿈 같은 일이었다.

"시종관 나리께서 이 아버지의 성실함을 높이 사서 가족들을 데려와도 좋다는 허락을 내리셨다. 나귀와 수레는 이사를 하려고 아주 싼 값에 빌린 거지. 내일 당장 수레에 침대와 탁자, 의자, 궤짝을 싣고 떠나도록 하자."

후안이 아이들을 둘러보았다. 호아킨과 후안나의 얼굴에는 감동의 표정이 역력했다. 베아트리스는 아버지가 마치 왕이라도 된 듯이 경이로운 눈으로 아버지를 쳐다보았다. 마누엘만 아직 너무 어려서 아버지가 이야기한 기적 같은 일을 알아듣지 못하고 눈만 말똥말똥 뜨고 있었다. 가난한 소작농의 아들이었던 후안이 궁정에 취직을 하고, 이제 가족까지 도성으로 불러들일 수 있게 된 것은 대단한 출세였다. 궁정의 하급 하인들 중에서 가족과 함께 사는 혜택을 누리는 사람은 거의 없었다.

"마드리드로 간다고요?"

이사벨이 혼잣말처럼 중얼거렸다. 전혀 예상하지 못한 일이었다. 아이들과 함께 전부 마드리드로 옮겨 가면 이 집과 채소밭, 올리브나무, 염소, 돌밭은 어쩌란 말인가? 태어나서부터 줄곧 이 마을에서만 살아온 이사벨에게는 이

곳이 정든 고향이었다. 남들은 도성으로 이사하는 것을 부러워할지 몰라도 이사벨로서는 이런 고향을 두고 떠나는 것이 마냥 즐거운 일만은 아니었다.

"아버지, 애들한테 이야기해도 돼요?"

호아킨이 물었다. 친구들이 진작부터 마을 광장에서 자신을 기다리고 있었던 것이다. 후안이 고개를 끄덕이자 호아킨은 기다렸다는 듯이 부리나케 달려 나갔다. 후안나도 질세라 그 뒤를 쫓아 나갔다. 이제껏 후안나의 친구들 가운데에서 마을을 떠나 이사를 간 애는 하나도 없었다. 그것도 그냥 다른 마을로 이사하는 정도가 아니라 부유한 왕자님과 용감한 영웅들이 사는 동화 속의 도시로 떠난다니 친구들이 얼마나 부러워하겠는가? 이사벨은 베아트리스와 마누엘도 밖으로 내보냈다. 남편에게 따로 물어볼 것이 있었는데, 아이들은 알 필요가 없는 문제였기 때문이다.

바르톨로메는 구석에서 더욱더 몸을 작게 웅크렸다. 부모님이 자신의 존재에 대해 신경을 쓰지 말아 주었으면 하고 바란 것은 이번이 처음이었다. 만일 자기 혼자 부모님의 비밀 이야기를 엿듣게 된다면 나중에 호아킨 형한테 크게 한번 써먹을 수 있을 것 같았다. 어쩌면 비밀을 가르쳐 주는 대가로 마드리드로 들어갈 때 업어 달라고 할 수도 있을 것 같았다. 그렇게 되면 그 큰 도시의 진기한 것들을 마음껏 구경할 수 있을 것이다. 바르톨로메는 좀 더 안전을 기하기 위해 침대 밑으로 기어 들어갔다. 하지만 그럴 필요가 없었다. 어머니는 지금 다른 생각에 빠져 바르톨로메에게는 전혀 관심이 없었기 때문이다.

"이 집은 어떡하시려고요?"

이사벨이 걱정스럽게 물었다.

"그냥 비워 둘 수는 없잖아요."

"안 그래도 오늘 저녁에 정리할 생각이야. 토마스 그 친구가 오래전부터 마을 광장에 제대로 된 술집을 갖고 싶어 했는데, 마침 잘됐지 뭐. 그 친구한테 넘기지."

후안이 차분하게 대답했다.

"하지만 토마스는 이런 집을 세낼 돈이 없어요."

"그건 나도 알아. 그래서 다른 걸 요구할 셈이야."

"그게 뭔데요?"

"바르톨로메를 맡길 생각이야."

"예? 바르톨로메를요?"

이사벨의 얼굴이 하얗게 질렸다. 침대 밑에 숨어 있던 바르톨로메도 마찬가지였다.

"바르톨로메를 함께 데려갈 수는 없어."

후안이 급히 설명해 나갔다.

"당신도 저번에 내가 후안나 신랑감을 데려왔을 때 어떤 일이 벌어졌는지 알고 있지? 바르톨로메를 보는 순간 다 된 혼사가 그 즉시 끝장나 버렸어. 후안나는 곧 시집갈 나

이야. 얼굴도 예쁘고 건강하고 영리한 애야. 그런 애가 바르톨로메 때문에 시집을 못 가서 되겠어? 마드리드에 가면 괜찮은 신랑감들이 많아. 운이 좋으면 장사치나 기술자의 아내도 될 수 있어. 호아킨에게는 견습공 자리를 알아봐 줄 생각이야. 그런데 기능공들은 아무나 자기 밑으로 받아 주지 않아. 꽤 많은 돈을 써야 돼. 바르톨로메가 여기 남으면 입을 하나 더는 셈이지."

침대 밑에 있던 바르톨로메는 수치심과 분노로 얼굴이 발갛게 달아올랐다. 아버지가 어떻게 자식한테 이런 말을 할 수 있을까? 아들이 아니라 아무 쓸모없는 밥벌레인 것처럼 이야기하고 있지 않은가?

"무슨 소릴 그렇게 하세요? 바르톨로메도 우리 자식이에요!"

이사벨이 몸을 떨면서 격하게 소리쳤다. 후안이 그전부터 드러내지 않아서 그렇지, 바르톨로메를 아들로 생각하지 않는다는 것은 이미 잘 알고 있었다.

후안은 이사벨의 시선을 피했다. 아내는 왜 하필 그런 아이를 이토록 사랑하는 것일까? 이해 못할 일이었다.

후안이 달래듯이 말했다.

"나도 알지만, 토마스 집에 있는 게 마드리드로 따라가는 것보다 나아서 그래. 그곳에서 병신들이 어떤 취급을 받는지 알아? 교회 앞에서 구걸이나 하며 사는데, 발길질을 당하고 놀림을 받는 건 예사야."

"우리가 있는데 어떻게 바르톨로메가 그렇게 되도록 내 버려 두겠어요?"

이사벨이 반박했다.

"언젠가는 우리도 늙고 병들어. 그러면 더는 지켜 주고 싶어도 지켜 줄 수가 없어. 그렇다고 호아킨에게 저런 아우를 책임지라고 할 수 있어? 부모라고 해서 그럴 권한은 없어. 토마스와 같이 있으면 가게 일이나 조금씩 도우면서 얼마든지 잘 지낼 수 있어. 마침 토마스는 자식도 없잖아? 바르톨로메를 아들로 생각하고 잘해 줄 거야."

후안의 목소리에서 강경함이 묻어났다. 이사벨은 정신을 바짝 차려야 했다.

"그래도 어떻게 바르톨로메만 혼자 두고 떠나요? 아직 조그만 어린애예요. 혼자 두고 떠나면 가슴이 미어질 거예요."

이사벨로서는 상상조차 할 수 없는 일이었다.

"걔도 벌써 열 살이야. 호아킨은 그 나이에 염소도 키웠어. 당신도 이제 다른 건강한 아이들을 좀 생각하라고. 걔들한테 더 나은 기회가 있는데, 그걸 망쳐서는 안 되잖아?"

후안이 침대에서 일어나 아내를 꼭 껴안으며 달랬다.

"내 말대로 해. 그게 최선이야."

바르톨로메는 귀를 쫑긋 세우고 어머니가 이제 자신을

위해 싸워 주기만을 기다렸다. 바르톨로메는 어떤 일이 있어도 꼭 마드리드에 따라가고 싶었다. 토마스 아저씨는 자신을 종처럼 부릴 것이 뻔했다. 작고 약한 몸이라고 조금도 봐주지 않을 것이다. 아마 병신이라고 욕하며 때릴지도 몰랐다. 바르톨로메는 너무 두려워 온몸이 떨렸다. 왜 엄마는 아무 말도 없는 것일까? 마침내 바르톨로메는 더는 기다릴 수가 없었다. 침대 밑에서 기어 나와 궤짝을 짚고 일어서서 어미 잃은 어린 염소처럼 애처롭게 엄마를 불렀다. 두 눈에서는 눈물이 펑펑 쏟아졌다. 이사벨은 화들짝 놀라 남편의 품에서 벗어나 아들에게로 뛰어갔다. 그러고는 아들 앞에 무릎을 꿇고 앉아 앞치마로 아들의 눈물을 닦아 주었다. 그런데도 바르톨로메의 눈에서는 쉴 새 없이 눈물이 흘러내렸다.

"네가 다 들었구나, 네가 다 들었어……."

이사벨은 어린 아들이 너무 애처로워 말을 잇지 못했다.

슬그머니 몸을 돌린 후안은 문을 열고 문턱에 섰다. 당나귀와 수레 옆에서는 사내아이들이 호아킨을 부러운 듯이 바라보고 있었다. 후안나도 우물가에서 친구들에게 둘러싸여 있었다. 후안의 눈에는 자신의 딸이 제일 예뻐 보였다. 베아트리스는 바닥에 앉아 마누엘과 놀고 있었다. 마드리드에 가면 매일 보게 될 왕에 관한 이야기를 해주는 듯했다. 이 아이들에게 마드리드는 희망의 도시이자 기회의 땅이었다. 바르톨로메에게만 아니었다. 후안은 그런 대도시에서 병신들이 얼마나 심한 차별을 받고 짐승보다 못한 취급을 당하는지 잘 알고 있었다. 불구자는 이곳 마을처럼 단순히 구경거리만 되는 것이 아니라, 아무 상관도 없는 사람들한테서 침 세례를 받고 갖은 수모를 당했다. 그런데 이것을 어떻게 아내가 알아듣게 설명을 할까 생각하니 가슴이 답답해져 왔다.

후안의 등 뒤에서는 바르톨로메가 애처롭게 흐느끼는 소리가 들려왔다.

"나도 데려가, 나도 데려가!"

바르톨로메는 이 말밖에 하지 않았다. 이사벨이 아무리 어르고 달래도 소용이 없었다. 마침내 후안은 더는 어쩔 수 없다는 듯이 몸을 돌리며 말했다.

"만일 마드리드에 가더라도 넌 사람들 눈에 띄어서는 안된다. 하루 종일 집 안에만 있어야 한다. 그래도 가겠니?"

"예, 아빠."

"혹시 집에 손님이 오면 너는 골방에 들어가 있어야 한다."

"예, 그렇게 할 수 있어요."

식구들이랑 같이 마드리드에 갈 수만 있다면 어떤 약속도 할 수 있을 것 같았다.

"하지만 너한테는 여기 있는 것이 훨씬 더 좋아."

후안은 마지막으로 바르톨로메의 마음을 돌리려고 했다. 그러나 바르톨로메는 묵묵히 고개만 흔들었다. 절대 마을에 혼자 남고 싶지 않았다. 자기도 당당히 카라스코 가족의 일원이라는 점을 인정받고 싶었다.

출발

———

아버지는 바르톨로메도 데려가기로 결정했다. 이튿날 아침 카라스코 가족은 마을을 떠났다.

이제 이것으로 이 마을과는 영원한 작별일까? 이사벨은 우울한 심정을 감출 길이 없었다. 하얀 집들과 돌밭, 그리고 올리브나무와 오렌지나무 숲들이 어우러져 있는 이 마을은 이사벨이 한평생 살아온 고향이었다. 이런 곳을 떠나는 섭섭함과 대도시 생활에 대한 불안감이 함께 밀려들었다.

호아킨과 후안나가 당나귀의 고삐를 잡고 앞장섰다. 당나귀는 짐을 잔뜩 실은 수레를 묵묵히 끌었다. 이사벨은 마누엘을 포대기에 업은 채 수레를 뒤따랐고, 후안은 베아트리스의 손을 잡고 걸었다.

베아트리스가 너무 지쳐서 울 것 같으면 후안은 딸아이

를 얼마간 당나귀의 등에 태워 주었다.

바르톨로메는 사람들 눈에 띄지 않도록 수레 안에 숨어 있었다. 침대와 탁자, 의자, 그리고 가재도구와 옷가지를 담은 궤짝 사이에 끼여 앉아 수레가 흔들리는 대로 이리 덜컹 저리 덜컹 움직였다.

서서히 해가 중천에 가까워지면서 날이 푹푹 찌기 시작했다. 후안은 한낮의 무더위가 수그러들 때까지 아무 마을이나 가장 가까운 곳에서 쉬어 갈 작정이었다.

바르톨로메는 한시라도 빨리 마을의 교회탑이 보이기를 학수고대하며 거리를 바라보았다. 입 안이 가뭄에 갈라진 논바닥처럼 바짝바짝 타들어 가는 느낌이었다. 그런데도 물을 달라고 할 용기가 나지 않았다. 물통에 있는 물은 힘들게 걸어가는 어머니와 다른 형제자매들의 몫이었다. 마침내 한낮의 열기 속으로 교회탑과 가옥의 지붕들이 보였다.

"마을이다!"

바르톨로메가 만세를 불렀다. 호아킨과 후안나는 걸음을 재촉했다. 시원한 그늘과 달콤한 물이 간절했다. 후안나는 땀방울이 송송 맺힌 나귀의 옆구리를 툭툭 치며 걸음을 다그쳤다.

"워―워."

갑자기 뒤에서 후안이 소리를 쳤다. 그러자 나귀는 즉시 걸음을 멈추었고, 그와 동시에 수레도 끼익 소리를 내며 멈춰 섰다. 후안나와 호아킨은 무슨 일인지 궁금해서 뒤를 돌아보았다. 후안이 수레로 다가와서 가죽 물통을 집어 들었다.

"물 마실 사람 없니?"

후안이 물었다. 모두들 고개를 저었다. 물통의 물은 벌써 오래전에 뜨뜻미지근해져서 맛이 하나도 없었다. 조금만 있으면 마을의 깊은 우물에서 길어 올린 다디단 찬물을 마음껏 마실 수 있을 텐데 그런 맛없는 물로 미리 입맛을 버리고 싶지는 않았다. 아무도 마시려고 하지 않자 후안은 혼자서 물을 벌컥벌컥 마시고는 손등으로 턱에 묻은 물을 쓱 닦아 냈다. 그러고는 바르톨로메에게 물통을 내밀었다.

"충분히 마셔 둬라. 당분간 갈증이 나지 않을 만큼."

아버지가 명령조로 말했다. 바르톨로메는 왜 자기한테만 이런 맛없는 물을 다 마시라고 하는지 이해가 되지 않았지만 아버지의 말을 순순히 따랐다. 후안은 묵묵히 기다렸다. 마침내 바르톨로메가 물통을 도로 건네자 후안은 한 궤짝의 뚜껑을 열었다. 다른 궤짝과는 달리 안이 텅 비어 있었다.

"이 안으로 들어가거라."

후안이 명령했다. 바르톨로메는 뜨악한 눈길로 아버지를 쳐다보았다. 내가 왜 이런 답답한 궤짝 안으로 들어가야 해?

"어서 시키는 대로 해라!"

후안이 쌀쌀맞게 말했다.

"여보!"

이사벨이 남편의 행동을 제지하려고 나섰다.

"당신은 가만있어! 이제부터 규칙을 따라야 해. 남의 눈에 띄지 않기로 하고 데려온 거잖아? 그러지 못하겠다면 지금이라도 토마스한테 데려다주고 오겠어."

바르톨로메는 이를 물고 궤짝 안으로 기어 들어갔다. 머리 위로 뚜껑이 쾅 하고 닫히는 순간 갑자기 사방이 캄캄해졌다. 그나마 틈새로 새어 들어오는 약간의 햇빛 때문에 무서움을 견딜 수 있었다. 그러나 더위만큼은 견디기 어려웠다. 바르톨로메의 몸에서는 땀이 비 오듯 흘러내렸다.

바르톨로메는 나귀가 다시 움직이는 것을 느꼈다. 수레는 덜커덩거리며 울퉁불퉁한 도로를 달렸다. 바르톨로메는 신선한 공기를 마시려고 궤짝의 가장 큰 틈새로 입을 가까이 가져갔다. 바닥에 깔린 거친 담요가 땀에 푹 전 살갗에 닿아 따가웠다.

바르톨로메는 아버지가 자기에게 어떤 일을 시키더라도 결코 굴복하지 않고, 마을로도 돌아가지 않으리라 다짐 또 다짐했다.

마을은 바르톨로메의 식구들이 떠나온 고향 마을과 별반 다르지 않았다. 먼지 자욱한 마을 광장을 중심으로 교회 하나와 집들 몇 채, 그리고 우물이 있었다. 마을 변두리에 작은 술집이 있는 것도 똑같았다. 주인은 올리브나무 그늘 아래 탁자를 몇 개 꺼내 놓고 장사를 했다. 후안은 이곳에 멈추어서 새콤한 포도주를 한 잔 가득 들이켰다. 이사벨은 물을 긷기 위해 아이들을 데리고 마을 광장으로 갔다. 바르톨로메만 궤짝에 갇힌 채 아버지와 술집 주인이 나누는 이야기를 듣고 있었다.

"가족들을 데리고 마드리드로 가는 중이오."

후안이 말했다.

"나도 그랬으면 좋겠는데 마누라가 영 따라 주지를 않아요. 내가 거기서 일자리를 못 구하면 딸아이들과 함께 거리로 내몰려 굶어 죽지 않을까 걱정을 하는 게요. 게다가 여긴 작지만 농토도 있고, 가게도 있어서 굶어 죽지 않을 만큼 먹고사는데, 왜 바보같이 낯선 도성으로 가서 생고생을 해야 하느냐고 투정이 말이 아니라오."

"나는 일자리가 있소. 스페인 공주마마의 마부죠."

후안이 자랑스럽게 말했다. 그러고는 계속 말을 이어 나갔다.

"마드리드에 집도 하나 빌려 놓았소. 아들 녀석들에게는 기술을 가르칠 생각인데, 시골 마을에 있는 것보다는 훨씬 전망이 밝을 게요."

바르톨로메는 가슴이 쿵쾅거렸다. 아버지가 자신에게도 그런 계획을 가지고 있다는 것이 기뻤다. 그래, 나도 기술을 배우면 번듯한 직업을 가질 수 있어. 아버지의 뜻이 그렇다면 스페인 끝까지라도 아무 불평 없이 이 궤짝 안에 숨어서 갈 자신이 있었다.

"허허, 좋겠구려. 그런 아들들도 있고. 우리도 아들을 가지고 싶었지만, 그게 뭐 사람 뜻대로 되는 일이오?"

주인이 수심에 찬 얼굴로 말했다. 후안은 이해한다는 듯이 고개를 끄덕거리며 속으로는 자신에게 아들이 있는 것을 기뻐했다.

"내겐 아들이 둘 있는데, 녀석들이 성실하기만 하면 마드리드에서도 얼마든지 출세할 수 있소. 내가 그렇게 하도록 도울 거고."

아들이 둘이라고? 무슨 소리예요, 아빠? 바르톨로메는 속으로 거칠게 항변했다. 나는 아들이 아니에요?

바르톨로메는 두 손으로 귀를 꽉 틀어막았다. 더는 아버지의 목소리를 듣고 싶지 않았다.

이사벨이 아이들과 함께 시원한 물을 물통에 가득 담아 돌아왔다.

"차가운 물을 너무 많아 마셨더니, 배 속이 얼음처럼 차갑고 꾸르륵거려요."

베아트리스의 말에 후안이 웃음을 터뜨렸다.

"자, 그럼 식사를 하도록 하자."

이사벨이 수레에서 광주리를 꺼내 빵과 삶은 계란, 치즈, 토마토, 올리브 열매, 파프리카를 골고루 나누어 주었다.

주인이 후안에게 따라 줄 포도주를 더 가지러 잠시 집 안으로 들어간 사이 이사벨이 재빨리 궤짝의 뚜껑을 열어 빵 한 조각을 넣어 주었다.

"조금만 기다려, 마을을 벗어나면 더 줄 테니까. 네 몫은 남겨 놓을게."

어머니가 바르톨로메에게 약속했다.

나가고 싶어요. 바르톨로메는 이렇게 소리 지르고 싶었다. 그러나 그렇게 하지 못했다. 대신 빵을 한 움큼 떼 내어 입에다 쑤셔 넣으며 거칠게 우기적우기적 씹어 삼켰다. 이렇게 쓴 빵은 처음이었다.

한낮의 더위가 조금 가시자 그들은 다시 길을 나섰다. 마을이 보이지 않는 곳에 이르자 후안이 궤짝을 열어 바르톨로메를 꺼내 주었다.

바르톨로메는 땀으로 흠뻑 젖어 있었다. 다리와 팔, 얼굴은 열기로 피부가 군데군데 발갛게 일어나 있었다.

"나는 돌아가지 않을 거예요."

후안이 묻지도 않았는데 바르톨로메는 지레 겁을 먹고 이렇게 말했다.

후안은 바르톨로메를 다시 침대와 궤짝 사이에 앉혔다. 거기엔 벌써 바르톨로메 몫의 점심 식사가 놓여 있었다. 빵, 치즈, 올리브 열매, 계란 하나, 그리고 무화과 열매였다.

"나도 먹고 싶어. 무화과 열매. 난 안 먹었단 말이야."

나귀 등에 타고 있던 베아트리스가 칭얼거렸다. 순간 달콤한 무화과 열매를 입에 넣으려던 바르톨로메의 손이 멈칫했다.

"저건 바르톨로메 몫이야."

후안이 딸아이를 나무랐다. 점심을 먹느라 바르톨로메를 궤짝 안에 너무 오래 가두어 놓은 것이 미안했던 것일까?

바르톨로메는 망설였다. 몇 개 되지 않는 무화과 열매의 향기에 자기도 모르게 침이 꿀꺽 넘어갔다. 그러나 동생이 먹고 싶다는데 혼자서만 맛있게 먹을 수는 없었다.

"베아트리스와 마누엘에게 주세요."

바르톨로메는 먹고 싶은 것을 꾹 참으며 재빨리 말했다. 후안이 고개를 끄덕거리며 무화과 열매를 집었다.

바르톨로메는 아버지의 표정에서 자신을 대견스러워하는 눈빛을 찾으려고 애썼다. 그러나 아버지는 이미 등을 돌린 채 마누엘의 입에 무화과 열매를 하나 넣어 주고 있었다. 그러고는 나머지 두 개를 베아트리스에게 내밀며 말했다.

"나귀에서 내리면 이걸 주겠다."

베아트리스는 당장 울상이 되었다.

"베아트리스가 안 먹겠다면 다시 절 주세요."

바르톨로메가 말했다.

"오빠는 계속 앉아 가는데도 암말도 안 하고……. 나보다 나이도 많은데……."

베아트리스가 징징거렸다. 그러자 후안은 즉시 막내딸을 나귀에서 번쩍 들어 내렸다.

"이젠 걸어가!"

후안의 목소리에 위엄이 배어 있었다. 후안은 베아트리스에게 무화과 열매를 쥐여 주며 덧붙였다.

"불구로 태어나지 않은 걸 고맙게 생각해라! 너는 튼튼하고 건강한 다리가 있잖아!"

물방앗간

———

오후는 지루할 정도로 길었다. 벌써 어둑어둑해져 가는데도 일행은 후안이 염두에 두고 있던 숙소에 닿지 못했다. 후안의 계산이 빗나간 것이다. 해가 떨어지기 전에 충분히 닿을 수 있으리라 예상했지만, 아무래도 어린아이들에게는 무리였다. 이제 베아트리스는 나귀 등에 앉아 있으면서도 후안이 꽉 붙들지 않으면 아래로 떨어질 정도로 지쳐 있었다. 후안은 한 손으로는 막내딸을 꽉 붙잡고, 다른 한 손으로는 나귀의 고삐를 잡고 걸었다. 호아킨은 꽤 오래 전부터 맨 뒤에 처져서 발을 질질 끌며 간신히 걸음을 옮기고 있었고, 후안나는 눈을 반쯤 감은 채 한 손으로 수레의 한쪽 모서리를 붙잡고 걸었다. 조금이라도 수레 힘에 의지하기 위해서였다.

이사벨은 아이들처럼 힘든 내색을 하진 않았지만, 기진 맥진하긴 마찬가지였다. 한 걸음 한 걸음 내디딜 때마다 등에 업은 마누엘이 점점 더 무거워지면서 허리가 끊어져 나갈 듯이 아팠다.

"길바닥에서 잘 수는 없다! 다음 다리만 지나면 물방앗 간이 하나 나온다. 오늘은 거기서 하룻밤 신세를 지도록 하자. 얼마 안 남았으니까 모두들 힘을 내!"

후안이 식구들을 독려했다. 지금 자신이 가진 무기라고 는 단도 하나가 전부였다. 해가 진 뒤에 아무런 준비 없이 여행을 계속하는 건 위험한 일이었다. 밤늦게 길을 가다가 불량배나 강도를 만났다는 얘기는 심심찮게 들을 수 있었 다. 노상강도들은 몇 푼 되지 않는 물건을 빼앗기 위해 살 인도 서슴없이 저지른다고 했다.

벌써 하늘에 별이 반짝거리기 시작했다. 길모퉁이를 돌 자 마침내 물방앗간의 흐릿한 형체가 모습을 드러냈다. 물 방앗간은 검은 횃불처럼 길게 일렬로 하늘을 향해 솟구쳐 있는 소나무 숲 사이에 자리 잡고 있었다.

호아킨과 후안나, 그리고 이사벨은 쉴 곳을 찾은 것을 기뻐할 여력도 없을 정도로 지쳐 있었다. 그저 아무런 생 각 없이 비틀거리며 걸음만 떼 놓을 뿐이었다. 그에 반해 바르톨로메만 말똥말똥했다. 아까 밥을 먹은 뒤 한동안 눈 을 붙였던 것이다. 이제 바르톨로메는 침대에 등을 기대고 앉아 머리 위의 하늘을 감탄스러운 눈길로 바라보며 꿈을 꾸듯 상상의 나래를 펴고 있었다.

내가 저만큼 높이 있다면 모든 것을 볼 수 있을 텐데. 우리 마을도, 우리가 걸어온 길도, 소나무 숲 사이의 물방앗간도, 심지어 마드리드까지 아무에게도 들키지 않고 구경할 수 있을 텐데……

이제 자그마한 강 위에 걸쳐 놓은 다리만 건너면 바로 물방앗간이었다. 후안이 바르톨로메에게 몸을 숙이며 궤짝 뚜껑을 열었다. 바르톨로메는 마지막으로 물방앗간을 한 번 더 쳐다보았다. 물방앗간은 밤하늘 속에서 오히려 하얗게 빛나고 있는 듯했다. 뒤편에 자리 잡은 소나무 숲이 너무 새까매서 상대적으로 그렇게 보이는 것일 수도 있고, 아니면 하늘의 별들이 그곳만 환히 비추어서 그런지도 몰랐다.

바르톨로메는 그런 물방앗간 모습을 가슴에 담은 채 궤짝 안으로 기어 들어갔다. 그러자 후안이 뚜껑을 단단히 닫았다.

내가 혹시라도 밖으로 튀어나올까 봐 겁이 나서 그렇게 꽉 닫는 모양이지? 바르톨로메는 이렇게 생각하며 속으로 화를 냈다. 그런 걱정 하실 필요 없어요. 어차피 난 아버지의 명령을 거스를 생각이 없으니까. 아버지가 호아킨이나 마누엘만큼 자신을 사랑하지 않는다면 자신은 말이라도 잘 들어서 아버지의 호의를 끌 필요가 있다고 생각했다.

바르톨로메 가족은 다리를 건너고 울타리를 지나 물방앗간 앞에 이르렀다. 후안이 문을 두드렸다.

"여보, 바르톨로메를 혼자 밖에 내버려 두면 안 돼요."

이사벨이 속삭였다.

"그렇지 않아도 궤짝을 통째 들고 들어갈 생각이야."

후안이 무뚝뚝하게 대답했다. 고향을 벗어나면서부터 바르톨로메를 낯선 사람들의 눈에 띄지 않게 하겠다고 결정을 내린 사람은 자신이었다. 그런데 아녀자가 자꾸 지아비의 결정에 왈가왈부하는 것이 못마땅했던 것이다.

물방앗간 주인은 의심스러운 얼굴로 조심스레 문을 열었다. 후안이 찾아온 이유를 설명하며, 잠자리와 요깃거리를 제공하면 현금으로 사례하겠다고 제안하자 그제야 주인은 환한 얼굴로 후안을 맞아들였다. 그러고는 후안에게 나귀와 수레를 안전하게 보관해 둘 마구간을 보여 주었다. 호아킨은 수레에서 깔개와 이불, 궤짝을 내리고, 어머니의 작은 패물함을 챙겼다.

물방앗간 주인은 곡식을 빻는 이층 공간을 잠자리로 제공했다. 호아킨과 후안나는 깔개와 이불을 위로 날랐다. 후안도 궤짝을 등에 지고 낑낑거리며 가파른 사다리를 올라갔다. 물방앗간 주인 내외가 그런 후안을 호기심 어린 눈으로 쳐다보았다.

"저 양반들은 이 안에 무슨 황금 덩어리라도 가득 든 줄 알 거야."

후안이 이렇게 투덜거리며 궤짝을 맷돌 옆에 내려놓았다. 그사이에 이사벨은 벌써 잠자리를 정리해 놓았다.

"우리가 돌아올 때까지 얌전히 궤짝 안에 있어."

후안이 뚜껑도 열지 않은 채 바르톨로메에게 말했다. 그러고는 다시 아래로 내려갔다. 식탁에는 주인 아낙이 급히 끓인 수프가 올라와 있었다. 원래 있던 수프에다 물을 더 붓고, 달걀과 토마토로 양을 늘려서 다시 끓인 수프였다.

베아트리스는 숟가락으로 수프를 떠먹을 수 없을 만큼 지쳐 있었다. 이사벨은 잠에 취해 해롱해롱하는 딸아이의 입에다 간신히 몇 숟갈을 떠 넣어 준 다음 위층으로 올라가 자리에 뉘였다. 베아트리스는 이불을 덮어 주기도 전에 쌕쌕거리며 잠이 들어 버렸다. 바르톨로메는 동생의 고른 숨소리를 들으며 끈기 있게 기다렸다.

얼마 뒤 후안나와 호아킨이 올라왔다. 호아킨이 궤짝을 톡톡 두드리며 말했다.

"계란을 넣은 맛있는 야채수프가 나왔어. 안됐다, 넌 못 먹어서. 하지만 배도 안 고프겠지. 하루 종일 편하게 앉아

서 왔으니까."

호아킨은 발이 무척 쓰라렸다. 여기저기 기운 곳 투성이
인 장화를 벗어 보니 발이 벌겋게 부어 있었다. 이런 발을
보니 바르톨로메가 더욱 얄미워졌다. 온종일 편하게 온 녀
석은 수프를 먹을 자격이 없다고 생각했다.

"그게 어디 바르톨로메 잘못이니? 바르톨로메는 우리랑
달라. 우리처럼 걸을 수가 없잖아?"

후안나가 호아킨을 나무랐다. 하지만 너무 피곤해서 바
르톨로메에게 사과하라고 호아킨을 윽박지를 힘조차 남
아 있지 않았다. 후안나는 신발을 벗어 발뒤꿈치와 발가락
에 큰 물집이 잡혀 있는 것을 보고 두 눈에 눈물이 그렁그렁
맺혔다. 이 상태로 내일 다시 그 먼 길을 걸을 생각을 하니
눈앞이 캄캄했다. 후안나는 묵묵히 이불 속으로 들어갔다.

"미안해."

호아킨이 후안나 옆에 누우면서 우물거리듯이 말했다.

바르톨로메는 어머니와 아버지가 평화롭게 잠든 마누
엘을 안고 올라오고 나서야 감옥에서 해방되어 잠들어 있
는 형제자매들 틈새에 누울 수 있었다.

"배고프지?"

이사벨이 지친 표정으로 물었다. 그러나 바르톨로메는
고개를 가로저었다.

이튿날 아침이었다. 바르톨로메 가족은 물레방아 돌아가는 소리에 잠이 깼다. 물방앗간 주인이 벌써 물 유입구를 열어 물레방아를 돌리기 시작한 모양이었다. 물레방아가 끼익거리는 소리와 함께 천천히 돌기 시작하자 물방앗간이 바빠졌다. 이제 얼마 안 있으면 주인이 곡식을 빻아 자루에 담기 위해 이층으로 올라올 것이다.

이사벨은 잠에 취해 정신을 못 차리는 아이들을 급히 흔들어 깨우고는 깔개를 돌돌 말았다.

후안이 말없이 바르톨로메를 바라보며 턱짓으로 궤짝을 가리켰다. 그 뜻을 알아차린 바르톨로메가 기어서 궤짝 안으로 들어갔다. 후안이 뚜껑을 단단히 닫았다.

토레 데 라 파라다 성

둘째 날도 첫날과 똑같이 시작되었다. 다만 내딛는 발걸음이 어제와는 비교도 안 될 정도로 무거웠다. 호아킨과 후안나는 앞장설 마음이 없는지 처음부터 수레 뒤에 붙어, 후안이 한눈을 팔 때마다 수레에 손을 올려 조금이라도 수레의 힘을 빌리려고 했다.

한 시간쯤 지나자 베아트리스가 징징거리기 시작했다. 후안은 하는 수 없이 딸아이를 수레에 태웠다.

바르톨로메는 대부분의 시간을 궤짝 안에서 지내야 했다. 어제와는 달리 마을과 농가들이 연이어 나타나서, 마을을 지날 때마다 수레를 세워 바르톨로메를 궤짝에서 꺼냈다가 다시 넣는 것은 괜한 시간 낭비였기 때문이다.

"참나무 숲에 닿으면 꺼내 주지."

후안이 말하자 이사벨도 더는 군소리를 하지 않았다.

이날은 점심 식사 후에도 별로 쉬지 않고 바로 출발했다. 후안이 어제 일을 교훈 삼아 서둘렀기 때문이다.

후안은 후안나의 얼굴에 지친 기색이 보이자 이렇게 달랬다.

"얼마 안 있으면 숲에 도착할 게다. 거긴 그늘이 많고 시원해서 지금보다 훨씬 나을 거야. 조금만 참아."

후안나는 아무 표정 없이 어깨만 으쓱했다. 만사가 귀찮았던 것이다. 햇볕이 뜨겁게 내리쬐는 것도, 마실 만큼 마셨는데도 계속 갈증이 나는 것도, 발에 잡힌 물집이 터지고 다리가 쑤시는 것도 이젠 모두 귀찮았다.

"우리가 갈 숲에는 토레 데 라 파라다 성이 있다. 폐하께서 사냥하실 때 쓰시는 성이지. 오늘은 거기서 잘 거다."

후안은 성이 달콤한 오아시스인 양 아이들을 유혹했다. 그러나 후안나는 관심 없다는 듯이 고개만 끄덕였다. 성이 바로 눈앞에 나타나지 않는 한 지금 상태에서는 전혀 도움이 되지 않았던 것이다.

그런데 수레에서 푹 쉰 베아트리스는 아버지의 말에 관심을 나타냈다.

"국왕 폐하도 거기 살아요?"

"아니. 폐하께서 머무시면 우린 거기서 잘 수가 없다."

"그럼 몰래 숨어 들어갈 거예요?"

이제야 호아킨도 피곤함을 잊은 채 눈을 반짝거리며 물었다. 후안이 이맛살을 찌푸렸다. 이 녀석이 아비를 무슨 도둑이나 불한당으로 아나?

"왕실 수렵감독관이신 파체코 나리께서 나한테 나귀와 수레를 마구간에 보관하고 성에서 묵어도 좋다는 허락을 내리셨다."

뭐, 왕실 수렵감독관이라고? 이사벨은 남편이 궁정에서 그렇게 높으신 어른과 개인적으로 친분이 있다는 사실까지는 모르고 있었다. 그녀는 새삼 존경스러운 눈으로 남편을 바라보았다. 후안은 아내의 그런 눈길에 은근히 어깨가 으쓱했다.

"그럼 빨리 좀 가요, 아빠."

베아트리스가 갑자기 활기를 띠며 보챘다.

후안나가 한숨을 쉬며 베아트리스에게 톡 쏘아붙였다.

"너는 편하게 타고 간다 이거지?"

후안이 웃었다. 그러나 후안나의 눈에 눈물이 글썽이는 것을 보는 순간 단호하게 베아트리스를 번쩍 들어 수레에서 내려놓았다.

"오후 내내 수레를 탔으니 이젠 좀 걷도록 해. 대신 언니가 타라."

아버지의 결정에 베아트리스는 계속 쫑알거렸지만 후안은 모른 체하고 딸의 손을 잡아 앞으로 당겼다. 그사이 후안나는 재빨리 수레에 올라탔다.

참나무 숲에 닿은 것은 느지막한 오후 무렵이었다. 후안은 그늘에 수레를 세워 바르톨로메를 궤짝에서 꺼내 주었다. 바르톨로메는 눈이 휘둥그레졌다. 한 장소에 이렇게 많은 나무들이 자라는 것을 본 적이 없었기 때문이다.

"나무들 때문에 아무것도 안 보여!"

바르톨로메가 깜짝 놀라서 말했다. 어저께 길고 하얀 띠처럼 구릉과 구릉을 휘감아 돌던 길도 여기서는 어디로 갔는지 보이지 않았다.

후안나는 다시 베아트리스와 자리를 바꾸었고, 호아킨도 불끈 힘이 솟는지 앞장서서 나귀를 끌었다.

"언제 성에 도착해요?"

호아킨이 물었다.

"얼마 안 남았다."

"성은 어떻게 생겼어요? 크기도 엄청 크죠? 하인들은 많아요?"

후안나가 한꺼번에 궁금증을 쏟아 냈다.

"파라다 성은 폐하께서 자주 들르시지 않는 자그마한 사냥성이야. 그래도 물론 하인들은 꽤 많아. 건물과 정원과 사냥터를 관리해야 하니까. 그래서 바르톨로메는 오늘 밤 마구간에서 자야 한다."

"아니, 어떻게⋯⋯."

이사벨이 항의하려고 하자 후안이 아내의 말을 무 자르듯이 잘라 버렸다.

"괜찮아, 아무 일도 없을 거야. 오히려 내가 뚜껑으로 막은 궤짝을 들고 가는 게 이상하게 보일 거야. 만일 파체코 나리께서 보시기라도 해 봐. 어떻게 생각하시겠어? 자기 몰래 뭔가 숨기는 게 있다고 여기지 않겠어? 그건 좋지 않아."

이사벨은 더는 입을 열지 못했다. 바르톨로메를 밤새 혼자 낯선 장소에 두는 것은 분명 잘못된 일이지만, 이런 결정을 내린 사람은 남편이었다. 자신은 남편의 결정에 시시비비를 가릴 권한이 없었다.

나귀의 고삐를 잡고 있던 호아킨이 길모퉁이를 돌자 갑자기 길고 높은 담이 나타났다.

"이게 성벽이에요?"

호아킨이 궁금해서 물었다.

"그래, 이 뒤에 사냥터가 있다. 이제 조금만 더 가면 성문이 나타날 게다."

정말 몇백 미터를 더 가니 하얀 자갈길이 나타났고, 그 길은 곧장 성문과 연결되어 있었다. 성문 옆에는 노간주나무 덤불 사이로 작은 집이 하나 있었고, 그 앞에는 한 늙은 병사가 앉아서 꾸벅꾸벅 졸고 있었다.

"성문지기 카를로스야!"

후안이 목소리를 낮추며 말하자 바르톨로메는 즉시 이 말뜻을 알아차리고 궤짝 속으로 들어갔다. 그러나 속으로는 아버지에 대한 불만의 목소리가 점점 더 커지고 있었다. 후안나 누나와 호아킨 형은 성을 마음껏 구경하고 거기서 하룻밤 자기까지 할 텐데, 자신은 성을 그냥 한 번 볼 수조차 없으니 아버지에 대한 야속함이 클 수밖에 없었다.

그래, 아버지가 나를 싫어하신다면 복종심으로라도 인정을 받자. 바르톨로메는 이를 악물고 스스로에게 다짐했다.

그러나 후안은 바르톨로메의 그런 행동을 당연한 것으로 여길 뿐 대견스러워하는 것 같지는 않았다.

바르톨로메는 궤짝 틈새로 밖을 내다보았다. 그러나 보이는 것이라고는 침대와 음식 광주리가 전부였다.

후안은 성문지기에게 스스럼없이 인사를 하고는 긴 가로수 길을 따라 건물 앞마당으로 향했다.

성은 그리 크지 않았다. 사각형의 육중한 탑을 중심으로 붉게 칠해진 앞면에 돌로 테두리를 두른 이층 건물이 본관이었다. 그러나 후안나와 베아트리스, 호아킨으로서는 세상에 태어나 처음 보는 가장 큰 건물이었다.

"저기 탑 좀 봐. 저렇게 높은 걸 어떻게 지었을까?"

후안나가 입을 다물지 못했다. 그러자 후안이 싱긋 웃으며 말했다.

"이걸 보고 놀라는 걸 보니 마드리드에 가면 아예 뒤로 넘어가겠구나. 이 탑은 마드리드의 성 이시도르 대성당에 대면 아무것도 아냐."

후안나는 믿을 수 없다는 듯이 아버지를 쳐다보았다. 설마 이보다 더 큰 건물이 있을까 하는 눈치였다.

하인 하나가 계단을 내려오고 있었다. 베아트리스는 겁이 나서 수레 궤짝들 사이로 몸을 숨겼다. 후안나와 호아킨, 그리고 이사벨까지 당황해서 슬그머니 후안 뒤에 숨었다. 후안도 혹시 일이 잘못됐나 싶어 불안했지만 식구들 앞에서 내색을 하지 않으려고 애썼다. 자신이 떠날 때 분명히 돈 파체코로부터 여기서 묵어도 된다는 약속을 받아 놓았지만, 원래 높은 사람들일수록 변덕이 심하고 말을 잘 바꾼다는 것을 그간의 경험으로 잘 알고 있었던 것이다.

지난가을 후안은 마르가리타 공주를 모시고 이 성에 온 적이 있었다. 당시 그는 잘 곳이 없어서 마구간에서 잠을 자야 했다. 왕의 수행원들도 많았을 뿐 아니라 초대 받은 귀족들이 저마다 시종관과 몸종, 하인, 마부들을 끌고 왔기 때문이다. 후안이 그나마 마구간에서 짚더미를 깔고 잘 수 있었던 것도 요행일 정도였다. 그런데 후안은 그날 밤

한숨도 못 잤다. 왕이 가장 아끼는 '마르키스'라는 이름의 백마가 산통으로 거의 초주검 상태였기 때문이다. 말이 이 병에 걸리면 심리적으로 안정을 시키면서 계속 운동을 시켜야 했는데, 고열과 복통에 시달리는 말을 움직이기란 쉽지 않았다. 후안은 말을 억지로 끌어내 몇 시간 동안 마당에서 이리저리 걷게 하면서 끊임없이 땀을 닦아 주고 위로의 말을 건넸다. 지성이면 감천이라, 마침내 동이 틀 무렵에 마르키스는 산통이 가라앉으며 확연히 회복세를 보였다. 왕실 마구간 업무까지 관장하던 돈 파체코는 후안을 끌어안으며 고마움을 표했다. 만약에 왕의 애마가 숨을 거두었다면 어찌되었을까 생각하니 너무 아찔했던 것이다. 그날 이후 왕실 수렵감독관과 후안 사이에는 신분의 격차에도 불구하고 일종의 우정 같은 것이 싹텄다. 돈 파체코는 마드리드의 왕궁에 볼일이 있을 때마다 일개 마부에 불과한 후안에게 들렀고, 시간이 나면 포도주까지 대접하곤 했다.

후안도 공주님을 모시고 파라다 성으로 가는 일이 많지는 않았지만, 그럴 때마다 파체코 감독관 집에서 묵었다. 그러면 파체코의 하인이 말과 마차를 대신 돌보아 주었다.

그러나 귀족과 평민 사이의 이러한 우정은 정말 믿을 만한가? 후안은 확신이 서지 않았다.

계단을 내려오던 하인이 후안을 알아보고는 가볍게 목

례를 했다.

"파체코 나리께서는 벌써 여러분을 기다리고 있었습니다, 돈 카라스코."

하인이 정중하게 말했다.

후안은 그제야 속으로 안도의 한숨을 내쉬며 고개를 끄덕였다.

하인은 마구간 머슴을 불렀고, 후안이 달려온 머슴에게 나귀 고삐를 넘겼다.

"밤에 잘 때 깔개와 이불이 있어야 하지 않을까요?"

이사벨이 속삭이듯 물었다.

후안은 고개를 저었다. 하룻밤 묵어가도 좋다는 허락까지 받아 놓고도 그것이 못 미더워 자신들의 침구를 갖고 들어간다면 그건 주인의 호의를 무시하는 것으로 비칠 수도 있었기 때문이다.

마구간 머슴이 나귀와 수레를 끌고 갔다.

궤짝 안에 있던 바르톨로메는 머슴이 재갈을 풀고 나귀를 여물통으로 데려가는 소리를 들었다. 나귀는 얼마나 시장했던지 게걸스럽게 여물을 씹어 먹는 소리가 궤짝 안에까지 또렷하게 들려왔다. 바르톨로메는 당장이라도 좁은 궤짝을 뛰쳐나가고 싶었다. 그러나 마구간 안에 가축들 외에는 아무도 없다는 확신이 들 때까지 기다려야 했다. 한

참이 지났다. 마침내 마구간 문이 무겁게 닫히고 빗장을 거는 소리가 들렸다. 바르톨로메는 뚜껑을 위로 올리고 밖으로 기어 나왔다. 마구간 안은 칠흑처럼 어두웠다. 들리는 것이라고는 가축들이 내는 나직한 소리뿐이었다. 말들은 축사 안에 얌전히 서 있거나 여물을 먹고 있었다. 바르톨로메는 가축들이 내뿜는 온기를 느꼈다. 우선 먹을 것을 찾아야 했다. 몹시 배가 고팠던 것이다. 바르톨로메는 주위를 더듬거렸다. 음식 광주리가 손에 걸렸다. 급한 마음에 먼저 잡힌 빵 덩어리부터 입에 쑤셔 넣었다. 광주리 안에는 빵 외에도 딱딱하게 굳은 삶은 달걀과 시들시들한 토마토가 있었다. 바르톨로메는 침대에 몸을 기대고 천천히 먹기 시작했다. 아버지가 병신 아들에게 정해 놓은 양보다 많이 먹어도 상관없을 것 같았다. 다른 사람들은 왕이 묵는 성 안에서 마음껏 먹을 거라고 생각했기 때문이다.

우아하고 커다란 식탁에 수렵감독관을 중심으로 바르톨로메의 가족들이 즐거운 표정으로 앉아 있고, 은으로 만든 화려한 샹들리에 불빛이 주위를 환히 밝히고 있다. 하인들이 금쟁반에 고깃덩어리와 음식들을 담아 쉴 새 없이 날라 온다. 산해진미가 따로 없다. 하나하나가 먹음직스럽기 그지없다. 자신의 부모와 형제들은 마치 왕자나 공주님이 된 것처럼 우아하게 앉아 포식을 한다. 바르톨로메는 이런 상상을 하며 혼자서 빙긋이 웃었다. 얼마나 생생하던지 호아킨 형이 트림을 억지로 참는 모습하며, 베아트리스가 불룩 부른 배를 쓰다듬다 잘못해서 뒤로 넘어가는 모습까지 진짜 눈앞에 보이는 것 같았다.

바르톨로메는 자기들끼리 그렇게 갑자기 포식을 하다가 이튿날 아침에 배탈이 나서 쩔쩔매도 절대 불쌍히 여기지 않으리라 생각했다.

도착

———

　그러나 이튿날 아침에 배탈을 일으킨 사람은 아무도 없었다. 오히려 그 반대였다. 돈 파체코는 후안에게 달랑 포도주 한 잔만 권했을 뿐 저녁 식사는 대접하지 않았다. 손님들이 저녁을 먹고 왔다고 지레짐작한 것이다. 게다가 잠자리도 부실했다. 후안의 가족은 성 사람들이 사용하지 않는 부엌 한구석에서 깔개와 이불도 없이 차가운 돌바닥에 그냥 등을 대고 자야 했다. 어찌나 외풍이 심하던지 밤새 오들오들 떨었다.

　"어떻게 아침도 안 줘!"

　성의 진입로를 내려가면서 호아킨이 퉁명스럽게 내질렀다. 궤짝 안에 있던 바르톨로메는 남몰래 싱긋 웃었다. 어저께 마구간 안은 따뜻했고, 먹을 것도 부족함이 없었다. 바르톨로메는 갑자기 예전에 로드리케스 마을 신부가 한 말이 떠올랐다. 어느 날 저녁이었다. 바르톨로메가 여느 때와 마찬가지로 성당 앞 돌계단에 앉아 신나게 노는 아이들을 부러운 눈으로 바라보고 있을 때였다. 로드리케스 신부가 자신을 번쩍 안아 교회 안으로 데리고 들어갔다. 제단 뒤의 높은 벽에 걸려 있는 커다란 십자가상 앞이었다. 로드리케스 신부가 손가락으로 십자가상을 가리키며 엄숙하게 말했다.

"예수님께서는 먼저 된 자가 나중 되고, 나중 된 자가 먼저 된다고 말씀하셨다!"

바르톨로메는 당시에는 이 말을 믿지 않았다. 마을의 제일가는 천덕꾸러기인 자신이 어떻게 남들보다 앞설 것이고, 꼴찌가 어떻게 일등이 될 수 있겠는가?

그러나 바르톨로메는 이제부터 이 말을 믿기로 했다. 특히 호아킨이 아버지에게 언제 아침을 먹을 거냐고 조르는 소리를 들었을 때는 가슴까지 뿌듯해졌다.

어젯밤의 일등은 자신이었다. 이런 느낌은 처음이었다. 마치 무슨 하늘의 계시처럼 느껴지기도 했다. 어쩌면 마드리드에 가면 병신인 자신이 정말 제대로 된 아들로 거듭나는 최대의 기적이 일어날지도 몰랐다.

마드리드에서야 기적이 일어날지 모르지만, 거기까지

가는 과정은 여전히 힘들었다. 바르톨로메는 도성에 도착하기 훨씬 전부터 다시 궤짝 감옥에 갇혀야 했다. 참나무 숲의 오솔길을 벗어나자마자 곧장 큰길이 나타났다. 큰길은 수많은 마차와 기사들로 붐볐다. 단 하루라도 답답하고 후텁지근한 도성을 벗어나 휴식을 즐기려는 귀족과 귀부인들의 행렬이 줄을 이었다. 도로변에는 농부들이 저마다 탁자와 대충 나무로 짜 맞춘 의자들을 나무 그늘에 내놓고 행인들에게 술과 음식을 팔고 있었다. 일종의 간이주점이었다. 수레와 광주리를 들고 채소나 과일, 빵과 군것질거리를 파는 행상들도 눈에 띄었다. 손님을 부르는 그들의 카랑카랑한 목소리 때문에 거리는 북새통을 이루었다.

바르톨로메는 한낮의 더위 속에서 베아트리스가 칭얼거리는 소리를 들었다. 여기서 조금 쉬면서 음식도 사 먹고 구경도 하자는 뜻이었다. 그러나 후안은 못 들은 척 계속 걸음을 옮겼다. 해가 지기 전에 마드리드에 도착할 생각이었기 때문이다.

후안이 아내와 아이들을 이끌고 도성의 서쪽 문으로 들어서자 아이들은 겁이 나서 수레를 꽉 붙들었다. 한 곳에 이렇게 많은 집들과 사람들이 모여 있는 것을 처음 보았기 때문이다. 건물들은 대부분 이층 이상이었다. 앞면을 멋들어지게 장식한 건물도 있고, 반짝반짝 빛나는 유리창이 달린 건물도 있었다. 도로는 크고 평평한 돌로 포장되어 있어서 수레가 훨씬 부드럽게 잘 굴러갔다.

"저 마호르 광장 뒤편의 사라고사 거리에 우리 집이 있다. 만일 길을 잃으면 사람들에게 물어서 그리로 와야 한다."

후안이 베아트리스를 나귀 등에 태우며 모두에게 주의를 주었다.

후안나와 호아킨은 놀란 토끼눈으로 아버지를 쳐다보았다. 이렇게 큰 도시에서는 절대 혼자서 집을 찾아갈 수 없을 것 같았기 때문이다.

후안은 아이들의 이런 마음을 아는지 모르는지, 나귀 고삐를 틀어쥔 채 뒤도 안 돌아보고 뚜벅뚜벅 갈 길만 재촉했다. 후안나와 호아킨은 손을 꼭 잡았다. 호아킨은 그래도 안심이 안 되는지 다른 손으로 수레를 꽉 붙들었다. 이사벨도 불안하기는 마찬가지였다. 특히 큰길을 벗어나 높은 집들이 다닥다닥 붙어 있는 좁은 골목길을 지날 때에는 심장이 콩알만해졌다. 이 좁은 곳에 이렇게 많은 사람들이 북적이는 것을 본 적이 한 번도 없었다. 할 수만 있다면 남편 옆에 바짝 붙어 팔짱이라도 끼고 싶지만, 그건 아녀자로서 할 짓이 아니었다. 대신 이사벨은 호아킨과 후안나의 등만 바라보며 잰걸음을 놓았다. 마누엘은 엄마 등에 단단히 업혀 있었다. 지금까지 오는 동안 대부분 평화롭게 잠만 잔 마누엘이었지만, 이제 도시의 소음에 놀라 잠이 깨었다. 그런데 어디를 봐야 할지 몰라 이리저리 눈을 굴리기에 바빴다. 그만큼 볼거리가 많았던 것이다.

장터에 이르자 울타리 안에 가두어 놓은 가축들이 눈에 들어왔다. 팔려고 내놓은 것들이었다. 마누엘은 닭, 거위, 염소, 양을 발견하는 순간 너무 흥분해서 엄마의 두건을 잡아당겼다. 멈춰서 구경하고 가자는 의사 표시였다. 그러나 이사벨은 수레와 아이들의 등 외에는 아무것도 보지 않았다. 그걸 놓치게 되면 큰일이라고 생각했다.

장터에서 넓은 도로로 꺾어 들어가자 성 이시도르 대성당이 나타났다. 후안은 대성당 앞의 넓은 광장에 이르자 이마의 땀을 훔치려고 걸음을 멈추었다. 나머지 식구들도 후안을 따라 멈추어 섰다. 후안나와 베아트리스, 호아킨, 이사벨은 하늘 높이 솟은 웅장한 탑을 보는 순간 입을 다물지 못했다.

그런데 이런 낯선 곳에서 뭔가 익숙한 것을 보았는지 마누엘이 갑자기 소리를 질렀다.

"바르모, 바르모!"

마누엘은 대성당 정문 쪽을 가리키며 계속해서 외쳐 댔다.

바르모? 이사벨은 얼른 등을 돌려 수레를 보았다. 바르모는 어린 마누엘이 바르톨로메를 보고 부르는 이름이었다. 그렇다면 바르톨로메가 아버지의 명령을 어기고 궤짝

밖으로 기어 나왔다는 말인가? 아냐, 그럴 리가 없어. 바르
톨로메는 아버지의 말을 어길 애가 아냐. 게다가 궤짝 뚜
껑은 견고하게 닫혀 있지 않은가?

"바르모, 바르모!"

마누엘은 여전히 이 이름을 불러 댔다. 얼마나 흥분했
던지 포대기에서 내려 달라고 난리를 쳤다. 이사벨은 마누
엘이 가리키는 쪽을 바라보고는 소스라치게 놀랐다. 대성
당 한구석에 정말 바르톨로메가 허름한 누더기를 걸치고
앉아 있었던 것이다. 그런데 다시 보니 그건 자신의 아들
이 아니라 처음 보는 불구 아이였다. 그 아이는 행인들에
게 손을 뻗어 구걸을 하고 있었다. 이사벨은 얼른 시선을
돌렸다. 고향 마을에도 종종 뜨내기 거지들이 찾아오곤 했
다. 대개 고향이나 자식이 없거나 자식에게 버림받은 노인
들이었다. 마을 사람들은 그런 거지들에게 빵 껍데기를 나
누어 주기도 하고, 어떤 때는 수프 한 그릇을 대접하기도
했다. 그것은 기독교인의 의무였다. 그런데 이때껏 저렇게
어린아이가 구걸하는 것은 보지를 못했다. 저 아이 부모는
대체 어디에 있을까?

후안도 동냥하는 불구 아이를 눈여겨보고 있었다.

"이제야 내가 왜 바르톨로메를 데려오지 않으려고 했는
지 알겠지?"

후안은 이렇게 툭 내뱉고는 이사벨의 대답도 기다리지

않고 바삐 걸음을 옮겼다. 나머지 식구들도 천천히 그 뒤를 쫓아갔다. 이사벨은 광장을 떠나면서 한 번도 뒤돌아보지 않았다.

새집

———

사라고사 거리는 많은 사람들이 모여 사는 좁은 골목길이었다. 왕이 거주하는 알카사르 궁전과 성 이시도르 대성당이 근처에 있었다. 후안은 어느 집 앞에 수레를 세웠다. 문을 열고 들어서자 어두컴컴한 복도가 그들을 맞았다. 집 안에서 아이 우는 소리, 계집애가 앙칼지게 내지르는 소리, 닭이 모이 쪼는 소리가 한꺼번에 쏟아져 나왔다. 음식 냄새와 함께 악취도 심하게 풍겼다.

"이게 앞으로 우리가 살 집이다."

후안이 말했다.

"남들과 함께 살아야 되는 거예요?"

후안나가 실망스럽다는 듯이 말했다. 후안나는 정원이 딸린 큼직한 단독주택을 상상하고 있었던 것이다.

"마드리드에서는 아주 잘사는 귀족들만 자기 집을 가지고 있어."

후안이 쌀쌀맞게 대꾸했다. 그러고는 이사벨을 바라보며 설명했다.

"이층은 우리만 쓰니까 크게 걱정하지 않아도 돼. 골목쪽으로 큰 방이 하나 있고, 뒤편 안마당 쪽으로 골방이 있어. 삼층 꼭대기에는 약방집 과부 로페스 부인이 살아. 이건물도 부인 소유지. 일층에는 소릴라 씨가 가족과 함께살고 있어. 테레사 공주님의 회계원으로 일하시지. 딸이셋 있는데 이름은 헤로니마, 루시아, 그리고 아우구스티나야. 헤로니마는 약간 모자란 아가씨지만 성격은 착해. 전혀 무서워할 필요 없어. 놀려서도 안 되고!"

후안은 마지막 말을 하면서 특히 호아킨을 엄하게 바라보았다.

"이 집을 소개해 주신 것도 소릴라 씨야. 그렇기 때문에그 분한테 빚이 있는 거나 마찬가지야. 마드리드에서 이만큼 좋은 조건의 집을 찾기는 쉽지 않아. 집을 빌리면서 로페스 부인한테 당신이 빨래를 대신해 줄 거라고 말해 놓았으니까 당신이 좀 거들어 줘. 후안나는 시간 나는 대로 부인네 아이들도 좀 봐 주고."

마누엘과 바르톨로메만 빼고 모두 짐을 내려놓는 일을

도왔다. 후안은 저녁 종이 울리기 전에 수레와 나귀를 반납하러 가야 했다. 모두 힘을 합쳐 수레에서 침대와 궤짝, 의자, 탁자 그리고 나머지 짐들을 복도로 옮겨 놓았다.

후안이 이사벨에게 커다란 열쇠 하나를 건넸다.

"집 열쇠야."

고향 집에서는 열쇠라는 게 없었다. 밤이 되면 문에 빗장을 걸면 그뿐이었다.

"큰 짐들은 내가 나중에 와서 옮길 테니 일단 작은 것들만 이층으로 올려놓도록 해."

후안이 말했다.

"저도 따라가면 안 돼요?"

호아킨이 물었다. 후안은 잠시 생각하는 눈치였다. 짐을 이층으로 옮기자면 호아킨이 있어야 했지만, 내일 이사벨에게 우물과 시장 가는 길을 가르쳐 주려면 호아킨이 어느 정도 지리를 익혀 놓는 것도 나쁘진 않겠다 싶었다. 후안이 고개를 끄덕였다. 후안과 호아킨이 자리를 뜨자 이사벨은 걱정스러운 얼굴로 두 사람의 뒷모습을 바라보았다. 남자도 없이 낯선 집에 들어서는 게 두려웠기 때문이다.

"이제 올라가도 돼요?"

후안나가 물었다. 어서 빨리 새집을 구경하고 싶었다.

"엄마, 여긴 너무 어두워."

베아트리스가 투덜거렸다. 이사벨은 얼른 두려움을 떨

쳐 버리고 다시 용기를 냈다.

"베아트리스는 엄마 패물함을 들고 따라와. 마누엘을 꼭 붙들고. 엄마는 후안나와 함께 저 궤짝을 옮길 테니까."

이사벨이 바르톨로메가 갇혀 있는 궤짝을 가리켰다.

"바르톨로메는 여기서도 나오면 안 되나요?"

후안나가 물었다. 이사벨이 고개를 흔들었다.

"안 돼. 이 집엔 우리만 있는 게 아냐. 남의 눈에 띄면 안 되거든."

후안나는 입을 다물었다. 그런데 이 집에 도착한 지 제법 시간이 지났는데도 사람들은 코빼기도 비치지 않았다. 왜 그럴까? 궁금해서라도 나올 법한데…….

계단은 좁고 가팔랐고, 복도보다 더 침침했다. 이사벨과 후안나는 궤짝을 나르면서 여러 번 벽에 부딪힌 뒤에야 비로소 이층 계단참에 궤짝을 내려놓을 수 있었다. 갈색의 나무문이 어슴푸레하게 보였다. 후안이 말했던 현관문이 분명했다. 이사벨은 자물쇠를 더듬거리며 찾아 열쇠를 꽂았다. 문이 열리자 안에서 햇빛이 쏟아져 나왔다. 창문이 두 개 달린 밝고 큼지막한 방이었다. 방 안에는 커다란 점토 용기 외에는 아무것도 없었다. 이사벨은 궤짝을 안으로 들여놓은 뒤 뚜껑을 열었다. 바르톨로메가 밖으로 기어 나왔다. 그런데 갑작스러운 햇빛 때문에 눈이 부시는지 양

손으로 얼굴을 가렸다. 그러고는 비뚜름한 몸을 쭉 펴면서 딱딱하게 굳어 있던 몸을 풀었다. 후안나와 베아트리스는 그사이 벌써 집 안 구석구석을 돌아다니고 있었다. 후안나가 뒤쪽 벽에 붙어 있는 문을 열었다. 그러자 창이 높직이 달린 작은 골방이 나타났다. 텅 비어 있었다.

이사벨은 방 안을 둘러보며 가구들을 어디에 놓을까 궁리했다. 침대는 큰방에다 놓고, 작은방에는 매트리스를 깔 생각이었다. 궤짝 네 개 중 세 개는 작은방에, 하나는 큰방에다 두고, 의자는 창문 옆에 놓으면 안성맞춤일 것 같았다. 햇빛이 잘 들어와 후안나와 의자에 앉아 바느질하기 좋을 것 같았다. 어쩌면 레이스를 떠서 시장에 내다 팔 수도 있을 것 같았다. 이사벨은 일전에 남편이 한 말이 떠올랐다. 마드리드의 집세는 계속 오르기 때문에 조금이라도 돈 되는 일을 해서 살림에 보태야 한다는 것이었다. 탁자는 침대 앞에 놓으면 구색이 맞고, 침대는 낮엔 그냥 편한 의자로 쓰면 될 것 같았다. 등받이 없는 삼각의자는 탁자 옆에 놓을 생각이었다.

"엄마, 요리는 어디서 해요?"

후안나가 물었다. 어느 방에도 불을 지필 만한 데가 보이지 않았다. 이사벨은 싱긋 웃음을 머금으며 배가 불룩한 점토 용기를 가리켰다.

"저게 바로 요리용 화덕이야. 저기 불룩한 부분에다 석

탄이나 나무를 넣고 불을 때면 화덕이 뜨거워지는데, 그 위에 냄비나 솥을 올려놓고 요리하면 돼."

그사이 방 안을 둘러본 바르톨로메는 이제 자기 눈으로 직접 마드리드를 보고 싶었다. 그런데 가구가 없이는 손을 짚지 못해 혼자 일어나기가 힘들어서 결국 벽에 손을 짚고 비틀거리며 일어나 창가로 천천히 걸어갔다. 그런데 창문이 너무 높았다. 베아트리스는 발꿈치를 세우고 창밖을 내다보고 있었다. 바르톨로메도 따라해 보았다. 그러나 진흙을 뭉쳐 놓은 것 같은 작은 발과 기형으로 일그러진 발가락으로는 어림없는 일이었다. 그때였다. 바르톨로메의 몸이 갑자기 위로 번쩍 들어 올려졌다.

"자, 이제 마음껏 구경해."

후안나의 다정한 목소리였다.

바르톨로메는 눈이 휘둥그레져서 거리를 내다보았다. 이제야 귀로만 듣던 소리들에 대한 궁금증이 하나씩 풀렸다. 좁은 골목길을 가득 채운 각양각색의 사람 목소리, 수레바퀴 소리, 말발굽 소리 등 정신이 없었다. 후안나는 끈기 있게 동생의 몸을 꽉 붙들었다. 바르톨로메의 눈에는 모든 게 신기했다. 골목들 사이로 팽팽하게 묶여 있는 빨랫줄, 멋진 머리 모양의 귀부인, 그 뒤로 무거운 장바구니를 들고 따라가는 하인들, 손수레를 끌며 무딘 칼을 갈아주는 사람, 피리를 부는 악사……. 그런데 바르톨로메는 악사의 어깨에 앉아 있는 희한한 동물을 보는 순간 너무 놀라 눈이 휘둥그레졌다. 이 동물은 마치 사람처럼 옷을 입고 있었다. 빨간색 바지, 흰색 셔츠, 녹색 조끼, 검은색 모자, 거기다 얼굴엔 털이 수북했다. 목에는 쇠사슬로 연결된 목줄을 달고 있었는데, 쇠사슬 줄의 한쪽 끝은 악사의 허리춤에 단단히 묶여 있었다. 저게 무얼까? 동물일까? 아니면 난쟁이일까? 어쨌든 이 이상한 동물은 잼싸게 손가락을 놀리며 악사의 헝클어진 머리 속을 뒤지고 있었다. 피리 부는 악사의 주위로는 아이 어른 할 것 없이 많은 사람들이 모여 있었다. 그런데 이 동물이 몸을 돌리는 순간 바지 뒤로 기다란 꼬리가 툭 튀어나와 있는 것이 보였다.

"저게 뭐야?"

바르톨로메가 소리쳐 물었다.

"나도 모르겠는데."

후안나도 처음 보는 동물이었다. 그때 마누엘을 안고 있던 이사벨이 창가로 다가왔다.

"저건 원숭이라는 거야. 아프리카에서 사는 동물이지. 사람과 비슷하지만 훨씬 작고 털이 많아."

"당장 창가에서 떨어지지 못해!"

후안의 성난 목소리가 방 안을 쩌렁쩌렁 울렸다. 언제들어왔는지 후안과 호아킨이 문 앞에 서 있었다. 후안나는 얼른 바르톨로메를 바닥에 내려놓았다. 마누엘은 겁에 질려 울기 시작했다. 베아트리스도 하얗게 질린 얼굴에 입술까지 파르르 떨고 있었다. 무슨 잘못을 했다고 아버지가 저렇게 화를 내는 것일까? 그냥 창밖을 내다본 것뿐인데.

후안이 문을 쾅 닫았다.

"그러다가 사람들이 보면 어쩌려고 그래?"

모두들 그게 누굴 말하는지 알고 있었다.

"다시는 이런 일이 없도록 할게요, 여보."

이사벨이 급히 다짐했다.

"당연하지. 이제부터 바르톨로메는 저녁에 덧창문을 닫을 때까지 큰방 출입금지다."

아버지의 이 한마디는 바르톨로메에게 또 다른 감옥을 의미했다. 바르톨로메는 고개를 푹 숙인 채 후안나의 손에 이끌려 방으로 내쫓겼다. 문이 닫히자 골방의 차가운 벽에 머리를 기댔다. 갑자기 머리가 아프고 목구멍이 바싹바싹 타들어갔다. 너무 높아 밖을 내다볼 수 없는 창문만 하나 달랑 달린 이 골방이 이제 새로운 감옥이 되었다. 여기 있으면 아무도 바르톨로메를 볼 수 없을 것이다. 바르톨로메는 설움이 북받쳐 나직이 흐느끼기 시작했다.

엘 프리모

이제부터 바르톨로메의 삶은 지루한 나날의 연속이었다. 하루 종일 작은 골방에 혼자 웅크리고 앉아 있는 것이 전부였다. 큰방으로 올 수 있는 저녁에야 탁자에 앉아 형제자매들이 들떠서 쏟아 내는 새로운 이야기들을 부러운 얼굴로 듣곤 했다.

후안은 매일 새벽에 일을 나가, 종종 저녁 늦게 돌아왔다. 쉬는 날은 거의 없었다. 혹시라도 일이 없는 날이면 마누엘, 후안나, 베아트리스와 함께 산책을 나가거나 이사벨과 장을 보러 갔다. 한번은 호아킨을 술집에 데려가 포도주를 한 잔 사 주기도 했다. 하지만 대개 침대에 누워 자는 것이 쉬는 날의 일상이었다. 뒷방에 갇힌 난쟁이 아들에게는 관심조차 보이지 않았다. 바르톨로메가 계속 규칙을 지키고, 이사벨이 이런 식으로나마 자식을 곁에 두고 있는 것을 행복으로 여긴다면 이대로 만족하면서 살 수 있을 것 같았다.

후안은 호아킨을 한 제빵업자에게 맡겨 빵 만드는 기술을 배우게 했다.

"빵은 안 먹고 살 수가 없으니 기술만 배우면 먹고사는 데는 지장이 없을 게다."

후안이 아들에게 한 말이었다.

호아킨이 수습 기간만 제대로 버텨 내면 정식으로 도제 계약을 맺어 제빵기술자로 커 나갈 수 있었다. 이제 호아킨은 매일 해뜨기 한참 전에 집을 나가 오후 일찍 피곤에 전 모습으로 터벅터벅 돌아왔다. 검은 머리카락에는 반죽이 묻어 있기 예사였고, 양손은 말라붙은 밀가루로 갈라져 있었다.

"곧 적응할 거야."

후안의 말이 옳았다. 얼마 뒤 호아킨의 표정에서 묻어나던 피곤기가 말끔히 사라졌다. 대신 호아킨은 집에 돌아오면 오후 내내 도시를 돌아다니며 젊음을 만끽했다.

후안나는 집안일이 없거나 창가에서 바느질을 하지 않을 때면 삼층으로 올라가 로페스 부인의 아이들과 몇 시간씩 놀아 주었다. 그사이 로페스 부인은 생전에 남편이 운영하던 약방에 나가 운영 실태를 점검했다. 지금도 그녀는 이 약방의 상당한 지분을 갖고 있었다. 부인은 늘 사람들이 자신을 속여 먹으려고 하지는 않을까 걱정했다. 남편이 없는 과부의 몸이니 그럴 만도 했다. 부인의 맏딸은 이제 열 살이었다. 하지만 부인은 작년 겨울에 남편이 죽자 아직 소녀에 불과한 딸아이를 새로 들인 약제사와 약혼을 시켰다. 몇 년 뒤 정식으로 혼인을 해서 손자라도 태어나면 그제야 약제사를 믿고 가게를 맡길 수 있을 것 같았다. 설마 한 식구끼리 속이지는 않으리라 생각했던 것이다. 그때까지는 시간 나는 대로 가게에 들러 수입과 지출을 꼼꼼히 살펴야 했다. 이처럼 부인이 집을 비우는 시간에 후안나는 세 살배기 안나와 두 살배기 가스파르를 돌보았다. 큰딸 마리아는 어머니와 함께 약방으로 가는 경우가 많았다. 사십 언저리의 중늙은이 약제사가 어린 신부를 무척 보고 싶어 했기 때문이다. 그는 어린 약혼녀가 가게 한구석에 얌전히 앉아 있으면 기분이 좋아 어쩔 줄을 몰라 했다. 베아트리스는 회계원 소릴라 씨의 막내딸 아우구스티나와 단짝이 되었다. 둘은 몇 시간씩 뒤뜰에서 놀았는데, 뒤뜰에는 로페스 부인이 기르는 돼지와 닭을 넣어 둔 자그마한 축사와 뒷간이 있었다.

마누엘은 아들이 없는 로시타 부인의 사랑을 독차지했다. 로시타는 소릴라 씨의 아내였다. 이사벨이 마누엘을 야단치거나, 아들이 바라는 것을 들어주지 않거나, 아니면 그저 아들과 놀아 줄 시간이 없을 때면 마누엘은 얼른 문을 열고 아래층으로 내려갔다. 가파른 계단과 어두컴컴한 복도도 겁내지 않았다. 마누엘이 고사리 같은 손으로 아래층 현관문을 쿵쿵 두드리면 로시타 부인은 두 팔을 벌리고 마누엘을 반기며 맛난 군것질거리를 주곤 했다. 이사벨은 그게 별로 마음에 들지 않았지만, 다른 한편으론 마누엘이 없는 동안 조용히 일에 몰두할 수 있어서 좋기도 했다. 사실 이사벨이 레이스를 팔아서 버는 돈은 가계에 적지 않은 도움이 됐다. 마드리드에서는 먹고사는 것이 바로 돈이었다. 고향에서는 아무 데서나 주워 오면 그만일 나무토막도 여기서는 돈을 주고 사야 했고, 텃밭에서 마음껏 따 먹던 채소와 열매도 여기서는 시장에서 구입해야 했다.

바르톨로메만 빼면 온 식구가 제각각 일이나 놀이에 열중하고 있었다. 바르톨로메는 고향 마을이 그리웠다. 뒷방에 하루 종일 갇혀 있으면서 고향의 먼지 폴폴 날리는 광장, 하얀 집들, 비바람에 찌든 작은 성당의 정문, 그리고 앞의 돌계단을 떠올리며 눈물을 흘렸다.

간혹 이사벨과 후안나만 있을 때면 낮에도 큰방에 들어갈 수 있었다. 그러면 한구석에 앉아 어머니와 누나가 집안일 하는 것을 조용히 지켜보았다. 하지만 이사벨은 바르톨로메에게 일거리를 주지는 않았다. 큰방에 있으면 열린 창문으로 거리의 소음이 밀려 들어왔다. 그럴 때면 바르톨로메는 눈을 감고 그 소리가 어떤 소리일지 상상하며 자신이 직접 바깥에서 사람들과 어울려 생활하는 모습을 그려보았다. 그러나 지루하고 단조로운 날들이 거듭될수록 이런 무의미한 상상에만 매달리는 것에도 지쳐 갔다. 바르톨로메는 점점 말수가 줄고, 얼굴에 그늘만 깊어 갔다.

어느 날 오후였다. 바르톨로메는 이제 뒷방의 벽과 바닥에 금이 몇 개이고, 어디에 금이 있는지조차 다 알 정도로 방 안에만 틀어박혀 있었다. 이대로 가다가는 정말 천천히 미쳐 갈 것 같았다. 그때 호아킨이 방 안으로 뛰어 들어와 바르톨로메 앞에 쪼그리고 앉았다. 급하게 달려오느라 볼이 빨갛게 상기되었고, 눈도 무슨 흥분한 일이 있었는지 반짝거렸다.

"바르톨로메, 내 말 좀 들어 봐!"

바르톨로메는 호아킨을 시큰둥하게 쳐다보았다. 예전에는 호아킨이 시내에서 있었던 신기한 이야기들을 해주겠다고 하면 반색을 하던 바르톨로메였다. 이야기를 다 듣고 난 뒤에 자신이 이야기의 주인공인 것처럼 상상하는 것이 재미있었기 때문이다. 호아킨은 마차 꽁무니를 따라간 일, 장터에서 소매치기를 목격한 이야기, 알카사르 궁전의 우람한 담벼락을 따라 걸었던 이야기들을 해줬었다. 그런데 이젠 상상하는 것도 시큰둥해졌고, 이야기를 들으면서 느끼는 가슴 두근거림도 없어졌다. 대신 자신의 삶이 점점 더 외롭고 허전하게 느껴졌다.

바르톨로메가 고개를 돌렸다. 하지만 호아킨은 포기하지 않았다.

"오늘 대단한 사람을 봤어."

호아킨이 무슨 비밀처럼 소곤거렸다.

바르톨로메는 속으로 한숨을 내쉬었다. 호아킨의 이야기는 늘 대단한 사람, 아니면 잘사는 부인네들 이야기로 시작했기 때문이다.

"가마를 타고 가더라고. 그래서 내가 쫓아가 봤지. 이시도르 대성당 앞에서 가마를 세웠는데……."

호아킨은 이 대목에서 일부러 뜸을 들였다.

"근데……?"

바르톨로메가 이야기에 별 흥미가 없다는 듯이 물었다.

"너처럼 자그마했어. 근데 수염이 난 걸 보니 어른이었어. 번쩍번쩍 윤이 나는 검은 비단옷을 입은 게 아주 대단한 사람인 것 같았어."

"나처럼 난쟁이라고?"

"그래! 근데 아주 부자에다 높은 사람이래. 내가 가마꾼에게 다가가서 슬쩍 물어봤거든. 원래 이름은 디에고 데 아세도인데 사람들은 그냥 엘 프리모라고 부른대. 왕 서기래."

"왕 서기라고?"

호아킨이 열심히 고개를 끄덕거렸다.

"왕의 편지와 서류들을 대신 써 준대. 궁궐에 사는 모양인데 돈도 아주 많이 받나 봐. 그러니까 가마와 가마꾼을 부리겠지. 바르톨로메, 너도 그렇게 될 수 있어!"

바르톨로메는 입술을 깨물었다. 호아킨의 말이 사실이라면 난쟁이도 일을 할 수 있고, 남들에게 업신여김을 당하지 않으면서 능력을 보여 줄 방법이 있는 것이다. 그런데 아버지는 왜 이런 이야기를 해주지 않은 것일까? 마드리드에서는 난쟁이들이 왕실에서도 일을 하는데, 왜 이제껏 자기를 짐승처럼 가두어만 둔 것일까?

"네가 왕 서기가 되면 궁궐 안에서 영향력도 셀 거야. 그러면 나는 궁정 제빵공이 될 수도 있고, 후안나와 베아트리스는 공주님의 몸종도 될 수 있어."

호아킨이 마음껏 상상의 나래를 폈다.

"하지만 난 글을 몰라. 그냥 멍청하게 앉아 있는 것밖에는 할 줄 아는 게 없어."

바르톨로메의 말에 호아킨의 표정이 어두워졌다. 그러나 그것도 잠시였다.

"배우면 돼. 마드리드에는 분명 학교가 있을 거야."

바르톨로메가 씁쓰레하게 웃었다.

"낮에는 큰방에도 못 가게 하는 아빠가 나를 학교에 보내 줄 것 같아?"

호아킨은 방 안에서 이리저리 서성거렸다. 자신의 꿈이 가혹한 현실의 벽에 부딪혀 물거품이 될 것 같아 화가 치밀었다. 아냐, 바르톨로메에게 글을 가르칠 방법이 분명 있을 거야. 혹시 아버지한테 자신이 오후에 학교에 다니겠다고 해볼까? 그러면 저녁에 몰래 바르톨로메에게 글을 가르쳐 줄 수도 있을 것 같았다. 하지만 새벽 일찍부터 고되게 일을 하고 나서 또 오후에 학교에 다닐 생각을 하니 차마 내키지 않았다. 게다가 학교에 다니려면 돈이 많이 들 텐데, 아버지가 버는 돈으로는 어림도 없을 게 분명했다. 그사이 바르톨로메도 호아킨의 계획에 전염되어 있었다.

"나 대신 후안나 누나를 학교에 보내 달라고 하면 어떨까?"

바르톨로메가 조심스럽게 입을 열었다.

"아버지는 절대 돈을 들이면서까지 여자를 학교에 보낼 사람이 아냐!"

호아킨이 톡 쏘아붙였다. 바르톨로메는 실망을 감추지 못하고 고개를 떨구었다. 굽은 어깨가 조금씩 떨리기 시작했다. 바르톨로메는 형 앞에서는 울지 않으려고 했다. 그러나 자신도 모르게 입에서 흐느낌이 새어 나왔다. 호아킨은 걸음을 멈추고 동생을 내려다보았다. 그제야 불현듯 지금껏 동생 입장보다는 자기 생각만 했다는 느낌이 들었다.

하루 종일 작은 방에 갇혀 있으면 얼마나 외로울까? 동생에게 글을 가르치려는 것이 바르톨로메가 잘되기를 바라서라기보다는 실은 자신을 위한 것이라는 생각이 들자 미안한 마음이 앞섰다. 호아킨은 동생을 꼭 끌어안았다.

"바르톨로메, 글을 배울 수 있는 길이 분명 있을 거야. 형이 꼭 약속할게."

크리스토발 수사

며칠 동안 바르톨로메는 초조하게 형을 기다렸다. 오후가 되면 문에다 바싹 귀를 대고 이제나저제나 형이 계단 뛰어 올라오는 소리가 들릴까 기대했다. 형의 발소리는 대번에 알아들을 만큼 경쾌했다. 호아킨은 바르톨로메가 자신에게 얼마나 큰 기대를 갖고 있는지 알고 있었다. 그래서 후안나에게 이 일을 털어놓기로 결심했다. 어쩌면 누나라면 바르톨로메에게 글을 가르칠 수 있는 방법을 알고 있을지도 몰랐다.

"아버지한테는 절대 이야기하면 안 돼!"

호아킨이 후안나에게 단단히 일렀다. 후안나가 고개를 끄덕였다.

"물론이지. 남의 눈에 띌까 봐 뒷방에서도 못 나오게 하는데, 다른 사람한테 글을 배우게 하시겠어?"

"근데 수업료는 어떻게 마련하지?"

호아킨이 제일 걱정되는 부분을 털어놓았다.

"엄마한테 이야기해 보자. 생활비를 조금만 절약하면 그 정도 돈은 마련할 수 있을 거야."

후안나가 확신조로 말했다. 후안나는 갈수록 점점 더 말이 없어지고 우울해져 가는 바르톨로메를 어머니가 얼마나 안쓰럽게 생각하는지 잘 알고 있었다. 그제야 호아킨의 눈이 다시 반짝거렸다.

"그럼 선생을 알아본 다음에 어머니께 말씀드리자. 미리 말씀드리면 아버지 때문에 말릴지도 모르거든."

그러나 선생을 구하는 일은 곧 난관에 부딪혔다. 설사 글을 아는 사람을 만난다고 해도 시간을 낼 수 없거나 비싼 돈을 요구할 수 있었기 때문이다.

호아킨은 절망에 빠졌다. 그러나 바르톨로메의 핏기 없는 얼굴을 보는 순간 다시 용기를 냈다. 호아킨은 일을 마치고 난 뒤 프란체스카 수도원을 찾아가 문을 두드렸다.

맨발에다 간소한 갈색 수도복을 걸친 늙은 수사가 문을 열어 주었다. 호아킨은 쭈뼛거리며 인사를 했다. 그러나 막상 수사를 직접 대하고 보니 어떻게 말을 시작해야 할지 갈피를 잡지 못했다.

"무슨 일이니?"

수사가 상냥하게 물었다.

"제 이름은 호아킨 카라스코라고 하는데…… 한 가지 청이 있어서 찾아왔습니다."

호아킨이 기어들어 가는 목소리로 말했다.

"하느님께 아니면 나한테?"

"수사님께요!"

수사는 고개를 끄덕이고는 호아킨이 입을 열 때까지 끈기 있게 기다렸다. 이 세상 시간이 모두 자기 것이라도 되는 양 전혀 서두르는 기색이 없었다.

"제 동생 바르톨로메가…… 글을 배우고 싶어해요."

호아킨이 더듬거리며 말했다.

"여긴 글을 가르쳐 주는 데가 아닌걸."

"알아요. 하지만 저희 아버지께서는 동생을 학교에 보내지 않아요."

"아버지께서 다른 뜻이 있으신 게지. 아들로서 그런 아버지의 뜻을 의심해서는 안 되는 법이야."

호아킨이 수사의 선량한 얼굴을 꼿꼿이 쳐다보았다.

"알고 있습니다. 하지만……."

호아킨은 지금부터 자신이 하려는 말에 부끄러움을 느꼈다. 지금까지 한 번도 아버지를 나쁘게 이야기한 적이 없었기 때문이다.

"용서하십시오, 수사님. 아버지께서는 바르톨로메를 뒷

방에 가두어 놓았어요. 남들 눈에 띄지 못하게요. 동생은 거기서 죄수처럼 살아요."

크리스토발 수사는 자기 앞에서 발그스름한 얼굴로 가족의 비밀을 털어놓는 야위고 키만 멀쑥한 소년을 가만히 바라보았다. 일일이 고해를 듣지 않아도, 마드리드의 문 닫힌 가정 내에서 하느님의 선의를 의심케 하고 자신을 놀라게 하는 일들이 얼마나 많이 일어나는지는 어느 정도 짐작하고 있었다. 이제 무슨 말을 해야 좋을지 갈피를 잡지 못하는 사람은 오히려 크리스토발 수사 쪽이었다.

"내가 네 아버지랑 이야기를 해볼까?"

마침내 그가 입을 열었다.

"가끔 대화가 해결책이 되어 주기도 한단다."

그러나 대개의 경우는 그렇지 못하다는 것을 그 자신도 잘 알고 있었다.

호아킨이 화들짝 놀라며 고개를 흔들었다.

"제가 여기 왔다는 걸 아버지께서 아시면 안 돼요!"

"왜? 아버지가 동생을 학대하니?"

"아뇨. 그러실 분은 아니에요. 제 생각에는 동생을 부끄럽게 생각하는 것 같아요. 그래서 밖에 나가지도 못하게 하죠. 바르톨로메는 불구예요. 몸이 굽고, 발이 기형이어서 제대로 걷지도 못해요."

"난쟁이구나."

크리스토발 수사가 혼잣말처럼 중얼거렸다.

호아킨이 고개를 끄덕였다.

"남들은 걔를 난쟁이, 병신, 기형아라고 놀려요. 하지만 어쨌든 제 동생이에요. 영리하고 배우는 것도 빨라요."

호아킨의 뺨이 발갛게 달아올랐다. 수치심 때문이 아니라 동생을 강하게 변호하려는 마음 때문이었다.

"동생이 글을 배우게 되면 국왕 폐하의 서기도 될 수 있어요. 엘 프리모처럼요. 그렇게 되면 숨어 지낼 필요도 없고, 모든 사람으로부터 존경을 받을 거예요."

"그래, 엘 프리모는 그렇다. 하지만 너도 알고 있을 게다. 마드리드에만 수백 명의 난쟁이와 불구가 있다는 걸. 길거리에서 비참하게 구걸을 하고 돌아다니고, 네 동생처럼 세상의 모욕과 조롱을 피해 어두운 방이나 움막에 숨어 사는 사람이 부지기수. 엘 프리모는 아주 특별한 경우다. 하느님의 은총이 특별한 방식으로 내린 게지."

"엘 프리모가 해냈다면 제 동생도 할 수 있어요!"

"물론 네 불쌍한 동생한테도 하느님의 특별한 은총이 내릴 수 있어. 하지만 하느님의 은총이 어떤 식으로, 언제 내릴지 아는 사람이 어디 있겠니?"

크리스토발 수사가 온화한 얼굴로 대답했다.

"수사님, 제 동생은 꼭 글을 배워야 해요. 제발 도와주세요. 동생한테 약속까지 했어요. 많지는 않지만 사례도 해

드릴 수 있어요."

호아킨이 간절한 눈으로 늙은 수사를 쳐다보았다.

"네 아버지 모르게 너희 집에 가서 바르톨로메에게 글을 가르치라는 말이냐? 네가 지금 어떤 요구를 하고 있는지 알기나 하는 거냐?"

크리스토발 수사가 머리를 강하게 저었다. 그런 일은 불가능했다. 수도원장이 허락을 하지 않을 것이다. 원장의 허락 없이는 한 발짝도 수도원을 떠날 수 없는 것이 자신의 처지였다. 하지만 그 아이가 이리로 온다면……

호아킨은 크리스토발 수사의 생각을 읽기라도 한 듯 이렇게 말했다.

"제가 동생을 데리고 오면 가르쳐 주실 수는 있는 거예요?"

"나는 할 일이 많은 사람이다. 문지기 일뿐 아니라 성당 일도 봐야 하고, 정원도 가꾸어야 하거든."

"수사님께서 동생을 가르치시는 동안 정원 일은 제가 할게요."

호아킨이 뜻밖의 제안을 했다. 크리스토발 수사가 어느 정도 도와줄 결심을 하고 있다고 느꼈기 때문이다. 하지만 바르톨로메를 어떻게 수도원에 데려올 것인지에 대해서는 생각하지 않았다. 그건 나중에 머리를 쥐어짜도 충분할 것 같았다. 당장은 약속을 받아 내는 것이 중요했다.

"제가 돈도 드릴게요."

호아킨이 다그쳤다.

"돈을 받을 수는 없다."

크리스토발 수사의 입에서 자기도 모르게 이런 말이 튀어 나왔다. 수도사는 수도복 외에는 자신의 이름으로 재산을 소유할 수가 없었기 때문이다.

"그럼 기부를 할게요. 거기……."

"양초 봉헌을 말하는 게냐?"

크리스토발이 호아킨의 말을 보충해 주었다. 순간 호아킨의 가슴이 쿵쾅거렸다. 이렇게까지 말하는 걸 보니 바르톨로메에게 글을 가르치겠다는 뜻을 정한 게 아닐까?

"성당 안의 마리아상에다 양초를 하나 봉헌하거라."

크리스토발이 기부 방법까지 정해 주었다.

호아킨은 환호성을 지르며, 수사에게 지켜야 할 예의도 잊은 채 크리스토발을 덥석 껴안았다. 크리스토발은 그러는 호아킨을 그냥 내버려 두었다.

"일주일에 두 번이다. 화요일과 토요일 오후 한 시에 이리로 오너라. 수업은 한 시간씩이다."

크리스토발 수사가 엄한 눈길로 다시 덧붙였다.

"단, 네 아버지의 허락이 있을 경우에만 가능하다는 걸 명심해라!"

호아킨이 고개를 주억거렸다. 중요한 건 바르톨로메가

글을 배울 수 있게 되었다는 사실이었다. 다른 건 나중에 고민해도 늦지 않다고 생각했다.

크리스토발 수사는 문을 닫으면서 수도원장에게 허락을 구하기 전에 먼저 첫 수업을 가져 보기로 작정했다.

비밀 계획

"그렇게 해요!"

바르톨로메는 형의 이런 단호한 모습을 처음 보았다. 자신감이 넘치고, 약간 고압적이기까지 한 것이 꼭 아버지의 모습을 보는 듯했다. 호아킨이 어머니에게 말했다.

"아버지한테 말하면 안 돼요. 어쨌든 지금은 안 돼요. 아버지가 아시면 분명 반대하실 거예요."

호아킨이 뜻을 굽히지 않았다.

바르톨로메는 어머니를 쳐다보았다. 어머니가 과연 아버지에게 비밀을 숨기려고 할까?

이사벨은 아이들에게 기습 공격을 당한 기분이었다. 호아킨과 후안나, 그리고 바르톨로메가 그녀 앞에 서 있었다. 그녀는 계속 아이들의 간절한 시선을 피하려고만 애썼다. 자신이 허락한다고 해결될 문제가 아니었다. 그런 결정은 남편만이 내릴 수 있었다. 그리고 지아비에게는 아무것도 숨기지 말아야 하는 것이 아녀자의 도리였다.

"엄마, 글을 배우면 바르톨로메에게도 미래가 생기는 거예요."

후안나가 한 걸음 더 다가가며 말했다. 그러자 호아킨이 거들었다.

"바르톨로메가 돈을 벌 수도 있어요."

"어쩌면 아빠도 그런 나를 자랑스러워할지 몰라요."

바르톨로메가 나직이 말했다. 이사벨은 아들의 크고 검은 눈을 바라보았다. 거기엔 간절한 소망이 담겨 있었다.

바르톨로메가 직업을 가질 수 있다면 그건 정말 더할 나위 없이 좋은 일이다. 하지만 남편은 그걸 곧이곧대로 믿지 않을 것이다. 아니, 허무맹랑한 짓을 한다고 길길이 날뛸지도 몰랐다. 안 돼! 허락할 수 없어.

"아버지 말씀을 잊었니? 바르톨로메를 절대 남의 눈에 띄게 해서는 안 된다고 하셨잖아."

"알아요. 그러니까 빨래통에다 숨겨서 옮기겠다는 거잖아요! 후안나 누나도 따라갈 거예요. 그러면 내가 빨래하는 걸 도우러 간다고 생각할 거예요."

호아킨이 열을 냈다.

"벌써 시험해 봤어요. 바르톨로메는 빨래통에 들어가고

도 남아요. 호아킨도 빨래통을 들고 나를 수 있을 만큼 힘이 세요. 당장 보여 드릴게요."

열의로 발갛게 상기된 후안나가 어머니의 대답을 기다리지도 않고 바르톨로메를 빨래통이 있는 곳으로 데려가더니 통 안에 집어넣었다. 바르톨로메는 한껏 몸을 웅크렸다. 그러자 검은 머리까지 빨래통 안으로 쏙 들어갔다. 후안나가 빨랫감으로 그 위를 덮자 감쪽같았다.

"바르톨로메가 공부를 하는 동안 저는 빨래를 할 거예요. 그러면 나중에 집에 갈 때도 우리가 빨래를 하고 돌아가는 줄 알 거예요. 그런 우리를 누가 의심하겠어요?"

후안나가 장담했다.

호아킨이 멜빵을 걸치고는 빨래통 앞에 쪼그리고 앉아 빨래통을 멜빵에 건 다음 비틀거리며 일어섰다. 그러고는 몇 걸음을 옮겼다. 얼마 지나지 않아 이마에 땀방울이 맺혔다.

"수도원까지 얼마나 걸리니?"

어머니는 반대를 해놓고도 이렇게 물었다.

"멀지 않아요. 충분히 해낼 수 있어요."

호아킨이 가쁜 숨을 몰아쉬며 자신 있게 대답했다.

이사벨은 망설였다. 아이들의 이런 결연한 모습을 아직까지 한 번도 본 적이 없었다. 하지만 바르톨로메를 이런 식으로 옮기는 건 남편의 명령을 어기는 것이었다.

안 될 일이었다. 남편 말을 어길 수는 없었다. 아무에게도 눈에 띄지 않게 하라고 했는데, 수사가 바르톨로메를 보지 않는가? 하지만 수사라면 믿을 만하지 않을까? 비밀 엄수를 철칙으로 삼는 사람들이 아닌가? 이런 생각이 들자 이사벨은 어느 정도 안심이 되었다.

"엄마?"

바르톨로메가 마치 알을 깨고 나온 병아리처럼 빨래통에서 고개를 삐죽 내밀고 엄마를 불렀다. 그 모습을 보는 순간 이사벨은 자기도 모르게 웃음이 새어 나왔다.

"그렇게 해 줘요!"

바르톨로메가 애원했다.

이사벨은 고개를 끄덕였다. 그 수밖에 달리 방법이 없었다.

바르톨로메는 뛸 듯이 기뻤다. 할 수만 있다면 당장 이대로 빨래통에서 뛰쳐나가 엄마 품에 안기고 싶었다.

호아킨이 수도원 정문에 도착했다. 빨래통을 들고 여기까지 오느라 다리가 후들거렸다. 사람들의 왕래가 많은 골목길에서 누구 하나 그들을 이상하게 바라보는 사람은 없었다. 빨래통 속에 비밀이 숨겨져 있다고 누가 상상이나 하겠는가?

호아킨이 문을 두드리자 크리스토발 수사가 바로 문을

열어 주었다. 벌써부터 기다린 눈치였다.

"걔는 어디 있니?"

크리스토발이 놀라 물었다. 아무리 둘러봐도 불구 난쟁이는 보이지 않았던 것이다.

"빨래통 안에 있어요."

호아킨이 이렇게 대답하며 수도원 안으로 비틀거리며 들어왔다. 후안나도 얼른 뒤를 따랐다.

"빨래통 속에?"

크리스토발 수사가 이맛살을 찌푸렸다.

"너희 아버지에게 이야기를 안 했나 보구나!"

후안나가 불쑥 끼어들며 말했다.

"저희 아버지는 바르톨로메가 거리에서 사람들의 구경거리가 되는 걸 싫어하세요. 그래서 어쩔 수 없이 이런 방법을 택하게 됐어요."

후안나가 아무렇지도 않게 거짓말을 했다.

"사실이냐?"

크리스토발이 호아킨에게 물었다. 호아킨은 고개를 숙인 채 작은 목소리로 그렇다고 대답했다. 얼굴이 빨개진 것을 들키지 않기 위해서였다. 호아킨이 빨래통을 내려놓자 후안나가 바르톨로메가 나오는 것을 도와주었다. 흥분으로 동생의 몸이 가늘게 떨리고 있었다. 후안나는 바르톨로메가 자신의 양손에 완전히 기댈 수 있도록 능숙한 솜씨로 동생의 몸을 부축해 주었다.

"나는 크리스토발 수사다. 네가 바르톨로메인가 보구
나."

크리스토발은 바르톨로메를 보는 순간 놀라움을 금치
못했다. 이렇게 심하게 기형이라고는 예상하지 못했기 때
문이다. 자신이 느끼는 섬뜩함이 밖으로 드러나지 않도록
애써야 할 정도였다. 큼지막한 곱사등에 상체는 앞으로 튀
어나와 있었고, 굽은 다리와 조막발은 작은 몸뚱이 하나
제대로 지탱할 수 없을 정도로 허약해 보였다. 크리스토발
수사는 등골이 오싹했다. 예전에 악마의 그림을 본 적이
있는데, 거기 그려진 사탄의 모습이 지금 이 아이와 비슷
하게 생겼었다. 아냐, 이런 생각은 미신이야. 수도회의 수
사가 일반인들처럼 미신에 빠져서는 안 돼.

"저는 글을 배우고 싶습니다."

바르톨로메가 크리스토발 수사를 올려다보며 말했다.
잔뜩 기대에 부푼 표정이었다.

이렇게 추악한 난쟁이의 입에서 어떻게 이런 맑고 투명
한 목소리가 나올 수 있을까? 크리스토발은 바르톨로메의
비뚜름한 얼굴 속에서 또 하나의 기적을 발견하였다. 무한
한 신뢰를 담은 채 자신을 바라보고 있는, 검은 진주같이
반짝거리는 두 눈이었다. 크리스토발은 무릎을 굽혀 바르
톨로메가 뻗은 손을 맞잡았다. 순간 수사는 또 한 번 깜짝

놀랐다. 아니, 이렇게 가냘프고 아름다운 손이 또 어디 있을까? 그래, 어쩌면 호아킨의 말이 맞을지도 몰랐다. 이런 끔찍한 기형아에게도 이렇게 신의 특별한 은총이 깃들어 있으니까 말이다. 종처럼 맑은 목소리, 진주같이 반짝거리는 눈, 섬섬옥수처럼 고운 손이 그 증거가 아니고 무엇이겠는가?

"그래, 이제부터 나와 함께 읽고 쓰는 것을 배워 보자꾸나."

크리스토발 수사의 목소리에 힘이 배어 있었다.

크리스토발이 바르톨로메를 수도원 안뜰의 그늘진 회랑으로 데려갔다. 거기에는 돌로 만든 하얀 지붕 아래 벤치 하나와 작은 의자가 미리 준비되어 있었다. 크리스토발 수사가 벤치에 앉았다. 바르톨로메가 작은 의자에 자리를 잡자 수사가 품에서 네모꼴의 작은 나무판을 꺼냈다. 거기에는 크고 작은 알파벳들이 하얀색으로 깨끗하게 적혀 있었다. 그가 이것을 바르톨로메에게 내밀었다.

"이게 A고, 이건 B, 이건 C······."

바르톨로메는 온 신경을 집중해서 들었다.

그사이 호아킨은 안뜰에서 장미 덤불 주위의 잡초를 뽑고 있었다.

크리스토발 수사가 손가락으로 철자를 하나씩 짚어 가

며 그 이름을 가르쳐 주었다. 바르톨로메는 선생이 말한 것을 입으로 따라하며 글자 모양을 머릿속에 넣어 두었다.

"이게 뭐라고 했지?"

잠시 뒤 크리스토발 수사가 배운 것을 얼마나 기억하고 있는지 알아보려고 물었다.

바르톨로메는 하나의 직선 옆에 두 개의 배가 불룩 튀어나와 있는 글자를 가만히 내려다보았다. 확신이 서지 않았다. 모든 철자가 엇비슷했기 때문이다.

"B요."

마침내 바르톨로메가 결정을 내렸다.

크리스토발 수사가 만족스럽게 웃었다. 암기력과 이해력이 무척 뛰어난 아이구나! 이렇게 짧은 시간에 나무판의 글자를 모두 외우기가 쉽지 않을 텐데!

"이제 내가 손으로 짚는 철자들을 차례로 읽어 보거라."

크리스토발은 이리저리 손가락을 옮겨 가며 철자들을 가리켰고, 바르톨로메는 기억력을 총동원해서 읽기를 시도했다.

"B-A-R-T-O-L-O-M-E."

"맞았다."

크리스토발이 칭찬했다.

"방금 네가 읽은 게 뭔 줄 아느냐?"

바르톨로메가 당황한 표정으로 고개를 저었다. 머릿속

에 철자들의 소리만 엉켜 있을 뿐 이것들이 모여 무엇을 뜻하는지는 알 수가 없었다.

"이번에는 이것들을 한번 붙여서 읽어 봐라."

크리스토발 수사가 다시 한 번 철자들을 차례대로 짚어 나갔다.

"바-르-톨-로-메."

난쟁이 바르톨로메가 휘둥그레진 눈으로 수사를 올려다보았다.

"이건 제 이름 같아요. 바르톨로메!"

바르톨로메가 다시 나무판 위의 철자들을 하나씩 짚어 가며 읽었다.

"맨 처음에 B가 나오고, 그 다음에 A, R, T······."

바르톨로메가 정확하게 철자들을 읽어 냈다.

크리스토발 수사는 기쁨을 감추지 못했다.

"아주 잘했다. 그럼 오늘은 이만하고 다음 시간에 계속하도록 하자."

바르톨로메는 어리둥절한 눈으로 수사를 쳐다보았다. 벌써 시간이 다 됐나? 그러나 곧바로 교회의 탑시계가 울리면서 크리스토발 수사의 시간 감각이 정확하다는 것을 증명해 주었다.

바르톨로메는 나무판에서 눈을 떼지 못했다. 조금이라도 더 읽고 싶었던 것이다. 내친 김에 호아킨, 후안나, 마누

엘, 베아트리스의 철자도 알고 싶었고, 버터, 계란, 치즈라
는 글자도 읽고 싶었다.

"제가 이 나무판을 집으로 가져가면 안 되나요?"

바르톨로메가 물었다. 크리스토발 수사는 머뭇거렸다.
나무판은 자신이 직접 만든 것이었지만, 수도사는 원래 아
무것도 소유할 수가 없기 때문에 모든 것이 수도원의 재산
이라고 할 수 있었다. 그렇다면 자신이 마음대로 빌려줄
수가 없었다. 하지만 수도원에서 나무판을 쓸 사람이 없다
면 이 아이가 집으로 가져가서 공부해도 되지 않을까?

"그럼 다음 시간에 반드시 가져와야 한다."

바르톨로메는 나무판을 품에 꼭 끌어안으며 부지런히
고개를 끄덕거렸다.

읽기와 쓰기

———

바르톨로메는 어머니 앞에서 오늘 배운 것을 자랑했다. 이사벨은 단 한 시간만 수업 받은 어린 아들이 자신의 이름뿐 아니라 부모와 형제자매의 철자까지 완벽하게 대는 것을 보며 놀라움을 금치 못했다.

그때였다. 후안이 들어오는 소리가 들렸다. 아들의 재주에 감탄하느라 하마터면 남편이 들어오는 것도 모를 뻔했다. 이사벨은 얼른 나무판을 바르톨로메의 요 밑에 숨겼다.

"누군가 있을 때는 절대 꺼내서 보면 안 된다!"

바르톨로메는 여기서 '누군가'가 누굴 말하는지 알고 있었다. 아버지는 물론이고, 베아트리스 앞에서도 글을 배우는 티를 내서는 안 되었다. 베아트리스는 비밀을 지키기엔 너무 어린 나이였다.

바르톨로메는 구석에 앉아 신기한 나무판을 생각했다. 눈을 감으니 머릿속으로 알파벳이 하나하나 생생하게 떠올랐다. 순간 바르톨로메는 무릎을 쳤다. 그래, 맞아, 이거야. 나무판이 꼭 있어야 되는 건 아냐. 머릿속에 알파벳들을 죄다 넣어 놓으면 되지!

바르톨로메는 손가락으로 허공에 알파벳을 그려 보았다. 그때 더 좋은 생각이 떠올랐다. 바르톨로메는 앞방에서 덧창문을 닫는 소리가 들릴 때까지 끈기 있게 기다렸다. 마침내 덧문이 닫히자 몸을 일으켜 앞방으로 비척비척 걸어갔다. 화덕 옆 광주리에는 숯이 가득 쌓여 있었다. 바르톨로메는 슬그머니 그 옆에 앉아 집게손가락에 숯 검댕을 묻혔다. 그런 바르톨로메를 눈여겨보는 사람은 없었다. 이사벨과 후안나는 저녁 준비를 하고 있었고, 베아트리스는 마누엘과 놀고 있었으며, 후안과 호아킨은 마주 앉아 후안의 장화를 솔로 청소하면서 이야기를 나누고 있었다.

바르톨로메는 돌바닥에 침을 뱉어 셔츠 소매로 윤이 날 때까지 바닥을 문질렀다. 그러고는 검정이 묻은 손가락으로 알파벳을 하나씩 써 나갔다.

그제야 후안나가 바르톨로메의 행동을 눈치챘다. 아버지 쪽을 슬쩍 쳐다보니 후안은 아직 아무것도 모르고 있는 듯했다. 후안나는 얼른 알파벳 위에 발을 올려놓고 비벼서 글자를 지워 버렸다.

"당장 그만둬! 그러다 들키면 어쩌려고 그래?"

후안나가 목소리를 낮춰 동생을 야단쳤다.

바르톨로메는 순순히 고개를 끄덕이면서도 얼굴은 기쁨으로 달떠 있었다.

"누나도 봤어? 이젠 글도 쓸 수 있다고. 하나도 어렵지 않아. 직선을 긋고 곡선만 예쁘게 그려 넣으면 돼."

며칠 동안 꿈결 같은 나날이 흘러갔다. 바르톨로메의 머릿속에는 알파벳들이 뒤죽박죽 섞여 있었다. 바르톨로메는 그것으로 단어를 만들어 보려고 했다. 아버지와 베아트리스가 집을 비울 때면 기다렸다는 듯이 숯조각을 들고 방바닥에 단어들을 적어 내려갔다. 이사벨은 물을 담은 대야와 마른 수건을 바르톨로메 옆에 놓으며 말했다.

"바로바로 지우면서 써야 돼."

어머니가 걱정스럽다는 듯이 말했다. 저녁이 되면 이사벨은 후안이 일을 마치고 돌아오기 전에 검정이 잔뜩 묻은 바르톨로메의 손과 얼굴을 깨끗이 씻겼다. 그리고 셔츠를 갈아입히고, 더러운 옷은 빨래통에 집어넣었다.

"이건 토요일에 후안나가 빨 거야."

토요일? 그래, 크리스토발 수사를 만나는 날이었다. 바르톨로메는 빨래통에 다시 기어 들어갈 날을 손꼽아 기다렸다.

크리스토발 수사는 회랑의 돌바닥에 열심히 낱말들을 써 내려가는 난쟁이 바르톨로메를 바라보며 속으로 감탄을 연발했다.

물론 바르톨로메가 쓴 낱말들은 실수투성이였다. 그러나 알파벳 하나하나 모두 제 꼴을 갖추고 있었다. 직선은 반듯했고, 곡선도 흠 잡을 데 없이 완벽했다. 크리스토발이 앉아 있는 벤치 한 켠에는 석판과 석필이 놓여 있었다. 젊은 시절 자신이 수도원에 들어와 처음 알파벳 쓰기를 배운 대로 오늘 바르톨로메에게 글씨 쓰기를 가르칠 작정이었다. 당시 자신은 며칠 동안 줄곧 직선만 나란히 곧게 긋는 연습을 했다. 선생이 그만하면 됐다고 고개를 끄덕여야 직선에 곡선을 연결해서 제대로 된 철자를 그릴 수 있었다. 그런데 이 아이는 자신이 예전에 훨씬 더 오래 걸려서 했던 것을 불과 나흘 만에 완벽하게 터득해 버렸다.

"크리스토발 수사님!"

바르톨로메가 부르는 소리에 크리스토발의 생각이 끊겼다.

"왜 그러느냐?"

"이 세상에는 얼마나 많은 낱말들이 있나요?"

"무한히 많지."

"무한히요? 저 하늘의 별만큼 많아요?"

바르톨로메는 고향 마을에서 올려다본 밤하늘을 떠올렸다.

"그보다도 많지."

크리스토발이 싱긋 미소를 지었다.

바르톨로메는 자기가 쓴 낱말들을 내려다보았다. 몇 자 되지 않았다. 앞으로 얼마나 더 많은 낱말들을 배워야 하는 것일까? 밤하늘의 별보다도 많은 낱말들이 있다고 생각하니 벌써부터 까마득했다. 바르톨로메는 오늘 두 번째 수업만 마치면 모든 것을 쓸 수 있으리라는 확신을 갖고 왔다. 그런데 그것이 얼마나 허무맹랑한 생각이었는지 이제야 깨달았다. 바르톨로메는 풀이 죽은 얼굴로 크리스토발 수사를 올려다보았다.

"전 도무지 안 될 것 같아요. 아무리 생각해도 떠오르는 단어가 몇 개 안 되거든요."

"그러니까 배워야지."

"어떻게요?"

크리스토발 수사가 속으로 결심을 했다.

"여기서 잠깐 기다리거라."

그러고는 어디론가 급히 걸음을 옮겼다.

얼마 뒤 크리스토발이 돌아왔다. 손에 가죽 장정의 두툼한 책 한 권을 들고 있었다.

"이리 와서 내 옆에 앉거라."

바르톨로메가 벤치에 냉큼 올라가 앉았다. 크리스토발 수사가 책장을 조심스럽게 넘겼다. 매 쪽마다 위에서 아래까지 수많은 알파벳으로 연결된 단어들이 빼곡하게 들어차 있었다.

정말 밤하늘의 별보다 많아! 바르톨로메는 속으로 깜짝 놀랐다. 한 면에 이 정도면 책 한 권에는 무수한 낱말들이 있을 게 분명했다. 크리스토발 수사가 책장을 넘기던 손을 멈추고 손가락으로 한 행을 가리켰다. 바르톨로메는 얼른 앞으로 몸을 숙였다. 이 단어를 모두 읽고 머릿속에 넣어 두었다가 나중에 다시 숯으로 써 볼 거야. 바르톨로메의 얼굴에 결의가 묻어났다.

"그 무렵……."

바르톨로메가 더듬더듬 읽었다. 간혹 너무 긴 단어가 나오면 크리스토발은 음절을 끊어서 제대로 읽는 법을 가르쳐 주었다. 힘겹게 읽어 내려가던 바르톨로메가 갑자기 읽기를 멈추더니 깜짝 놀란 표정으로 소리쳤다.

"이 이야기는 저도 알아요! 성탄절 이야기 아니에요?"

"그래, 맞다. 이제 너도 네가 읽은 책이 무엇인지 알았구나."

바르톨로메는 새삼 깊은 존경심으로 책을 내려다보았다. 성경이었다. 고향 마을에서 성경을 읽는 사람은 로드리케스 신부뿐이었다.

"저, 저는 사제가 될 수도 없고, 되고 싶지도 않아요."

바르톨로메가 겁먹은 얼굴로 더듬거렸다. 크리스토발은 웃음을 억지로 참았다.

"사제가 아니라도 누구나 성경을 읽을 수 있단다."

크리스토발이 빙그레 웃으며 설명했다. 바르톨로메는 안도의 한숨을 내쉬며 다시 책장으로 시선을 돌렸다. 어떤 이야기인지 알고 나니 읽는 것이 한결 수월했다. 어떤 때는 상당히 긴 단어도 혼자서 읽을 수 있었다.

그렇게 한참을 읽고 있는데 크리스토발 수사가 손을 얹어 책장을 가렸다.

"이제부터는 단어도 쓸 수 있어야 한다, 바르톨로메. 단어가 나오면 철자 하나하나를 정확하게 봐 두었다가 나중에 머릿속에서 다시 끄집어낼 수 있어야 해."

바르톨로메가 벤치에서 쪼르르 내려가 바닥에 웅크리고 앉았다. 크리스토발 수사가 석판과 석필을 건네고는 성경에서 한 단어를 보여 주었다.

"Autumn(가을)."

바르톨로메가 읽었다. 이 단어를 외우는 건 별로 어렵지 않을 것 같았다. 철자가 몇 개 되지 않았기 때문이다. 그런데 A, U, T, U, M, 그다음이 이상했다.

"끝의 N은 소리가 나지 않는데 어째서 나오는 거예요?"

"보기 좋으라고 붙여 놓은 거지. 그걸 운치라고 한단다.

말로 표현된 단어에는 소리밖에 없지만, 글로 쓴 것에는 형태도 있어. 그래서 간혹 미적인 운치를 위해 귀로는 들을 수 없는 철자를 붙여 놓곤 하지."

크리스토발 수사가 설명했다.

"글자를 쓴다는 건 꽤 어려운 일이네요."

바르톨로메는 집에서 썼던 낱말들을 떠올려 보았다. 모두 그냥 소리 나는 대로 적은 것들이었다. 글자에 이런 숨은 운치가 있다는 것을 몰랐기 때문이다.

"아까 제가 쓴 단어에 틀린 곳이 많았겠네요?"

수업을 시작할 때 자신이 돌바닥에 적었던 낱말들을 떠올리며 한 말이었다.

"엄청나게 많았지."

크리스토발 수사가 천연덕스럽게 웃으며 말했다. 그러나 바르톨로메가 부끄러워 낯을 들지 못하는 것을 보자 이렇게 안심시켰다.

"책을 읽으면 낱말들의 형태를 쉽게 익힐 수 있으니까 너무 걱정하지 말거라. 그러면 그런 실수도 저지르지 않아."

책을 읽는다고? 수사님이 성경을 빌려주시려는 것일까? 바르톨로메는 자기도 모르게 성경으로 손이 갔다. 그러자 크리스토발 수사가 고개를 흔들었다.

"그건 안 된다, 바르톨로메. 성경은 수도원 재산이야. 내 마음대로 빌려줄 수가 없어."

"나무판은 빌려주셨잖아요? 꼭 다시 돌려드릴게요."

"그건 내가 만든 거니까 빌려줄 수 있었지. 하지만 성경책은 그보다 몇천 배나 더 소중한 것이야."

크리스토발 수사가 인자하게 타일렀다.

바르톨로메는 실망한 채 성경에서 눈을 떼지 못했다. 책을 읽지 않으면 제대로 쓸 수도 없다는데 어떻게 하지?

"아버지한테 말씀드려서 값싼 책이라도 한 권 사 달라고 해라. 그러면 집에서 책을 읽고, 혼자서 쓰기 연습을 할 수가 있을 테니 말이다."

크리스토발 수사가 간단한 문제라는 듯 해결책을 제시했다.

바르톨로메는 낙담한 표정으로 고개를 젓고, 아버지에게 책을 사 달라고 하는 것이 얼마나 터무니없는 희망인지 이야기하려고 했다. 그때였다. 크리스토발 수사가 속사정을 전혀 모르고 있다는 생각이 퍼뜩 들었다.

"예, 그렇게 부탁드려 볼게요."

바르톨로메가 우물우물 말했다. 크리스토발은 만족스럽게 고개를 끄덕였다.

"그럼 다음 주에 책을 가져오너라. 그걸로 같이 읽으면서 연습을 하도록 하자. 성경은 수도원 재산이라서 수도원장의 허락 없이 빌려주는 건 곤란하거든."

책

____

"책이 필요해요."

바르톨로메가 빨래통에서 나오자마자 어머니에게 선언하듯 말했다.

"책이라고?"

이사벨은 너무 황당하고 어이가 없어 이 말밖에 나오지 않았다. 책은 사제나 부자같이 글을 잘 알고 시간이 남아도는 사람들이나 가지는 물건이었다. 자기네 같은 서민들은 감히 꿈도 꾸지 못할 사치였다.

"성경이면 제일 좋아요."

바르톨로메는 무수한 단어들이 담겨져 있는 크리스토발 수사의 성경을 떠올리며 말했다.

"성경이라고?"

이사벨의 놀란 눈이 더욱 커졌다. 그냥 책이 아니라 그것도 성경이라니? 성경책은 웬만한 돈으로는 엄두도 낼 수 없을 만큼 비쌌다. 이사벨은 예전에 고향 마을에서 새 성경을 구입했던 일이 떠올랐다. 로드리케스 신부의 성경책이 너무 낡고 곳곳에 곰팡이가 슬어 읽기가 힘들게 되자, 마을 주민들이 얼마씩 돈을 내서 간신히 새 성경책을 마련했는데, 당시에도 상당히 큰 금액이었던 것으로 기억하고 있었다.

"지금 제정신이니? 그런 생각일랑 아예 말아라."

이사벨은 화를 내며 젖은 빨래를 널기 시작했다.

"책이 없으면 계속 배울 수가 없어요."

바르톨로메가 고집을 피웠다.

"너는 지금도 읽고 쓸 수 있어. 숯을 들어 봐. 내가 아무 낱말이나 부를 테니 적어."

"못해요."

바르톨로메가 풀 죽은 얼굴로 한숨을 쉬었다. 이사벨은 빨래를 내버려 두고 바르톨로메 앞에 쪼그리고 앉아 아들의 머리를 쓸어 주었다.

"왜 못해? 어제까지만 해도 모두 쓸 수 있었잖아."

"제대로 쓴 게 아니에요. 철자는 신경도 안 쓰고 그냥 소리 나는 대로만 썼던 거예요. 그걸 낱말의 형태라고 하는데, 그런 형태를 알아야만 실수 없이 쓸 수가 있어요."

이사벨은 바르톨로메가 무슨 말을 하는지 알아들을 수가 없었다.

"크리스토발 수사께서 다음 시간에 네가 말하는 그런 형태의 낱말들을 가르쳐 주시겠지. 그러면 머릿속에 단단히 넣어 두면 되잖아."

이사벨이 다독였다. 바르톨로메는 어머니의 순진함에 자기도 모르게 웃음이 새어 나왔다.

"자, 이제 모두 해결됐지?"

이사벨은 아들이 웃는 모습을 보고 기뻐하며 하던 일을 마저 끝내려고 했다. 바르톨로메가 그런 어머니의 치마를 붙잡았다.

"엄마, 하늘의 별들을 세어 봤어요?"

"아니. 그렇게 엄청나게 많은 걸 어떻게 세겠니? 그건 불가능해."

"별에는 빛만 있는 게 아니라 각각 어떤 형태가 있다면, 엄마는 하늘을 쳐다보지 않고도 별의 형태를 머릿속에 넣어 둘 수 있겠어요?"

이사벨이 아들을 찬찬히 바라보더니 천천히 입을 열었다.

"그러니까 네 말은 낱말을 제대로 쓰려면, 듣기만 해서는 안 되고 보기도 해야 한다는 거니?"

"맞아요. 저도 오늘 그걸 알았어요. 크리스토발 수사님께서는 낱말들의 형태를 배우려면 책이 꼭 있어야 한다고 하셨어요. 하지만 책을 빌려줄 수는 없대요. 그렇다고 아버지한테 사 달라고 할 수도 없고…….."

이사벨이 바르톨로메를 꼭 껴안았다. 어디서 책을 구한단 말인가? 자신이 바느질을 해서 몇 푼 번 돈은 살림에 보태야 했다. 바르톨로메의 수업료로 지불한 양초 두 개 값도 시장에서 다 시들어 가는 야채를 사는 것으로 식비를 절약해서 마련했다. 이사벨은 시든 야채를 냄비에다 넣고 푹 끓였다. 그리고 그렇게 끓인 걸쭉한 수프를 호아킨이 빵가게에서 싸게 가져온 딱딱한 빵들과 함께 내놓았다. 베아트리스와 마누엘은 아직 어려서 맛을 구분하지 못했고, 호아킨과 후안나 그리고 바르톨로메는 그것을 알아도 불평하지 않았다. 어머니가 돈을 절약해야 할 이유를 알고 있었기 때문이다.

아무래도 책을 살 만큼 큰돈은 마련할 수가 없겠어. 이사벨이 속으로 결정을 내렸다.

"도저히 안 되겠다, 바르톨로메."

이사벨이 아들을 더욱 세게 끌어안으며 말했다.

이제까지 한구석에서 두 사람의 대화를 가만히 듣고 있던 후안나가 다가왔다.

"방법이 있어!"

후안나의 얼굴에 단호함이 묻어났다. 이사벨이 놀란 눈으로 후안나를 올려다보았다.

"무슨 방법?"

"로페스 부인과 마리아는 오전에 약방에 가요. 그사이 내가 위층으로 올라가서 몰래 책을 갖고 내려올게요. 로페스 부인의 침실에 책이 몇 권 있거든요. 안나와 가스파르가 눈치채지 못하게 할 수 있어요. 그랬다가 로페스 부인이 돌아오기 전에 재빨리 도로 갖다 놓으면 되죠."

바르톨로메의 얼굴이 환해졌다. 이제껏 후안나 누나가 이렇게 예뻐 보인 적은 없었다.

이사벨이 겁에 질린 표정으로 딸아이를 보았다.

"그건 도둑질이야."

후안나가 어깨를 으쓱했다.

"책이 필요해서 잠시 빌리는 것뿐이에요."

"우리는 그렇게 이야기하지만, 주인한테 물어보지도 않고 빌리는 건 도둑질이야."

"바르톨로메의 장래가 달린 일이에요. 다른 방법이 없어요. 내 말대로 해요."

후안나가 뜻을 굽히지 않았다.

"안 돼!"

이사벨이 소리쳤다. 자식이 도둑질하는 것까지 허락할 수는 없었던 것이다. 혹시 집에 돈 될 만한 것이 없을까? 순간 작은 패물함이 떠올랐다. 그러나 패물이라고 해 봐야 얇은 은으로 만든 값싼 장신구가 고작이었다. 그중에서 딱

하나 값나가는 것이 있다면 할머니 적부터 내려온 반지였다. 다이아몬드 조각이 박힌 금반지였는데, 그것이라면 책을 살 만큼 돈을 받을지도 몰랐다. 하지만 그건 후안나에게 물려줄 유품이었다. 자신도 어머니가 돌아가실 때 큰딸자격으로 물려받았기 때문이다.

"반지가 있긴 한데……."

이사벨이 혼잣말처럼 내뱉었다.

후안나는 이 말이 무엇을 뜻하는지 단번에 알아차렸다. 종종 자신도 그 반지를 꺼내 보며 감탄을 아끼지 않았기 때문이다. 언젠가는 자신에게 돌아올 반지였다. 물론 손가락에 끼고 다닐 것이 아니라 어머니와 마찬가지로 소중한 보물처럼 간직하기만 할 물건이었다. 후안나는 망설였다. 반지를 팔아서 책을 사? 다른 방법이 없을까? 혹시 크리스토발 수사에게 잘 이야기해서 책을 빌릴 수는 없을까? 아니면 책이 없어도 바르톨로메 혼자 글쓰기를 배울 수 있지 않을까? 그도 아니라면 로페스 부인이 없는 틈을 타서 책을 잠깐 빌리는 것은 왜 안 되는 것일까? 누구 하나 손해 보는 사람도 없고, 반지도 지킬 수 있을 텐데.

이것이 후안나에게 얼마나 어려운 결정인지 바르톨로메가 눈치챈 것일까?

"누나, 내가 나중에 일을 해서 부자가 되면 제일 먼저 반지부터 새로 사 줄게."

바르톨로메가 약속했다. 후안나는 난쟁이 동생의 새까
맣고 커다란 눈을 바라보았다.

"반지를 팔아요."

마침내 후안나가 결정을 내렸다.

"진심으로 하는 말이니?"

이사벨이 물었다. 후안나가 얼른 고개를 끄덕였다. 다시
마음이 바뀌지 않도록 스스로에게 못을 박기 위해서였다.

이사벨이 뒷방에서 패물함을 꺼내 와 딸아이에게 건넸
다. 후안나는 조심스럽게 뚜껑을 열고 반지를 손가락에 끼
었다. 그러고는 창가로 가서 햇빛에 비추어 보았다. 반지
가 눈부시게 반짝거렸다. 후안나는 꿈을 꾸듯 몽롱한 시선
으로 반지를 이리저리 돌려 보았다. 다시는 만져 보지 못
할 것이라는 생각에 안타까움이 더했다.

"거기서 뭐해?"

호아킨이 방 안으로 들어서며 가죽 물통을 내려놓았다.
날마다 물을 길어오는 것은 호아킨의 몫이었다. 어머니가
늦게 들어온다고 잔소리를 하지 않는 대신 자신이 매일 물
을 떠 오기로 합의했던 것이다. 호아킨은 마드리드의 좁은
골목길을 돌아다니는 것을 좋아했다. 어떤 때는 사람과 상
점 구경으로 시간 가는 줄을 몰랐고, 어떤 때는 다른 아이
들과 함께 귀족들의 마차를 뒤쫓기도 했다. 어쩌다 마차에

탄 부자들이 재미 삼아 동전 몇 푼을 던지기라도 하면 아이들은 서로 차지하려고 아귀다툼을 벌였다.

그런데 오늘은 속이 안 좋아 평상시보다 일찍 집에 돌아왔다.

"무슨 반지를 끼고 그래?"

"이걸 팔아 바르톨로메에게 책을 사 주려고……."

후안나가 호아킨에게 자초지종을 설명했다. 호아킨도 로페스 부인의 책을 빌리는 것이 좋겠다는 의견이었지만, 이사벨이 펄쩍 뛰었다.

"그러면 팔지 말고 전당포에 맡겨."

호아킨의 말에 이사벨의 얼굴이 하얗게 질렸다. 전당포는 가장 밑바닥 사람들이 마지막 수단으로 찾는 곳이었다. 전당포에 가재도구를 맡길 수밖에 없는 상황이라는 것은 그 집이 갈 데까지 간 집안이라는 사실을 말해 주는 것이었다. 그만큼 전당포를 찾는 것은 수치스러운 일이었다.

"그게 좋겠어. 나중에 내가 반지를 찾아 누나한테 다시 돌려주면 되잖아!"

바르톨로메가 반색을 했다.

"전당포에 맡겼다가 책을 살 만큼 돈을 받지 못하면 어쩌려고?"

이사벨의 말에 호아킨이 설명했다.

"돈이 아니라 책을 달라고 하는 거죠. 그라나도 거리에 가면 전당포가 하나 있는데, 그곳 주인은 가끔 가게 앞에서 책을 읽곤 해요. 전당포에 책이 있다는 얘기죠. 주인도 분명 우리 제안에 찬성할 거예요. 우리로서는 바르톨로메가 책을 다 읽으면 돌려주면 그만이에요. 이자만 조금 물면 돼요."

"너는 그런 걸 어떻게 다 알아?"

후안나가 물었다.

"날쌘 다리와 밝은 눈, 그리고 터진 입은 뒀다 어디 쓰려고?"

호아킨이 자신만만하게 대답했다.

이사벨은 반지를 헝겊에 곱게 싸서 조심스럽게 치마 주머니에 챙겨 넣었다. 그러고는 머리와 어깨를 숄로 단단히 싸매고 후안나 쪽으로 몸을 돌렸다.

"아래층에서 베아트리스와 마누엘을 데려오고, 더 이상 못 나가게 해."

후안나가 고개를 끄덕였다.

"저녁 준비도 해놓고."

"아빠가 평소보다 일찍 오시면 어쩌죠?"

이사벨이 주춤했다. 남편이 전당포에 간 사실을 알아서는 안 되었다. 그렇다고 남편을 속일 수도 없었다.

"호아킨, 저기 작은 항아리를 들고 따라와. 시장에서 기름을 좀 사야겠다."

후안나가 해맑게 웃었다.

"그러니까 기름을 사러 가시는 거네요?"

이사벨의 얼굴이 빨개졌다.

"그래."

전당포

———

그라나도 거리는 작고 컴컴한 작업장과 가게들이 다닥 다닥 붙어 있는 골목길이었다. 대장장이, 구두장이, 직물 장이, 통메장이, 도기장이, 그리고 제빵공과 정육업자들이 이 좁은 골목에 다 모여 있었다. 제빵공은 정육점에서 버린 쓰레기 때문에 쥐가 들끓는다고 정육점 주인과 드잡이를 했고, 직물장이는 대장간에서 뿜어대는 자욱한 연기 때문에 천이 더러워진다고 큰 소리로 대장장이를 욕했다. 구두장이는 돈이 없어 품질이 떨어지는 가죽으로만 신발을 만들다 보니, 찾는 사람이 적고 이윤도 박해 계속 이대로 가난하게 살 수밖에 없었다. 통메장이의 조수 두 명은 주문받은 통을 손님이 원하는 곳까지 아무렇게나 굴려서 갔는데, 길이 고르지 못해 통이 이리저리 요동을 치는 바람에 자신의 가게 앞까지 통을 갖다 달라고 주문한 도기장이는 도기들이 깨지지 않을까 벌벌 떨고 있었다.

전당포는 골목 끝에 있었다.

호아킨은 골목길에 들어서면서 이제야 동그라미가 세 개 그려진 전당포집 문 안쪽에 뭐가 숨겨져 있는지 알게 되겠구나 하고 생각했다. 전당포 주인은 하얀 수염을 기르고 검은 옷을 입은 노인이었는데, 여느 때와 마찬가지로 의자에 앉아 책을 읽고 있었다. 호아킨은 이렇게 한가하게 앉아 책을 읽으면서도 어떻게 돈을 벌 수 있는지 늘 궁금했었다.

"나는 도저히 못하겠다."

가게 앞에 이르렀을 때 이사벨이 호아킨에게 귀엣말로 속삭였다. 그렇지 않아도 전당포에 들어가는 것이 너무 창피했는데, 행인들이 벌써 자신들을 보고 수군거리는 것 같았다.

호아킨이 전당포 안으로 불쑥 들어서며 주인에게 정중하게 말했다.

"제 어머니께서 얼마간 반지를 맡기고 싶어하십니다."

노인이 책을 덮고 일어났다.

"여기엔 모두 얼마간만 물건을 맡겨 두지요, 부인."

주인이 상냥하게 대답했다. 그러고는 문을 열어 이사벨과 호아킨을 어두컴컴한 가게 안으로 들였다.

"레베카! 여기 손님 오셨다!"

어둠 속에서 예쁜 소녀가 기름등을 들고 나왔다. 소녀는 탁자 위에 등을 내려놓고는 호아킨과 이사벨에게 미소를 지어 보였다. 이사벨은 치마를 만지작거리더니 떨리는 손으로 조심스럽게 헝겊을 풀어헤치고 반지를 꺼냈다. 호아킨이 어머니에게서 건네받은 반지를 탁자 위에 올려놓았다. 주인은 기름등을 가까이 당겨 놓고 돋보기와 저울을 꺼냈다. 반지를 저울 위에 올려놓고 세심하게 무게를 재더니 한참 동안 반지를 이리저리 돌려가며 관찰했다.

"아주 오래된 반지구먼. 내 짐작이 틀리지 않다면 세비야 지방에서 만든 것 같군요."

주인이 혼잣말처럼 중얼거렸다.

그사이 호아킨은 멍하니 소녀를 바라보고 있었다. 상아로 깎은 듯 반듯하고 하얀 얼굴, 그리고 액자틀처럼 얼굴을 에워싸고 있는 새까만 머릿결이 눈부셨다.

"레베카, 부인께 의자를 내드려라."

이사벨이 나직이 괜찮다고 사양했지만 레베카가 의자를 권했다. 호아킨이 손을 뻗어 의자를 받았다.

"고마워요."

호아킨이 갈라지는 듯한 목소리로 말했다.

이사벨은 의자에 앉아 반지를 쌌던 헝겊을 초조하게 만지작거렸다. 저 노인이 반지만 챙기고 시치미를 떼면 어떡하지?

마침내 노인이 허리를 쭉 폈다.

"이 반지는 꽤 받을 수 있겠군요."

노인이 차분하게 말하며 이사벨의 얼굴을 찬찬히 관찰해 보았다. 이런 말을 들었을 때 손님들의 표정에 나타나는 안도감을 정확하게 파악하는 것이야말로 전당포 주인에게 꼭 필요한 기술이었다. 일단 이렇게 미끼를 던져 놓으면 손님은 좀 넉넉하게 돈을 빌리려 하고, 자신은 물건값 한도 내에서 최대한 빌려주었다. 그래야 나중에 손님이 돈을 갚을 확률이 낮아지기 때문이다. 손님이 돈을 갚으면 이자 몇 푼밖에 챙기지 못하지만, 상환 기간을 넘겨 물건을 처분하면 상당한 이익을 볼 수 있었다.

이사벨은 눈을 내리깔았다. 자신의 얼굴을 샅샅이 훑어보고 있는 노인의 시선이 불쾌하고도 두려웠기 때문이다. 그러자 호아킨이 용기를 내어 한 걸음 앞으로 나섰다.

"우리는 돈 대신 책을 빌리려고 합니다. 성경이면 가장 좋겠습니다."

바르톨로메가 성경을 빌렸으면 좋겠다고 단단히 일러두었기 때문이다.

"책을 빌린다고?"

주인이 믿을 수 없다는 얼굴로 반문하자 호아킨이 고개를 끄덕였다.

"제 동생이 글을 공부하는 데 책이 필요해요. 다 보고 나면 책을 돌려드리고 반지를 다시 받고 싶습니다."

주인이 고개를 흔들었다. 이제껏 이렇게 이상한 거래는 처음이었기 때문이다.

"책을 빌리더라도 통상적인 이자는 갚아야 돼."

호아킨이 다짐의 뜻으로 고개를 끄덕였다.

"반년 안에, 그러니까 주현절 전까지 반지를 찾아가지 않으면 반지는 포기해야 한다!"

"알겠습니다."

호아킨이 거래의 성사를 확증 짓는 뜻으로 손을 내밀었다.

"잠깐! 아직 끝나지 않았어."

주인은 호아킨이 내민 손을 내버려두고 이렇게 덧붙였다.

"나한테 성경책은 없어. 하지만 다른 두꺼운 책들은 있지. 레베카, 궤짝에서 책 좀 꺼내 오너라."

호아킨은 생각에 잠겼다. 바르톨로메가 원한 건 성경이었다. 그런데 성경은 없고 다른 책들만 있다. 나처럼 까막눈이 글자 공부하기에 좋은 책이 어떤 것인 줄 알고 고른단 말인가?

레베카가 가죽 장정의 책을 한아름 가져와 반지 옆에 놓았다. 책에서 퀴퀴한 냄새가 났다.

"이 중에서 한 권 골라 봐."

전당포 주인이 호아킨에게 권했다. 호아킨은 입술을 깨물었다. 그냥 가장 두꺼운 책을 골라?

"모두 좋은 책들이에요."

소녀가 나지막하게 말했다.

호아킨이 깜짝 놀라 소녀를 쳐다보았다. 그럼 이 책을 모두 읽었다는 소린가?

"호아킨, 어서 골라! 빨리 가야 해."

이사벨이 호아킨의 등을 톡톡 치며 재촉했다. 한시라도 빨리 이 컴컴한 방에서 나가고 싶은 심정뿐이었다.

"어떤 책에 가장 단어가 많아요?"

호아킨이 쑥스러워하며 물었다. 전당포 주인의 눈썹이 치켜 올라갔다.

"좋은 책들은 단어가 많지 않아. 나쁜 책이나 길게 쓰는 법이지."

주인이 얕보듯이 말했다. 호아킨은 얼굴이 빨개졌다. 그나마 방이 어두워 자신의 얼굴이 보이지 않는 것을 다행스러워 했다.

"제 동생은 그냥 재미로 책을 읽으려는 게 아니라 가능한 한 많은 단어들을 배우고 싶어합니다."

호아킨이 변명했다. 그러자 주인은 가볍게 콧방귀를 뀌며 대꾸했다.

"그럼 가장 두꺼운 책을 가져가."

"아빠!"

소녀가 조용히 눈으로 아버지를 나무랐다. 그러고는 자

신이 직접 몸을 숙여 책을 한 권 골라냈다. 전당포 주인이 말한 가장 두꺼운 책이 아니라 표지에 얼룩이 많은 책이었다.

"이건 세르반테스라는 작가가 쓴 『돈키호테』라는 책이에요. 유익하고 아름다운 단어들이 많아 공부하는 데 큰 도움이 될 거예요. 게다가 이야기에 푹 빠져들 만큼 재미있어요. 사람을 웃기기도 하고 울리기도 해요."

소녀가 호아킨에게 책을 내밀었다.

책이라는 것이 정말 사람을 웃기기도 하고 울리기도 할까? 호아킨은 소녀가 내민 책을 어색하게 건네받으며 속으로 고개를 갸웃거렸다.

바르톨로메는 잔뜩 들뜬 표정으로 책을 받았다. 비록 얼마간이지만 자신의 책이 생긴 것이다. 바르톨로메는 코를 킁킁거리며 책 냄새를 맡았다. 인쇄된 종이에서는 마치 케케묵은 지하실에서 나는 것 같은 이상한 냄새가 났다.

호아킨이 그런 동생을 보고 말했다.

"성경책이 아냐. 전당포에는 없대. 이건 전당포 주인 딸이 직접 골라 준 거야. 책을 읽어 본 것 같았어."

바르톨로메는 책장을 넘겼다. 크리스토발 수사의 성경책만큼이나 많은 단어들이 가득 담겨 있었다. 게다가 그림까지 있었다. 바르톨로메는 동판화로 찍은 표지 그림을 유심히 들여다보았다.

터무니없을 정도로 긴 창을 든 비쩍 마른 남자가 말을 타고 있었고, 그 뒤로 풍차들이 보였다. '가련한 몰골의 기사 돈키호테가 풍차를 향해 돌진하다.' 바르톨로메가 그림 밑의 글자를 읽었다.

왜 풍차를 향해 돌진하는 것일까? 고결하지 않고 오히려 바보처럼 보이는 이 남자가 어째서 기사일까? 그리고 이 남자의 몰골을 보고 왜 가련하다고 하는 것일까? 아무리 봐도 불구와 기형은 아닌데. 바르톨로메는 이사벨, 호아킨, 후안나에게는 신경도 안 쓰고, 첫 장을 넘겨 천천히 글을 읽어 내려가기 시작했다. 쉽지 않았다. 특히 긴 단어를 읽을 때는 혀가 꼬이는 것 같았다. 그러나 이야기는 갈수록 바르톨로메를 사로잡았고, 바르톨로메는 책장을 넘기며 계속 읽었다.

"그는 밤낮 없이 책을 읽었다. 거의 아무것도 먹지 않고 책만 읽었던 까닭에 뇌의 물기가 말라 결국 이성을 잃어버렸다."

이때 이사벨이 갑자기 소리를 질렀다. 지금까지는 홀린 듯이 이 이상한 이야기에 귀를 기울이고 있었지만, 이 대목에서 덜컥 겁이 났던 것이다. 책을 많이 읽으면 이성을 잃어버린다고 하지 않는가?

"바르톨로메, 당장 책을 덮어!"

바르톨로메가 영문을 모르겠다는 듯이 어머니를 올려

다보았다. 그런데 자신이 어느새 깔개 위에 앉아 있었다. 언제 그랬을까? 전혀 기억이 나지 않았다. 머릿속에는 돈키호테가 사는 작은 마을만 들어 있었다.

"거 봐라. 넌 지금 정신이 완전히 나갔어! 당장 책을 치워. 호아킨에게 내일 책을 갖다 주라고 해야겠다. 그러면 이자를 내지 않아도 될지 몰라."

바르톨로메는 어머니가 당장이라도 책을 빼앗기라도 할 것처럼 책을 꼭 끌어안았다.

"엄마, 이건 이야기예요. 사실이 아니라 그냥 꾸며 낸 거라고요."

"만일 그게 아니라면? 그래서 네가 정말 미치기라도 하면 어쩔래? 불구도 모자라서……."

어머니가 차마 말을 잇지 못했다.

후안나가 대화에 끼어들며 차분하게 제안했다.

"다음 수업 시간에 크리스토발 수사한테 가서 물어보도록 해요. 이 책이 위험한지 어떤지 가르쳐 주실 거예요."

"그럼 그때까지는 한 줄도 읽어서는 안 된다! 약속하지?"

이사벨이 몸을 숙이며 바르톨로메를 몰아세웠다.

바르톨로메는 어머니의 기세에 눌려 마지못해 그러겠다고 중얼거렸지만, 속으로는 불만을 감추지 못했다. 크리스토발 수사는 다음 주 화요일에나 만날 수 있었다. 그렇다면 그때까지는 읽고 쓰는 공부를 할 수가 없었다. 천금 같은 시간을 그렇게 허비하고 싶지는 않았다.

"바르톨로메, 내 눈을 봐. 그리고 분명히 약속을 해."

"약속할게요."

이사벨은 책을 뺏기지 않으려고 뻗대는 바르톨로메의 손을 매정하게 뿌리친 뒤 책을 작은 천주머니에 넣어 궤짝에 숨겨 버렸다. 그러고는 잠시 뜸을 들인 뒤 모두에게 말했다.

"가끔 나는 우리가 비밀로 하는 이 일이 결국 불행으로 끝날 것 같다는 예감이 들어. 그래서 지금이라도 너희들 아버지한테 털어놓아야 하지 않을까 고민 중이다. 아버지 께서는 분명 바르톨로메를 위해 무엇이 최선인지 알고 계실 거야."

"안 돼요!"

후안나와 호아킨, 그리고 바르톨로메가 한목소리로 외쳤다.

"바르톨로메가 제 손으로 돈을 벌어서 탁자에 내려놓기 전까지는 아버지에게 알려서는 안 돼요."

호아킨이 단호하게 말했다.

아빠가 알게 되면 나를 당장 고향 마을의 토마스 아저씨 한테 보내 버릴 거야! 바르톨로메는 그것이 견디지 못할 일임을 잘 알고 있었다.

펜과 잉크

———

크리스토발 수사는 지난 수업을 마친 뒤 양심의 가책을 느끼고 곧장 수도원장을 찾아갔다. 바르톨로메에게 글을 가르쳐도 좋다는 허락을 받기 위해서였다. 이곳은 수도사가 몇 되지 않는 작은 규모의 수도원이었다. 수도원장도 인자한 사람이었다. 크리스토발 수사가 동생을 위하는 마음이 극진한 호아킨과 배우고 싶은 열정으로 넘쳐 나는 바르톨로메에 대해 이야기하자 수도원장은 크리스토발의 독단적인 행동을 용서하고, 바르톨로메를 가르쳐도 좋다는 허락을 내렸다. 단 맡은 일을 등한시하지 않아야 한다는 조건을 달았다. 크리스토발은 그렇게 하겠다고 약속했다.

다음 주 화요일 호아킨과 바르톨로메가 수도원에 도착했을 때, 크리스토발 수사는 미사 준비로 바빴다. 호아킨이 일손을 자청하고 나서자 바르톨로메는 혼자 회랑에서 기다렸다.

바르톨로메는 차갑고 하얀 돌벽에 곱사등을 기댄 채 삼각의자에 앉아 있었다. 그러다가 갑자기 천주머니를 열어 책을 꺼냈다. 이 책을 읽는 것이 정말 그렇게 위험할까? 바르톨로메는 이틀 동안 줄곧 책을 넣어 둔 궤짝만 바라보았다. 하루에도 수십 번은 책을 꺼내 읽고 싶은 충동에 사로잡혔다. 지금도 책장을 펼치고 싶어서 벌써 손가락이 근질근질했다. 크리스토발 수사님은 언제쯤이나 돌아오실까?

회랑 주위의 장미 덤불 사이로 벌과 나비들이 날아다니고 있었다. 얼굴로 쏟아지는 햇살이 따스했다. 그때 바람 한 점이 불어 책장이 스르르 넘어갔다.

순간 바르톨로메는 문제가 되는 그 대목을 미리 찾아 놓기로 마음먹었다. 읽으려는 게 아니라 크리스토발 수사가 돌아오면 바로 보여 줄 생각이었다. 바르톨로메는 손가락으로 책장을 짚어 내려갔다. 그리고 이따금 단어를 소리 내어 읽기도 하다가 마침내 그 대목을 찾아냈다.

"……결국 이성을 잃어버렸다."

그런데 바르톨로메의 눈은 여기서 멈추지 않고 곧장 다음 문장으로 향하고 있었다. 자신도 알면서 그러는지, 아니면 무의식중에 그러는지 알 수 없었지만, 어쨌든 바르톨로메는 계속해서 읽어 내려갔다. 해독할 수 없는 단어들이 많이 나왔다. 사람들의 이름이나 외국어, 그리고 뜻을 알수 없는 개념들이었다. 그럼에도 읽으면 읽을수록 이 이상한 기사, 아니 어쩌면 미쳤는지도 모를 한 남자의 이야기에 더욱더 깊이 빨려 들어갔다. 바르톨로메는 돈키호테가조부의 갑옷을 손질하고 몸에 걸치는 모습이 눈앞에 생생하게 그려졌다. 나중에는 말라비틀어진 말의 등에다 안장을 올리며 말에게 로시난테라는 새 이름을 붙여 주는 장면도 마치 눈앞에서 직접 보고 있는 듯했다.

"무슨 책을 그렇게 열심히 읽고 있니?"

바르톨로메가 마치 불에 덴 것처럼 화들짝 놀라며 얼른책을 덮었다. 어느새 돌아왔는지 크리스토발 수사가 바르톨로메를 가만히 내려다보고 있었다.

"책을 읽으려고 했던 것이 아니라요…….."

바르톨로메가 얼버무렸다.

"그게 무슨 말이니? 제자가 이렇게 열심히 공부하는 모습이 얼마나 보기 좋은데 그래."

"그게 아니라요……. 사실은 그게…….."

여전히 돈키호테 이야기에 빠져 있던 바르톨로메는 적당한 말을 찾지 못해 안절부절못했다. 크리스토발 수사는끈기 있게 기다려 주었다.

"저희 어머니께서는 이런 책을 읽으면 이성을 잃을 수도있다고 하셨어요."

마침내 소설에서 빠져나와 현실로 돌아온 바르톨로메가 설명했다.

"이성을 잃는다니? 어떻게 그런 생각을 하지?"

바르톨로메는 크리스토발 수사의 목소리가 무슨 그런 뚱딴지 같은 소리가 다 있느냐고 나무라는 것 같아서 갑자기 어머니가 부끄러워졌다. 하지만 곧 어머니를 변호하고 나섰다.

"이 책에 그런 내용이 있어요."

바르톨로메는 얼른 책장을 뒤져 문제 되는 구절을 손가락으로 가리켰다.

크리스토발이 그 구절을 한 번, 또 한 번 세심하게 읽었다.

"나도 이 책을 안다. 아주 멋진 이야기지. 세르반테스는 위대한 작가야. 하지만 실제로 일어난 사건이 아니라 모두 지어낸 거지."

순간 바르톨로메는 마음이 가벼워지는 것을 느꼈다.

"그러니까 책을 읽는다고 해서 사람이 미치거나 하는 것은 아니죠?"

크리스토발 수사가 잠시 머뭇거렸다. 반드시 그렇게 결론 내릴 문제만은 아니었기 때문이다. 수사는 신중하게 말했다.

"아냐, 그럴 수도 있단다. 돈키호테 같은 사람이 먹지도, 자지도, 기도하지도, 일하지도 않고 줄곧 허황한 이야기만 읽으면 이성을 잃고 판단력이 흐려질 수도 있지."

"이 책이 그런 허황한 이야기인가요?"

이것이 바로 바르톨로메가 알고 싶은 것이었다.

크리스토발 수사가 확고한 표정으로 고개를 가로저었다.

"아니다. 이 책은 허황한 이야기가 아니라 판타지다."

"무슨 말씀이신지 잘 모르겠어요."

바르톨로메에게는 둘 다 똑같아 보였기 때문이다.

"왕실에는 익살꾼과 어릿광대가 있다. 익살꾼은 터무니없는 농담으로 사람들을 웃길 뿐이지만, 광대의 농담에는 뼈가 있어. 청중들의 어리석음을 꼬집고 있는 게지. 청중들은 어릿광대의 농담을 들으며 아무 생각 없이 깔깔거리지만, 똑똑한 청중이라면 광대가 표현하는 것이 결국 자신들의 모습이라는 것을 깨닫게 돼. 그러니까 광대는 청중들에게 거울을 보여 주며 자신들의 어리석음을 마음껏 비웃으라고 놀리는 거지."

"돈키호테도 그런 광대인가요?"

바르톨로메가 생각에 잠긴 얼굴로 물었다.

"정확하게 이야기하면 세르반테스가 광대인 셈이지. 세르반테스는 돈키호테로 하여금 온갖 어리석은 짓들을 저지르게 만들어. 하지만 가만히 보면 우리 자신들이 평소에 하는 행동들이기도 해. 이 책을 읽으면서 낱말들을 배우는 데만 뜻을 둘 것이 아니라 이 이야기가 가진 의미들을 되새겨 보도록 해라. 그러면 너의 이성이 더욱 발전했으면 했지, 결코 줄어들지는 않을 게다."

"꼭 그러겠어요."

바르톨로메가 새삼 용기가 솟는지 힘주어 대답했다.

크리스토발이 그런 바르톨로메를 보며 웃음을 지었다. 이렇게 작고 추악한 몸뚱이 속에 앞으로 크게 될 무언가가 숨어 있다고 생각하니 그저 하늘의 뜻이 놀라울 따름이었다.

이 녀석은 분명 언젠가 우리 모두를 놀라게 할 큰일을 해낼 거야. 크리스토발 수사는 그런 날이 오리라 확신했다.

수사는 바르톨로메 옆에 앉아 함께 책을 읽어 내려가기 시작했다. 제자가 모르는 단어가 나오면 그 뜻을 상세하게 설명해 주었고, 발음과 철자가 다른 낱말들은 따로 흑판에서 연습을 시켰다. 바르톨로메의 학구열은 놀라웠다. 언제 시간이 지나갔는지조차 모를 정도였다. 마침내 두 시 정각을 알리는 종소리가 울리고 선생이 수업을 중단하자 바르톨로메는 앞으로 또 나흘을 기다려야 하는 것이 무척 안타까웠다.

제자의 얼굴에 어린 수심을 보는 순간 스승은 즉시 도서관으로 달려가 떡갈나무로 만든 큰 장롱에서 종이 몇 장과 펜, 그리고 잉크통을 꺼냈다. 언젠가는 수도원장에게 자신의 이 절도 행위를 고백해야 하리라 생각했다.

다시 돌아온 스승이 제자에게 필기구를 건넸다.

"이게 있으면 집에서도 계속 공부를 할 수 있을 게다. 모르는 게 있으면 여기다 적어 두거라. 그러면 다음 시간에 내가 답해 줄 테니."

바르톨로메는 너무 기뻐 눈을 반짝거리며 종이와 펜, 그리고 잉크를 조심스럽게 주머니에 챙겨 넣었다. 지금 당장 서기라도 된 기분이었다. 크리스토발 수사는 기뻐하는 바르톨로메를 보면서 혼자 생각에 잠겼다. 이렇게 배움의 갈망이 큰 아이를 위해서라면 어찌 도둑질도 마다하겠는가?

"고맙습니다, 수사님."

바르톨로메가 감격에 차서 스승을 안으려고 두 팔을 뻗었다. 그러자 수사가 바르톨로메를 잠시 끌어안아 주었다. 순간 아이의 격한 심장 박동 소리가 수도복을 통해 고스란히 전해져 왔다.

크리스토발 수사는 아이들을 내보내고 문을 잠그면서 자신이 흠 하나 없이 완벽한 몸을 껴안았다는 것을 느끼며 스스로 놀라움을 금치 못했다.

이사벨은 아들이 가져온 종이와 펜과 잉크를 보며 입을 다물지 못했다. 한낱 천한 난쟁이에 불과한 바르톨로메에게 이런 귀한 물건이 생긴 것을 믿을 수가 없었던 것이다.

"이걸 정말 네가 써도 되는 거니?"

바르톨로메는 자신의 책을 쓱 한 번 바라보더니 마치 고상한 학자라도 된 것처럼 천천히 고개를 끄덕였다.

"모르는 것들이 나오면 여기에 다 적으래요."

바르톨로메는 종이 한 장을 평평하게 펼쳐 놓고, 잉크 통을 열어 펜을 적셨다. 그러고는 조심스럽게 잉크 방울을 털어낸 뒤 종이 위에 글자를 썼다. '돈키호테.' 바르톨로메가 쓴 제목이었다. 이제부터 그 밑에 자신이 해독할 수 없는 단어들을 모두 쓸 작정이었다.

"아빠나 베아트리스가 들어오기 전에 치워야 해."

어머니의 말에 바르톨로메가 고개를 끄덕였다. 하지만 몇 분 뒤 이사벨이 저녁 식사를 준비하는 소리조차 듣지 못할 정도로 다시 공부에 푹 빠져들었다. 바르톨로메는 어머니가 자신의 곱사등에 부드럽게 손을 올려놓는 순간에야 식욕을 느꼈다. 그러면서도 궤짝 안에 필기구와 책을 챙겨 넣는 손에는 여전히 아쉬움이 묻어 있었다.

어서어서 아침이 돼라. 바르톨로메는 아침 해가 떠서 다시 글을 쓸 수 있기를 간절히 바랐다.

떠나는 호아킨

———

저녁을 먹으면서도 바르톨로메는 머릿속으로 오로지 돈키호테와 낱말들만 생각하고 있었다. 후안나가 그런 동생의 옆구리를 툭 치며 나직이 속삭였다.

"정신 차려! 아빠가 벌써 세 번이나 너를 힐끔힐끔 바라보셨어. 밥은 안 먹고 허공만 멍하니 쳐다보니까 그렇지!"

바르톨로메는 얼른 빵을 뜯어서 입에 쑤셔 넣으며 우기적우기적 씹어 삼켰다.

"좋은 소식이 있다."

후안이 뿌듯한 표정으로 말했다. 모두들 기대에 찬 눈으로 후안을 바라보았다.

"호아킨에 관한 이야기다. 오늘 호아킨을 가르치는 제빵업자와 이야기를 나누었는데, 호아킨에게 상당히 만족스러워하는 눈치였어. 식사 후에 호아킨과 같이 가서 도제 계약을 맺기로 했다. 호아킨, 너는 이제 내일부터 정식으로 제빵기술자 도제가 되는 거야!"

바르톨로메는 호아킨이 아버지의 칭찬에 뛸 듯이 기뻐하는 모습을 보며 생각했다. 그래, 나도 빨리 글을 배워서 아버지가 나를 자랑스럽게 생각하도록 할 거야.

"경사이긴 하지만 호아킨이 없으면 집안일이 걱정이네요. 일손을 많이 덜어 줬는데."

이사벨의 말에 후안이 고개를 끄덕였다.

"차차 베아트리스를 시켜 나가야지. 이제 그럴 만한 나이가 됐어."

아버지가 이렇게 말하자 베아트리스는 인상을 찡그리며 입을 삐죽거렸다. 일하는 것보다 노는 것이 훨씬 더 좋았기 때문이다.

"베아트리스, 나는 여섯 살 때부터 바느질을 했어."

후안나가 뾰로통해 있는 동생을 나무랐다. 막내딸이라고 해서 엄마 아빠가 베아트리스를 너무 오냐오냐하며 키웠다는 생각이 든 것이다.

그런데 이 자리에 돌처럼 딱딱하게 굳어 있는 사람이 딱 하나 있었다. 바르톨로메였다. 호아킨의 도제 계약이 자신에게 어떤 끔찍한 결과를 불러올지를 이제야 깨달은 것이다. 호아킨은 집을 나갈 것이고, 베아트리스는 집안일을 돕기 위해 집 안에 있는 시간이 많아질 것이다. 그렇다면 언제 공부를 하고, 어떻게 크리스토발 수사에게 간단 말인가?

바르톨로메는 등골이 오싹해지면서 갑자기 팔다리가 떨리기 시작했다. 아버지가 그런 자신을 무섭게 노려보는 것을 알고 있었지만, 도저히 멈추어지지가 않았다. 게다가 이젠 얼굴 근육까지 실룩거리면서 흉하게 일그러졌고, 반쯤 벌어진 입으로 침까지 줄줄 흘러내렸다.

"바르톨로메, 당장 침대로 가!"

후안이 노한 얼굴로 소리쳤다. 이사벨이 퉁기듯이 자리에서 일어나 바르톨로메를 뒷방으로 데려갔다. 그러고는 요를 깔고 아들을 자리에 누인 뒤 아직도 떨고 있는 몸뚱이 위에 이불을 덮어 주었다.

"호아킨은 시간 나는 대로 집에 올 거야."

이사벨이 바르톨로메를 위로했다.

시간 나는 대로 집에 온다고? 안 돼! 나에겐 형의 잽싼 다리와 믿음직한 등이 필요해! 형이 없으면 아무것도 안 돼!

후안이 뒷방에 들어왔다.

"나는 바르톨로메에게 마드리드가 맞지 않다는 것을 진작에 알고 있었어. 고향에서는 쟤가 저런 경련 증세를 보이지 않았어. 시종관 나리의 허락이 나는 대로 고향에 데려다주고 오겠어."

이사벨은 아무 말도 하지 않았다. 바르톨로메는 이불 속에서도 여전히 경련을 일으키는지 이불이 계속 들썩거렸다. 남편 말이 옳았다. 고향에서는 바르톨로메가 저러지 않았다. 자신도 남편에게 비밀로 한 것이 없었다. 어쩌면 바르톨로메를 고향으로 보내는 것이 모두에게 최선의 방법일지 모른다는 생각이 불현듯 들었다.

이튿날 아침 호아킨이 바르톨로메의 이불 앞에 어색하게 서서 말했다.

"나 이제 가, 바르톨로메."

호아킨의 오른쪽 옆구리에 옷 꾸러미가 끼워져 있었다.

바르톨로메는 아침도 안 먹고 계속 그러고 누워 있었다.

"그냥 내버려 둬. 배가 고프면 나오겠지."

후안은 이렇게 말하며 바르톨로메를 데리러 가려는 아내를 제지했다.

호아킨은 어제저녁 이후 묵묵히 이불만 덮고 죽은 듯이 누워 있는 동생을 바라보며 미안함을 느꼈다. 하지만 어쩔 수 없는 일이었다. 제빵기술자가 되는 것이 꿈이었지만, 오늘과 같은 날이 오리라고는 정말 상상도 못했었다. 집안을 통틀어 기술을 배우는 것은 자신이 처음이었다. 모두들 가난한 소작농이었다. 호아킨은 마드리드에서 제일가는 제빵기술자가 되겠다고 다짐했다. 그렇게 되면 왕실에 빵을 공급하게 될 날이 정말 현실로 다가올지도 몰랐다.

바르톨로메는 호아킨에게 따뜻한 작별 인사를 하고 싶었다. 앞으로 몇 년 동안은 서로 얼굴을 볼 날이 별로 없을 것이기 때문이다. 그러나 지금 이 순간만큼은 형이 너무 미웠다.

형은 지금 내 장래를 망치고 있다는 것을 알고 있을까? 도제로 들어가 자신의 인생을 시작하는 것은 나를 도와주고 난 뒤에 해도 되지 않을까? 형은 내 계획을 완전히 망쳐 버렸어!

바르톨로메는 호아킨과는 말도 하기 싫었고 얼굴도 보기 싫었다.

호아킨이 바르톨로메의 요 옆에 쪼그리고 앉았다.

"미안해. 하지만 이미 예정된 일이야. 너도 알고 있었잖아? 내가 빵가게에서 일을 배우고 있고, 정식으로 도제 계약이 체결되면 거기 들어가 살아야 되는 거."

호아킨이 안쓰러운 손길로 이불을 어루만졌다. 조금이라도 바르톨로메에게 자신의 마음을 전달하고 싶었다.

"내가 없더라도 글은 계속 배울 수 있어."

이 말을 듣는 순간 바르톨로메는 긴장으로 온몸이 딱딱하게 굳어졌다.

"내가 크리스토발 수사님한테 가서 설명할 거야. 네가

왜 더는 올 수 없는지. 그러면 수사님께서도 네가 게을러서 핑계를 대는 거라고는 생각하시지 않을 거야."

바르톨로메는 여전히 꼼짝도 하지 않았다.

"너한테는 종이와 잉크와 펜이 있어. 너보고 쓰라고 줬으니까 돌려 달라고 하지는 않을 거야. 그걸로 계속 글쓰기 연습을 해. 넌 영리한 애야. 크리스토발 수사의 도움 없이도 혼자서 해낼 수 있어. 난 그렇게 믿어!"

바르톨로메는 북받쳐 오르는 울음을 간신히 참았다.

"하루라도 쉬는 날이 있으면 바로 달려와서 너를 수도원으로 데려다줄게. 그때 종이에 쓴 것들을 갖고 가서 한꺼번에 배우면 되잖아?"

호아킨은 일어나서 기다렸다. 그러나 바르톨로메는 아무 대답이 없었다. 움직임이 없는 것으로 봐서 호아킨의 말을 들은 것은 분명해 보였다.

"나는 할 수 있는 데까지 너를 도왔어. 그런데 넌 한 번도 나한테 고맙다는 말을 한 적이 없어."

호아킨의 목소리에 실망과 분노가 묻어났다.

그제야 이불이 내려가면서 눈이 퉁퉁 부은 바르톨로메의 얼굴이 나타났다. 입은 굳게 다물어져 있었다.

"형은 나한테 정상적인 사람이 될 수 있을 거라는 희망을 줬어. 그래 놓고 이제 떠나가고 있어. 형은 지금까지 나를 속인 거야."

바르톨로메는 형에 대한 이런 비난이 얼마나 터무니없는 것인 줄 잘 알고 있었다. 그리고 지금 자신의 말에 형이 얼마나 큰 상처를 받았는지도 느끼고 있었다. 그럼에도 또 이렇게 덧붙이고 말았다.

"그래서 형이 싫어. 형에 대해 아무것도 알고 싶지 않아. 갈 테면 가. 더 이상 형은 필요없어."

호아킨은 말없이 돌아섰다.

바르톨로메는 문 닫히는 소리가 들리자 기다렸다는 듯이 울음을 토해 냈다. 속으로는 호아킨을 붙들고 사과하고 싶었다.

얼마 뒤 후안나가 들어와 바르톨로메 옆에 앉았다. 그러고는 동생을 품에 끌어안고 가만히 머리를 쓰다듬으며 나직이 노래를 불러 주었다. 자신이 만든 노래였다. 울음소리가 잦아들고 들썩거리던 몸도 서서히 안정을 찾아가더니 마침내 바르톨로메가 울음을 그쳤다.

"앞으로 2주 동안 혼자서 열심히 공부하겠다고 약속하면 내가 수도원에 데려다줄게."

바르톨로메가 몸을 일으켰다.

"누나는 빨래통을 들 수 없어. 누나보다 힘센 호아킨 형도 끙끙거리는데. 지킬 수 없는 약속은 하지도 마."

후안나가 정색을 했다.

"너 서기가 될 거니, 안 될 거니?"

"당연히 되고 싶지. 하지만······."

"하지만이라는 소리 하지 마! 서기가 되고 싶으면 책을 잡고 공부나 해. 괜히 시간 낭비하지 말고. 내가 베아트리스한테 우물에서 물을 길어 오라고 할 테니 그사이에 공부하면 돼. 시간은 충분해."

바르톨로메는 누이의 얼굴을 가만히 쳐다보았다. 목소리가 꼭 아버지를 닮았다. 누이는 그걸 알고 있을까?

후안나가 방을 나가자 바르톨로메는 잠자리에서 기어나와 대야에 담아 놓은 물로 얼굴과 손을 씻었다. 그러고는 마른 수건으로 정성스럽게 얼굴을 닦은 다음 책과 종이, 그리고 펜과 잉크를 꺼냈다. 책을 펼쳐 천천히 읽어 내려갔다. 그런데 후안나의 얼굴이 자꾸 눈에 어른거렸다. 정말 크리스토발 수사에게 데려다줄 수 있는 것일까?

바르톨로메는 아무 생각 없이 종이를 집었다. 그러고는 펜에다 잉크를 묻혀 이렇게 썼다. '후안나 누나가 날 돕겠다고 약속했다.' 하얀 종이 위에 검은 글씨로 이렇게 쓰고 나자 정말 누나가 자신을 도울 수 있으리라는 확신이 들었다.

그런데 귀한 종이를 이런 식으로 낭비해도 되는 것일까? 바르톨로메는 의심이 들었지만 이미 엎질러진 물이었다. '나는 후안나 누나가 좋다.' 바르톨로메는 계속 써 내려갔다. 그럼 호아킨은? '호아킨 형은 나를 궁지로 몰아넣었다.' 물론 속마음과는 다른 내용이었다.

바르톨로메는 펜을 잉크에 묻혀 다시 한 문장 한 문장 써 내려가기 시작했다. 마음속에 숨어 있던 근심과 슬픔을 솔직하게 적고, 호아킨에게 하지 못했던 말도 글로 표현해 보았다. 이렇게 모두 털어놓고 나자 마음이 한결 가벼워졌고, 호아킨에 대한 미안한 마음도 어느 정도 가시는 것 같았다.

그런데 여전히 종이의 삼분의 일 가량이 남아 있었다. 바르톨로메는 더는 쓸 말이 생각나지 않아 빈 곳에다 그림을 그리기로 했다. 예전에 고향에서도 마을 광장 바닥에다 자주 그림을 그리곤 했었다. 우선 가느다란 선으로 자신에게 위로의 말을 건네는 후안나를 그렸다. 그다음엔 빨래통을 짊어지고 가는 호아킨, 뾰로통한 얼굴로 물항아리를 들고 집으로 향하는 베아트리스, 엄마 품에 안겨 있는 마누엘을 차례로 그려 나갔다.

바르톨로메는 그림이 글을 쓰는 것보다 훨씬 간단하다는 느낌이 들었다. 말로는 표현할 수 없던 것들을 아주 쉽게 그려 낼 수 있었다. 바르톨로메는 잠시 망설이다가 맨 아래 구석에 제복을 입은 아버지의 모습을 그려 넣었다. 그 밑에다 마지막 문장을 썼다. '아버지는 나를 고향 마을로 돌려보낼 수 없어!' 이것은 일종의 주문이었다. 바르톨로메는 종이를 곱게 접어 바닥 틈새에 숨겨 두었다.

후안나의 계획

그로부터 2주 동안 바르톨로메는 오로지 공부만 했다. 부지런히 책을 읽으며 어머니가 구해다 준 석회로 방바닥에다 낱말을 썼다. 석회로 쓴 글씨는 지우고 나서도 거무튀튀한 얼룩이 남지 않았다. 바르톨로메가 스승에게 물어볼 낱말의 수는 점점 늘어만 갔다. 얼마 지나지 않아 종이도 떨어졌고, 잉크도 몇 방울 남지 않았다.

이윽고 2주가 지났다. 아침에 눈을 뜨자 바르톨로메는 기대 어린 눈으로 후안나를 쳐다보았다. 그러나 차마 물어볼 용기는 나지 않았다. 후안나가 정말 약속을 지킬 수 있을까 염려스러웠기 때문이다. 하지만 후안나는 염려 말라는 듯이 빙그레 웃기까지 했다.

"오후에 엄마가 베아트리스를 데리고 시장에 가기로 했

는데, 그때까지만 기다려."

후안나는 마치 어려울 게 하나도 없다는 듯이 말했다.

오전 시간은 너무나 더디게 갔다. 바르톨로메는 벌써 일어나 깨끗이 세수를 하고 머리를 빗고 셔츠를 갈아입었다. 또한 종이를 돌돌 말아 책과 펜, 잉크와 함께 천주머니에 조심스럽게 넣어 두었다. 바르톨로메는 큰방 쪽으로 귀를 기울여 보았다. 여전히 베아트리스의 명랑한 목소리와 어머니의 차분한 목소리가 함께 들려왔다. 대체 언제 가려는 거야? 정오를 알리는 종소리가 울린 지도 벌써 한참 전이었다. 바르톨로메는 더는 기다리지 못하고 폭발해 버릴 것같았다. 그때 현관문이 닫히는 소리가 났다. 그와 동시에 후안나가 냉큼 뒷방으로 들어왔다. 등에는 빨래통을 지고 있었다.

"누나가 직접 빨래통을 지고 가려고 그래? 안 돼, 누나는 할 수 없어."

바르톨로메가 실망한 목소리로 말했다.

"기다려! 다 방법이 있으니까."

후안나가 바르톨로메에게 꿀밤 주는 시늉을 했다. 후안나 같은 소녀에게는 무언가 은밀하게 계획을 짜고 가슴 두근거리면서 실행에 옮기는 일이 흔치 않았다. 결혼을 코앞에 둔 처녀에게는 더더욱 어울리지 않는 일이었다. 그때문에 후안나는 애를 태우며 바르톨로메를 기다리게 하는 것에 굉장한 재미를 느꼈다.

"내려가자."

후안나가 현관문을 열었다. 대개 이 시간에는 복도에 아무도 없었다. 바르톨로메는 후안나를 따라 가파르고 어두운 계단을 내려갔다. 엉덩이를 바닥에 대고 미끄러지듯이 내려갔다. 일층의 소릴라 씨 집 문 앞에 이르자 후안나는 빨래통을 내려놓고 바르톨로메가 통 안에 들어가는 것을 도와주었다. 그러고는 빨랫감으로 바르톨로메의 머리를 조심스럽게 덮었다.

"움직이지 말고 조용히 있어야 해."

후안나가 소릴라 씨네 현관문을 두드렸다.

로시타 부인이 문을 열었다.

"안녕하세요."

후안나가 상냥하게 인사했다.

"응, 그래."

로시타 부인은 인사를 받으면서도 약간 불안한 눈빛으로 후안나를 보았다. 자기 집에 있는 마누엘을 데리러 온 게 아닐까 염려하는 눈빛이었다.

"빨래를 하러 가려는데 헤로니마 언니를 데려갈까 해서요. 괜찮으시겠어요?"

순간 로시타 부인의 얼굴에 안도의 빛이 돌았다.

"그런 일이라면 언제든지 대환영이지. 글쎄 저 불쌍한

것이 매일같이 저렇게 구석에 처박혀 아무것도 하지 않으려고 하니 걱정이 태산이지 뭐냐.”

로시타 부인은 궤짝에서 숄을 꺼낸 뒤 화덕과 탁자 사이에 쪼그리고 앉아 있는 헤로니마를 닦달을 하며 끄집어냈다. 그러고는 뚱뚱하고 튼실한 딸아이의 머리와 어깨에 숄을 둘러 주었다. 헤로니마는 스무 살 처녀였지만, 하는 짓은 꼭 네 살 아이처럼 단순했다. 후안나가 손을 뻗으며 말했다.

“가요, 헤로니마 언니. 빨래 좀 같이 해줄 수 있지?”

헤로니마는 얼굴이 갑자기 밝아지면서 너무 좋아 두 팔로 너울너울 춤까지 추었다. 그러고는 열심히 고개를 위아래로 끄덕거렸다. 헤로니마는 후안나를 좋아했다. 항상 자신에게 따뜻하게 대해 주었기 때문이다.

“약속해, 헤로니마. 말 잘 듣고, 항상 후안나 옆에 꼭 붙어 있겠다고!”

로시타 부인은 마음이 영 안 놓이는지 다짐을 받고자 했다.

“그래, 말 잘 들어.”

헤로니마는 이렇게 내뱉고는 얼른 복도로 나갔다. 현관문이 닫히자 후안나는 살랑살랑 눈웃음을 치며 빨래통을 가리켰다.

“언니, 힘세지? 저 빨래통 좀 날라 줄 수 있어?”

“나 힘세.”

헤로니마가 배를 앞으로 내밀며 자랑스럽게 말했다. 후안나가 헤로니마의 어깨에 멜빵을 걸어 주었다. 헤로니마는 단숨에 빨래통을 들더니 가뿐하게 허리를 폈다. 전혀 힘이 들지 않는 것 같았다.

두 처녀는 손을 맞잡고 집을 나섰다. 문을 열고 나오니 강렬한 햇살에 눈이 부셨다. 둘은 천천히 산보하듯이 걸었다. 후안나는 헤로니마가 이것저것 구경하게 내버려 두었다. 헤로니마는 잡동사니 가게 앞에 서서 한참 동안 물건들을 구경했다. 이번에는 거리의 곡예사가 헤로니마 앞을 가로막고 서서 신기한 곡예를 몇 가지 펼치자, 어린아이처럼 좋아서 어쩔 줄을 몰라 했다. 짧은 공연이 끝나고 곡예사가 정중하게 모자를 벗으며 적선을 청하자 헤로니마는 급히 치마 주머니를 뒤지더니 금방 울상이 되어 빈손을 흔들어 댔다.

"돈이 없어!"

헤로니마가 슬프게 말했다.

곡예사는 헤로니마의 얼굴에 담긴 덜떨어진 순박함을 알아보고는 곧장 허리를 숙여 이렇게 말했다.

"그대처럼 아름다운 아가씨를 위해서라면 얼마든지 공짜 공연을 할 수가 있지요."

헤로니마는 환하게 웃었고, 후안나는 다소 쑥스럽게 미소를 지었다.

"언니, 이제 그만 가요."

후안나가 귓속말을 했다. 곡예사가 두 사람에게 잘 가라고 손을 흔들었다.

마침내 수도원 앞에 도착했다. 후안나는 헤로니마의 멜빵을 벗겨 주며 빨래통을 수도원 문 앞에 놓았다. 헤로니마는 무엇을 찾듯이 주위를 두리번거리며 이맛살을 찌푸렸다.

"여기 우물이 어딨어?"

"수도원에 줄 것이 있어서 잠깐 들렀어."

후안나가 설명했다.

"언니, 저기 건너편에 장신구 가게 보이지? 내가 수도원에서 잠시 일을 보는 동안 저기 가서 구경하고 있어. 괜찮지?"

헤로니마는 좋아라고 뛰어갔다.

후안나가 수도원 문을 두드렸다. 혹시 다른 사람이 문을 열어 주면 어떡하지? 후안나는 갑자기 걱정이 되었다. 그러나 쓸데없는 걱정이었다. 육중한 나무문이 열리면서 크리스토발 수사의 다정한 얼굴이 나타난 것이다. 그는 곧바로 후안나를 알아보았다.

"대체 그동안 어디 갔던 거니? 호아킨은 어디 있어?"

후안나는 빨래통을 수도원 안으로 들여놓은 뒤 뚜껑을 열어 바르톨로메가 나오는 것을 도와주었다. 수사의 물음에 대답할 여유가 없었다. 그사이 헤로니마가 장신구 가게에서 무슨 사고를 칠지 몰랐기 때문이다.

"급해요, 수사님. 한 시간 뒤에 다시 오겠습니다."

후안나는 빨래통을 지고 서둘러 걸음을 옮겼다.

스승과 제자가 그늘진 복도의 익숙한 자리에 앉자, 그제야 바르톨로메는 왜 그렇게 오랫동안 오지 못했는지를 설명했다.

"호아킨 형이 정식으로 제빵공 도제가 되었어요."

"좋은 직업을 갖게 되었구나. 제빵공은 언제나 필요하니까 말이다."

"서기도 그래요?"

"학식이 많고 열심히만 한다면야……."

크리스토발 수사가 싱긋 웃음을 머금었다.

"제가 그래요."

바르톨로메는 얼른 이렇게 대답하고는 천주머니에서 책과 필기구들을 꺼냈다. 어서 빨리 공부를 시작하자는 열의가 얼굴에 가득했다.

"잉크가 다 떨어졌어요. 종이도 다 썼고요. 책은 벌써 절반쯤 읽었어요. 단어 쓰는 연습도 방바닥이 부족할 정도로 많이 했고요."

"질문지를 이리 줘 봐라."

바르톨로메가 종이 뭉치를 수사의 무릎에 놓았다. 크리스토발이 천천히 종이를 넘겼다. 난쟁이의 손에서 어찌 이렇게 깨끗하고 반듯한 글씨가 나올 수 있는지 새삼 놀라웠다. 어디 그뿐이랴? 철자도 틀린 것이 거의 없었다. 크리스토발 수사는 바르톨로메가 그사이 상당한 진척을 보였다고 생각했다.

크리스토발 수사는 제자가 모르는 낱말들을 차근차근 설명해 주었다.

"이젠 외국어도 배워야겠어요."

크리스토발이 또다시 라틴어 단어를 번역해 주었을 때 바르톨로메가 한 말이었다.

"그렇지 않아도 내가 그 말을 하려고 했다. 네 머리라면 몇 개 국어도 금방 배울 수 있을 게다. 따로 선생을 정해서 배우거나, 이름 있는 서기 밑으로 들어가 조수로 일하면서 라틴어와 프랑스어를 배우는 것도……."

크리스토발 수사가 깜짝 놀라며 말을 중단했다. 바르톨로메가 난쟁이 꼽추라는 사실을 깜박 잊고 있었던 것이다. 아무도 이런 아이를 조수로 받아들이려고 하지는 않을 것이다.

"미안하구나, 바르톨로메. 미처 그 생각을 못했구나."

"괜찮아요."

바르톨로메가 나직이 대답했다.

"저를 제자로 받아줄 선생이나 서기가 없다는 것 정도는 저도 알아요. 외국어는 몰라도 돼요. 저는 대필가로 일하면서 제 손으로 돈만 벌 수 있으면 만족해요."

"그래도 그런 말은 하지 말았어야 했는데. 내가 괜한 말로 상처를 준 것 같아 미안하구나."

바르톨로메가 정색을 하고 스승을 쳐다보았다.

"저를 난쟁이 꼽추로 보지 않고 사람으로 대해 주신 건 수사님이 처음이에요. 제가 언젠가 제 손으로 번 돈을 탁자 위에 올려놓을 수 있는 날이 오면 아버지도 잠시 동안 제가 난쟁이라는 것을 잊고 저를 자랑스럽게 생각하실지 몰라요. 저는 꼭 그런 날이 오기를 기도해요."

크리스토발 수사가 바르톨로메의 머리에 손을 얹었다.

"너는 분명 마드리드에서 제일가는 대필가가 될 게다. 내가 도울 일이 있으면 언제든 도와주겠다."

"그러시다면 잉크와 종이를 좀 주세요. 수사님께서 불러 주시는 대로 편지를 써 보게요. 나중에 대필가가 되려면 지금부터 열심히 연습을 해야 하니까요!"

사고

———

그사이 후안나는 장신구 가게로 부리나케 달려가고 있
었다. 가게에 도착하자 헤로니마가 엉엉 울면서 얼른 후안
나 품에 안겼다. 헤로니마가 진열되어 있던 은목걸이를 목
에 걸려고 하자 주인이 고래고래 고함을 지르며 욕을 했다
는 것이다. 후안나는 헤로니마를 달래서 울음을 그치게 한
뒤 함께 우물가로 향했다. 헤로니마는 언제 그랬느냐는 듯
이 다시 생글생글 웃으며 자기가 빨래통을 들겠다고 우겼
다. 후안나가 고개를 흔들었다.

"이번에는 내 차례야, 언니."

후안나가 영악하게 말했다.

"돌아갈 때 수도원에 잠시 들러서 가져갈 게 있는데, 거
기서부터 언니가 들면 되잖아."

두 사람은 얼마 되지 않는 빨래를 후딱 해치웠다. 그렇게 무거운 빨래통 안에 셔츠 세 개밖에 없다는 것이 이상할 만도 했을 텐데 헤로니마는 전혀 그런 데엔 신경을 안 쓰는 눈치였다.

"내일도 나를 데리고 올 거야?"

후안나가 빨래통을 어깨에 짊어지자 헤로니마가 물었다.

"내일은 안 되고, 다음 주쯤!"

후안나가 상냥하게 대답했다. 후안나는 크리스토발 수사에게 일주일에 한 시간씩만 수업을 해 달라고 부탁할 작정이었다. 헤로니마를 너무 자주 데리고 다니면 의심을 살까 두려웠던 것이다.

헤로니마는 한사코 수도원 앞에서 혼자 기다리지 않겠다고 떼를 썼다.

"아까 그 나쁜 놈이 와서 또 욕할 거야."

헤로니마가 장신구 가게를 가리키며 겁에 질린 목소리로 속삭였다.

후안나는 망설였다. 헤로니마를 수도원 안으로 데리고 갈 수는 없었다. 바르톨로메의 존재가 탄로나서는 안 되기 때문이다.

수도원 건물 옆에는 교회가 있었다. 후안나는 헤로니마를 서늘하고 컴컴한 교회 중앙 복도로 데려갔다. 노파가 한구석에 앉아서 양초를 팔고 있었다. 후안나는 저고리 주머니에서 동전 한 닢을 꺼냈다. 바르톨로메의 수업료로 양초를 구입할 생각이었다. 후안나는 동전을 헤로니마의 손에 쥐어 주며 말했다.

"언니, 저기 가서 양초를 하나 사. 그리고 불을 붙여서 마리아상 앞에 놓아둬. 저기 촛불들이 많지? 바로 저기야. 나 금방 돌아올게."

헤로니마가 촛불 파는 노파를 불안스레 바라보았다.

"저 사람은 욕 안 해?"

후안나가 피식 웃었다.

"걱정 안 해도 돼. 교회 안에서는 아무도 욕을 안 해. 게다가 양초를 공짜로 달라고 하는 게 아니라 이렇게 돈을 주잖아!"

후안나가 헤로니마의 손에 쥐어져 있는 동전을 가리켰다.

"난 한 번도 돈을 가져 본 적이 없어. 엄마가 그러는데, 내가 너무 멍청해서 나한테는 돈을 못 맡긴대."

"그렇지 않아. 언니는 안 멍청해. 얼마든지 혼자서 물건을 살 수 있어."

"정말?"

"그럼!"

헤로니마가 주춤주춤 노파에게로 다가갔다. 노파 앞에는 하얀 양초가 가득 담긴 광주리가 놓여 있었다. 헤로니마는 몇 번이나 고개를 돌려 후안나를 쳐다보았다. 후안나는 그럴 때마다 점잖게 고개를 끄덕이며 용기를 돋우어 주었다. 차츰 헤로니마의 얼굴에 두려운 기색이 사라지고 자신감이 나타났다. 나도 혼자 물건을 살 수 있어! 헤로니마는 노파 앞에 서서 결연한 표정으로 양초를 하나 달라고 하더니 동전을 내밀었다.

후안나는 급히 자리를 떴다. 얼마나 열심히 달렸는지 수도원 문 앞에 이르자 심장이 터질 것 같았다. 얼마 뒤 크리스토발 수사가 문을 열어 주었다.

"수업이 끝났어요?"

후안나는 빨래통을 내려놓으며 크게 숨을 내쉬었다. 그때 바르톨로메가 벽을 짚고 휘청거리며 걸어오고 있었다.

"어서 서둘러."

후안나가 소리쳤다. 자기가 없는 틈에 헤로니마가 또 무슨 사고를 칠지 몰랐기 때문이다. 후안나는 동생을 번쩍 들어서 거칠게 빨래통 속에 집어넣고는 젖은 빨래로 덮었다.

"꼭 이렇게까지 해야 하니? 내가 너희 아버지를 한번 만나 보는 건 어떻겠니?"

크리스토발 수사가 말했다.

"안 돼요."

바르톨로메가 빨래통 안에서 소리쳤다.

"다른 사람 눈에 들켰다가는 다시는 이곳에 올 수 없어요!"

크리스토발이 한숨을 내쉬었다. 대체 바르톨로메의 아버지라는 사람은 정신이 있는 걸까, 없는 걸까? 사람들 눈에 띄게 하지도 않으면서 어떻게 아들을 대필가로 만들 생각을 할 수 있을까? 물론 바르톨로메가 길거리로 나오면 사람들에게 놀림을 받을 가능성이 컸다. 그렇다고 이렇게 빨래통에 넣어서 옮기는 것은 유치한 짓거리였다. 게다가 누이라는 애는 젖은 빨래로 바르톨로메의 머리까지 가리지 않는가?

"다음 주에 동생을 다시 데리고 와도 되겠습니까?"

그제야 크리스토발 수사는 혼자만의 생각에서 깨어났다.

"바르톨로메가 원하면 언제든지 데리고 오너라. 이 시간쯤이면 늘 내가 문을 지키고 있으니까."

"내일!"

바르톨로메가 빨래통 안에서 버릇없이 소리쳤다.

"안 돼. 이제부터는 일주일에 한 번밖에 못 와!"

후안나는 동생을 꾸짖고는 문을 열고 빨래통을 밖에 내다 놓았다. 크리스토발 수사는 후안나가 빨래통을 세워 놓은 채 급히 교회로 달려가더니, 어떤 뚱뚱한 아가씨를 만나서 데려오는 것을 가만히 지켜보았다. 그 아가씨는 크리스토발 수사에게 상냥하게 미소를 지어 보였다. 그런데 눈에 초점이 흐리고 약간 넋이 빠진 게 아무래도 정상이 아닌 듯했다. 아가씨가 허리를 숙이자 후안나가 어깨에 멜빵을 메어 주었다.

"이젠 내 차례야."

헤로니마가 몸을 일으키며 말했다.

"안녕히 계세요, 크리스토발 수사님."

"그래, 잘 가거라, 후안나, 그리고 바르톨로메."

크리스토발 수사는 수도원으로 들어오며 고개를 갸 웃거렸다. 참으로 희한한 집안이로고. 바르톨로메는 몸 이 성치 않고, 아까 그 아가씨는 머리가 좀 모자라는 듯하 고…….

"아까 바르톨…… 뭐라고 인사하던데, 나보고 한 말이 야?"

들리지 않을 만큼 멀찍이 떨어지자 헤로니마가 물었다.

"아니. 아마 우리 뒤로 아는 사람이 지나갔나 봐. 그 사람 한테 인사한 걸 거야."

"아냐, 분명히 너보고 한 소리였어!"

헤로니마가 단호하게 말했다.

"그래, 맞아."

후안나는 그냥 이렇게 짧게 대답하고 말았다. 서둘러야 했다. 어머니가 베아트리스와 함께 시장에서 돌아오기 전 에 집에 도착해야 했다.

"우리 다음에도 수도원에 가?"

헤로니마가 궁금한지 물었다.

"어쩜 그럴 거야."

후안나는 확답을 주지 않았다.

"그럼 아까 그 사람한테 내 이름도 가르쳐 줘. 나도 인사 받고 싶어."

후안나는 그렇게 하겠다고 약속한 뒤 걸음을 재촉했다. 그러나 헤로니마는 급할 게 없다는 듯 어슬렁거리며 쫓아 왔다.

"다음에도 내가 초를 살래. 그래도 돼?"

"집에 빨리 간다면 그렇게 하도록 해줄게."

헤로니마는 신이 나서 힘껏 내달리기 시작했다. 금세 후 안나를 앞질러 버렸다. 등에 지고 있던 빨래통이 심하게 흔들렸다. 후안나는 헤로니마를 따라가느라 정신이 없었 다. 이렇게 미친 듯이 빨리 달리라고 한 소리가 아니었는 데…….

정신없이 뛰는 바람에 헤로니마는 옆 골목에서 튀어나 온 화려한 마차를 미처 보지 못했다. 말들은 뚱뚱한 여자 가 갑자기 나타나자 놀라서 날뛰었다. 헤로니마도 너무 무 서워 그만 팔을 옆으로 벌렸고, 그 바람에 멜빵이 어깨에 서 미끄러져 내리면서 빨래통이 쾅 하고 바닥에 떨어졌다.

헤로니마는 울면서 도망쳤다.

몇 번 기우뚱하던 빨래통은 결국 옆으로 넘어가더니 약

간 경사진 길을 구르기 시작했다. 처음에는 천천히 구르던 것이 갈수록 빨리 마차를 향해 달려갔다. 바르톨로메는 돌 포장길에 나무통이 부딪히는 소리, 마차 바퀴가 끼이익 서는 소리, 요란한 말발굽 소리를 들었다. 또한 마부가 놀란 말들을 진정시키기 위해 내지르는 고함 소리도 들을 수 있었다. 마차는 빨래통이 앞바퀴에 부딪혀 산산조각이 나기 직전에 간신히 멈추어 섰다.

바르톨로메는 머리를 덮고 있던 젖은 빨래를 손으로 치우며 빨래통에서 기어 나왔다. 천주머니에 넣어 둔 잉크통이 깨졌는지, 바르톨로메의 얼굴은 잉크가 묻어 파랗게 변해 있었다.

사방에서 몰려든 사람들이 바르톨로메를 바라보며 수군거렸다. 아무리 둘러봐도 후안나는 보이지 않았다. 마차 뒤의 발판에서 근사한 제복을 입은 병정 둘이 뛰어내리더니 몰려드는 사람들의 접근을 막았다. 그때 갑자기 소녀의 목소리가 들렸다. 바르톨로메는 고개를 들어 쳐다보았다. 동화 속의 공주님 같은 소녀가 자신을 내려다보고 있었다. 베아트리스보다 약간 어렸는데, 검고 우아한 마차의 창문 밖으로 호기심 어린 시선을 던지고 있는 모습이 마치 금방 하늘에서 내려온 선녀 같았다. 소녀는 흥분했는지 볼이 빨갛게 상기되어 있었다. 멋들어지게 장식한 금발머리가 마치 귀한 보석처럼 하얀 얼굴을 감싸고 있었다. 화사한 노란 꽃 몇 송이가 왼쪽 귀 위 장식머리에 꽂혀 있었다. 눈은 검고 컸으며, 입술은 앵두처럼 붉었다. 바르톨로메는 이제 껏 이렇게 예쁜 소녀를 본 적이 없었다. 그 소녀가 창밖으로 손을 뻗어 바르톨로메를 가리켰다.

"저길 봐, 저기. 저 밑에 이상한 게 앉아 있어."

검은 베일로 얼굴을 가린 귀부인이 창밖으로 고개를 내밀고는 바르톨로메를 마치 벌레 보듯이 바라보았다. 잔뜩 겁을 먹은 바르톨로메는 되도록 마차와 사람들에게서 멀리 떨어지려고 기어서 뒷걸음질을 쳤다.

"동물인가 봐!"

소녀가 놀라 소리쳤다.

"저길 봐, 꼭 개같이 기어가. 재미있지 않아?"

소녀는 손뼉까지 치면서 재미있어했다.

"생긴 건 사람 같은데 하는 짓은 꼭 개 같아. 저 인간개를 갖고 놀고 싶어. 저걸 갖고 오라고 해!"

소녀는 마치 원하는 것이면 무엇이든 당장 얻을 수 있도록 버릇이 든 사람처럼 말했다.

"안 돼요, 공주님. 저건 더러워요. 몸에 벌레가 득실득실할 거예요."

귀부인이 말했다. 그러나 아무도 소녀의 고집을 꺾을 수는 없었다.

"마부든 경비병이든 아무나 저것을 사로잡아!"

바르톨로메는 짐승처럼 사로잡히고 싶은 마음이 전혀 없었다. 그러나 몰려든 인파로 길이 막혀 있었기 때문에 할 수 없이 몸을 돌려 마차 밑으로 기어 들어갔다. 누나는 어디 있는 거야? 왜 나를 구하러 오지 않는 거야?

그사이 후안나는 몰려드는 사람들 때문에 길거리 어느 집의 담벼락까지 밀려났다. 그러나 두려움으로 가슴 졸이면서도 무슨 일이 일어났는지 전부 목격할 수 있었다. 처음에는 빨래통이 말발굽이나 마차의 육중한 바퀴에 깔려 만신창이가 되었을 거라고 생각했다. 그런데 바르톨로메가 겉보기로는 아무 다친 데도 없이 앉아 있는 모습을 보는 순간 안도의 한숨을 내쉬었다. 그다음에 눈길을 끈 것은 눈부시도록 예쁜 소녀였다. 소녀는 흥분한 얼굴로 마차 창문 밖으로 바르톨로메를 내려다보고 있었다.

마르가리타 공주님이 분명해. 후안나가 속으로 짐작했다. 그렇지 않고서야 마드리드에서 어떤 아이가 마차에 경비병을 대동하고 다니겠는가? 아버지에게서 예쁜 공주님에 관한 이야기를 벌써 여러 번 들은 적이 있었던 것이다.

아버지?! 후안나는 소스라치게 놀라며 마부석을 쳐다보았다. 거기에는 정말 아버지가 돌처럼 앉아 바르톨로메를 내려다보고 있었다. 눈빛이 심상치 않았다. 도저히 바르톨로메를 그냥 둘 것 같지 않았다. 바르톨로메를 밖으로 데리고 나온 자신도 마찬가지일 것이다.

그러나 후안은 아무 행동도 하지 않았다. 생각 같아서는 쥐구멍이라도 있으면 들어가고 싶은 심정이었다. 골방에 처넣어 두었다고 생각한 병신 아들이 이제 뭇 사람들의 눈에 드러났고, 존귀한 공주님의 행차까지 가로막았다. 어디 그뿐인가? 공주님까지 저 녀석에게 관심을 갖게 되었다. 후안은 그 자리에 못이 박힌 사람처럼 마부석에 앉아 있었다. 속에서 참을 수 없는 분노가 치밀어 올랐다. 어떻게 저 녀석이 여기 나타날 생각을 한단 말인가? 어떻게 이런 식으로 아비를 골탕 먹일 수 있단 말인가? 후안은 철저하게 수모를 당한 느낌이었다. 이제 저 병신이 자신의 아들이라는 사실이 온 세상에 알려질 것이다.

"저걸 갖고 싶어!"

공주의 말이 떨어지기가 무섭게 굳어 있던 후안의 몸도 풀렸다. 후안은 즉시 마부석에서 뛰어 내려가 바르톨로메의 발을 붙잡고 거칠게 마차 앞으로 끌어냈다. 생각 같아서는 당장이라도 녀석의 머리를 붙잡아 벽에다 내려치고 싶었다.

"마부, 인간개를 이리 줘!"

공주가 마차 문을 열려고 했다. 그러나 귀부인이 재빨리 공주를 만류했다.

"공주님, 저건 분명히 이가 득실득실하고 악취가 날 겁니다."

귀부인이 혐오스러운 눈으로 바르톨로메를 보았다. 바르톨로메는 후안의 손에 발목을 꽉 붙들린 채 고개를 축 늘어뜨리고 있었다.

나는 악취가 안 나! 바르톨로메는 속으로 이렇게 소리치며, 아버지가 자신을 위해 무언가 변명을 해주었으면 하고 바랐다. 그러나 후안은 아무 말도 하지 않았다. 아니, 오히려 전혀 모르는 사람인 것처럼 무표정하게 바라보고만 있었다.

후안나는 아버지 앞에 나서는 게 두렵고 무서웠지만, 사람들 사이를 뚫고 앞으로 나아갔다. 곤경에 처한 바르톨로메를 그대로 놓아둘 수가 없었던 것이다. 바르톨로메는 후안나를 보자마자 가련한 어린 짐승처럼 손을 뻗었다.

"저걸 씻겨서 갖고 오도록 해."

공주가 고집스럽게 명령했다.

"알겠습니다, 공주마마."

후안이 허리를 숙이며 대답했다. 그리고 다시 허리를 펼 때는 후안나를 보았다. 그는 바르톨로메를 후안나의 팔에 툭 던져 버렸다. 바르톨로메는 어미 품처럼 후안나에게 매달렸다. 후안나는 그런 바르톨로메를 꼭 끌어안아 주었다. 후안의 몸에서는 성난 파도 같은 분노의 기운이 풍겨 나오고 있었다. 후안나와 바르톨로메는 서로 꼭 끌어안음으로써 아버지의 분노로부터 자신들을 지키려고 했다.

"저건 누구야?"

공주가 질투심을 느끼며 물었다.

"제 딸년이옵니다, 마마. 이름은 후안나라고 하는데, 아마 저것을 씻겨 줄 생각인가 봅니다."

공주가 동의의 뜻으로 고개를 끄덕였다.

"씻긴 다음에 꼭 데리고 와야 해. 내 장난감으로 쓸 거야."

공주가 만족스러운 표정으로 등을 기댔다.

"당장 집으로 가!"

후안이 두 아이를 무섭게 노려보며 나직이 호통을 쳤다. 후안나는 조금도 망설이지 않고 바르톨로메를 안은 채 얼른 자리를 떴다.

귀가

____

후안나는 울면서 바르톨로메를 안고 집으로 향했다. 바르톨로메는 누나의 품에 얼굴을 파묻었다. 그렇게라도 해서 남의 눈에 자신의 곱사등이 몸을 가려볼까 하는 마음에서였다. 그러나 소용없는 짓이었다. 골목길에 들어서자 짓궂은 아이들이 휘파람을 불며 놀려 대는 소리가 귓전으로 파고들었다. 어떤 애는 후안나의 다리를 걸기도 했다. 다행히도 후안나는 비틀거리기는 했지만 넘어지지는 않았다. 마침내 집 앞에 도착했다. 설움이 북받쳐 올랐다. 이층 방에 들어서자 후안나가 바르톨로메를 내려놓았다. 마누엘은 잉크로 칠갑을 한 바르톨로메의 얼굴을 보고 겁에 질려 울음을 터뜨렸다. 베아트리스가 호기심 어린 눈으로 후안나를 가만히 쳐다보며 말했다.

"왜 바르톨로메를 밖으로 데려갔어? 아빠가 못하게 했잖아! 내가 아빠한테 다 이를 거야."

"조용히 해!"

이사벨이 나무랐다. 무언가 좋지 않은 일이 일어난 게 분명했다. 그렇지 않고서야 후안나와 바르톨로메가 이런 꼴을 하고 들어올 수가 없었다. 순간 그녀의 머릿속으로 얼굴 하나가 떠올랐다. 남편이었다.

베아트리스는 어머니의 꾸지람에 기분이 상했다. 베아트리스는 영리한 애였다. 이미 오래 전부터 어머니와 후안나 사이에 뭔가 비밀이 있는 것을 눈치채고 있었다. 어머니는 무언가 중요한 이야기가 나올라치면 항상 속이 뻔히 들여다보이는 심부름을 시켜 자신을 밖으로 내쫓아 버렸다. 또한 자기가 집에 들어오면 갑자기 두 사람의 대화가 뚝 그치는 것도 한두 번이 아니었다. 베아트리스는 그때마다 따돌림을 당하는 느낌을 받았다. 그랬기에 이제 고소하다는 생각이 들었다. 이번에야말로 후안나 언니와 바르톨로메가 아버지한테 심하게 혼날 것 같았다.

"대체 무슨 일이니? 어딜 갔다 온 거야?"

이사벨이 후안나의 두 팔을 잡고 거칠게 흔들었다.

"크리스토발 수사한테 간 거니?"

"미안해요, 엄마. 정말 미안해요."

후안나가 더듬거렸다. 그러고는 어머니의 손을 뿌리치

고 뒷방으로 뛰어갔다.

"바르톨로메, 무슨 일이 있었어?"

이사벨이 아들 앞에 쪼그리고 앉아 물었다. 분통이 치밀기도 하고 걱정도 되는 눈빛이었다.

"난 안 갈래. 날 데려오라고 해도 절대 안 갈 거야."

바르톨로메가 울면서 소리쳤다.

"누가 널 데려오라고 한다는 거니?"

"마차를 탄 소녀가 그랬어요."

마차라고? 순간 이사벨은 퍼뜩 남편의 얼굴이 떠올랐다. 곧 남편이 올 시간이었다. 그 전에 바르톨로메를 먼저 씻겨야 했다. 이사벨은 물항아리를 커다란 함지에다 붓고는 베아트리스에게 말했다.

"항아리를 들고 가서 물을 길어 와!"

"오늘 벌써 한 번 갔다 왔는데, 또 가? 저기 물 많잖아."

베아트리스가 불만스럽게 종알거렸다. 아빠가 돌아오실 때까지 기다리고 싶었던 것이다.

이사벨은 아무 말 없이 베아트리스의 귀싸대기를 올렸다. 베아트리스는 엉엉 울면서 빈 항아리를 들고 쿵쾅거리며 밖으로 뛰쳐나갔다. 아빠한테 조금이라도 거짓말을 해 봐라. 내가 몽땅 일러바칠 거야.

바르톨로메는 필사적으로 손발을 버둥거리며 어머니가

젖은 수건으로 몸을 닦는 것을 거부했다.

"씻지 않을 거야!"

바르톨로메가 울부짖었다. 그러나 어머니가 들은 체도 하지 않자 절망적인 심정으로 어머니의 팔을 깨물어 버렸다. 마침내 이사벨도 꾹꾹 참고 있던 분노가 폭발했다. 난 쟁이 아들에게 처음으로 심한 매질을 했다. 다시는, 정말 다시는 마음을 졸여 가며 남편을 속이지 않으리라 맹세까지 하면서…….

"엄마는 이제 너한테 신경도 안 쓸 거야. 네 마음대로 해! 아빠가 와서 너한테 무슨 짓을 하든 본 척도 안 할 거야."

이사벨이 화가 나서 소리쳤다. 그러고는 바르톨로메를 후안나가 있는 뒷방으로 내팽개친 뒤 문을 쾅 닫아 버렸다. 곧 이사벨의 어깨가 들썩거렸다.

한구석에 마누엘이 겁에 질려 웅크리고 앉아 있었다. 그런 아들을 본 이사벨이 안아서 달래 주려고 다가갔다. 그러나 마누엘은 비명을 질렀다. 이제 엄마가 자기를 때리거나 뒷방에 가두어 버리려는 줄 알았던 것이다. 마누엘은 얼른 계단을 뛰어 내려가 로시타 아줌마의 현관문을 쾅쾅 두드렸다. 이럴 때는 로시타 아줌마의 품이 제일 안전했다.

이사벨은 무너지듯이 의자에 털썩 주저앉아 울기 시작했다. 남편이 집에 돌아와 자신과 아이들에게 어떻게 할지 생각하니 눈앞이 캄캄했다.

　로시타 부인이 문을 열고 겁에 질린 마누엘을 품에 안는 순간 후안이 들어왔다. 그러나 그는 막내아들과 로시타 부인에게 눈길 한 번 주지 않고 곧장 이층으로 올라갔다. 마르가리타 공주가 그 희한하게 생긴 인간개를 당장 데리고 오라고 명령을 내렸던 것이다. 공주는 다음 날까지 기다릴 수가 없었다.

　후안은 폭발 일보 직전이었다. 자식 놈이 아비에게 이런 수모를 안겨 주리라고는 꿈에도 생각하지 못했다. 이번만큼은 이사벨이 뭐라고 하든 절대 바르톨로메를 감싸 줄 마음이 없었다. 병신 몸으로 함부로 길거리를 나대다가는 어떤 꼴이 되는지 저 녀석 스스로 알 필요가 있었다. 그럼 후안나는 어떡하지? 차마 딸아이를 집에서 내쫓아 버릴 수는 없는 노릇이었다. 하지만 다시는 건방지게 자신의 뜻에 반항하지 못하도록 단단히 혼을 낼 필요는 있다고 생각했다.

　계단을 올라가는 후안의 발걸음이 빨라졌다.

　아까 마누엘이 아래층으로 도망을 치느라 현관문이 열려 있었다. 후안이 이층 방 안으로 사라지자 로시타 부인은 마누엘을 팔에 안은 채 냉큼 광주리를 들고 집을 나섰다. 위층에서 무슨 일이 일어나든 전혀 간섭하고 싶은 마음이 없었던 것이다.

후안이 방 한가운데에 우뚝 섰다. 이사벨의 나직한 울음소리와 뒷방에서 새어 나오는 아이들의 흐느낌 소리에도 분노는 누그러들지 않았다. 아니, 오히려 지금까지 꾹꾹 참고 있던 분노가 화산처럼 폭발하는 느낌이었다.

"제발 아이들에게는 아무 짓도 하지 마세요."

후안이 서 있는 것을 본 이사벨이 화들짝 놀라 애원했다.

후안은 그런 아내를 지나쳐 뒷방 문을 홱 열어젖힌 뒤 요 위에 웅크리고 앉아 있던 후안나를 일으켜 세웠다. 그러고는 아무 말 없이 딸아이의 얼굴에 주먹을 날렸다. 그런데 맞은 곳은 후안나의 팔이었다. 후안나가 얼굴을 가렸기 때문이다. 후안은 한 손으로 딸아이의 가냘픈 손목을 꽉 움켜잡은 뒤 다른 손으로 후안나의 얼굴을 사정없이 때렸다. 곧 얼굴이 통통 붓고 코피가 터졌다. 그제야 후안은 아내의 피맺힌 절규가 귀에 들어왔다.

"그러다 애 잡겠어요! 그만둬요! 애가 죽겠어요!"

후안은 딸아이를 거칠게 바닥에 내동댕이치고는 아내에게로 몸을 돌렸다.

"당신도 알고 있었지?"

후안의 목소리가 차분하게 가라앉아 있었다. 방 안에는 폭풍 전야의 정적이 흘렀다.

"제가요?"

이사벨의 눈에 두려움이 깃들어 있었다.

"당신에게 말하려고 했는데, 그게⋯⋯."

"그러니까 알고 있었군!"

후안이 고개를 절레절레 흔들었다. 도저히 용서할 수 없는 일이었다.

"당신을 놀래 주려고 그랬어요."

이사벨의 목소리가 떨리고 있었다. 그 말이 떨어지자마자 후안은 주먹으로 아내의 관자놀이를 후려쳤다. 이사벨은 외마디 비명을 지르며 휘청하더니 바닥에 풀썩 쓰러졌다.

바르톨로메는 이제 자기 차례라고 생각했다. 누나나 어머니보다 더 심한 폭력이 가해지리라 예상했다. 바르톨로메는 눈을 감았다. 이제 자신을 지켜 줄 사람은 없었다. 이대로 고스란히 당하는 수밖에 도리가 없었다.

그러나 후안은 바르톨로메에게 폭력을 휘두르지 않았다. 대신 아들을 안방의 함지 앞으로 끌고 갔다.

바르톨로메가 눈을 뜨자 파란 잉크가 묻은 자신의 얼굴이 물에 비쳤다. 순간 고향 마을에서 어린 고양이를 물통에 넣고 익사시키던 마테오 아저씨가 생각났다.

"아빠, 제, 제발!"

바르톨로메가 더듬거렸다. 그러나 후안은 아들의 애원에도 아랑곳하지 않고 떨리는 손으로 바르톨로메의 옷을 죄다 벗겼다. 자신이 무슨 짓을 할지 몰라 극도로 분노를 자제하고 있는 듯한 눈치였다.

후안은 바르톨로메의 알몸을 정성스럽게 씻겼다. 완강한 손길이지만 거칠지는 않았다. 바르톨로메는 축 늘어진 인형처럼 아버지의 손에 몸을 완전히 내맡길 수밖에 없었다.

나를 공주님한테 데려가려고 때리지 않는 거야! 바르톨로메의 머릿속으로 퍼뜩 이런 생각이 스치고 지나갔다. 바르톨로메는 차라리 어머니나 누나처럼 흠씬 두들겨 맞고 싶었다. 피멍이 들고 혁대 자국이 나도 상관없었다. 아무리 아파도 짐승처럼 내버려지는 것보다는 나을 것 같았다. 아버지가 자신을 마치 생명이 없는, 아니 아무 가치도 없는 더러운 물건처럼 공주에게 넘길 것이라고 생각하니 너무나 비정하고 야속했다.

이별

────

이사벨은 그사이 기어서 후안나 옆으로 갔다. 두 사람은
뒷방 문턱에 침울하게 앉아 걱정스러운 눈으로 후안이 하
는 모습을 가만히 지켜보았다. 후안은 지저분한 바르톨로
메의 머리까지 비누로 깨끗이 씻겼다.

"제일 깨끗한 셔츠와 바지를 꺼내 와."

이사벨이 영문을 모르겠다는 표정으로 남편을 쳐다보
았다.

"어서 빨리 가져오기나 해. 시간 없어. 사람들이 기다리
고 있어."

"안 돼요, 엄마. 아빠한테 옷을 갖다 주면 안 돼요."

후안나가 이사벨의 귀에다 대고 속삭였다.

"무슨 일이에요? 대체 바르톨로메를 어디로 데려가려는

거예요?"

이사벨이 용기를 내서 물었다. 순간 후안이 웃음을 터뜨렸다. 허탈하면서도 독기를 머금은 웃음이었다.

"잘된 일인지도 모르지. 스페인의 공주마마께서 장난감으로 갖고 싶다고 하시니까."

"장난감이라뇨?"

"공주마마께서 인간개로 갖고 노시겠대. 부지런히 공을 쫓아다니거나 은그릇에 담긴 우유를 혓바닥으로 핥아 먹겠지."

후안이 차가운 목소리로 설명했다.

후안나가 다시 울기 시작했다.

"그렇게는 안 돼요. 당신이 어떻게 좀 해 봐요!"

이사벨이 간청했다.

"내게 그럴 힘이 있을 것으로 보여? 어쩔 수 없어. 공주님께서 직접 보고 결정하신 일이니까."

"당신은 저 아이의 아빠예요. 자식을 보호할 책임이 있어요."

"저 녀석은 나와의 약속을 깨뜨렸어. 그런데도 내가 지켜 줘야 돼?"

"여보, 쟤는 아직 어린애예요. 그리고 당신 아들이라구요."

"나는 인간개를 아들로 둔 적이 없어!"

후안이 매몰차게 뿌리쳤다. 더는 어떤 항변도 용납하지 않겠다는 강한 의지가 목소리에서 묻어났다.

이사벨이 움직이려고 하지 않자 후안이 직접 나서서 바르톨로메의 옷을 찾아 입혔다. 바르톨로메는 저항하지 않았다. 그래 봐야 소용이 없다는 걸 잘 알고 있었다. 어머니는 힘이 없어서 자신을 지켜 주지 못하지만, 아버지는?

내게는 아버지가 없어! 바르톨로메가 속으로 고통스럽게 소리쳤다. 이 남자는 지금까지 나를 마지못해 참아 준 것뿐이지 한 번도 아들로서 애정을 주거나 사랑한 적이 없어!

"작별 인사나 해."

후안이 몇 걸음 뒤로 물러나 등을 돌렸다. 이사벨은 망설였다. 바르톨로메는 고개를 숙인 채 탁자 옆 바닥에 앉아 있었다. 그러고 있으니까 그렇지 않아도 곱사등 때문에 앞으로 튀어나온 머리가 다리에 닿을 것만 같았다. 인형극에서 줄이 끊어져 너덜너덜한 채로 바닥에 앉아 있는 난쟁이 인형처럼 불쌍하기 그지없었다.

이사벨이 바르톨로메 앞에 쪼그리고 앉아 아들의 굽은 몸을 끌어안고 곱사등 위의 목덜미와 머리에 입을 맞추었다. 얼굴은 차마 마주 볼 수가 없었다. 아들의 얼굴을 보게 되면 가슴이 미어질 것 같았기 때문이다. 후안나도 무릎걸음으로 다가왔다. 하지만 동생을 껴안지는 못했다. 자신의 피 묻은 얼굴로 인해 자칫 바르톨로메의 깨끗한 옷이 더러워지기라도 하면 아버지가 또다시 불같이 화를 낼까 두려웠던 것이다. 후안나는 바르톨로메의 머리에 가만히 손만 대는 것으로 인사를 대신했다. 그러고는 곧장 뒷방으로 가 버렸다.

"됐어."

후안은 이사벨의 품에서 바르톨로메를 번쩍 들어 올려 계단을 내려갔다. 그가 가는 곳은 왕이 사는 알카사르 궁전이었다.

얼마 뒤 베아트리스가 물을 항아리에 가득 담아 돌아왔다. 우물가에서 물을 길으면서도 되는 대로 늑장을 부렸고, 돌아올 때도 빙빙 돌아 이것저것 구경하면서 오는 바람에 이렇게 늦은 것이다. 후안나 언니와 바르톨로메가 아버지에게 혼나는 것을 반드시 제 눈으로 보겠다고 다짐한 것도 벌써 잊은 지 오래였다. 그런데 어두운 계단을 올라가 문 앞에 이르자 섬뜩한 정적이 흐르는 것을 느꼈다. 베아트리스는 한동안 들어갈까 말까 망설이면서 안쪽으로 귀를 기울여 보았다. 아무 소리도, 아무 움직임도 느껴지지 않고 기괴한 정적만 새어 나오고 있었다. 베아트리스는 조심스럽게 문을 열었다. 어머니가 석고상처럼 굳은 얼굴로 의자에 앉아 있었다. 두 팔은 탁자 위에 힘없이 걸쳐 놓고 있었다. 후안나는 창가에 서 있었다. 흉하게 부어오른 얼굴이 밝은 햇빛 속에서 더 흉측하게 보였다. 베아트리스는 맞아서 이렇게까지 얼굴이 부은 것은 처음 보았다. 베아트리스가 항아리를 내려놓으며 주위를 두리번거렸다. 언니가 저 정도면 바르톨로메는 훨씬 더 심하게 맞았으리라 생각했다. 베아트리스는 문이 열려 있는 뒷방을 살펴보았다. 방 안에는 아무도 없었다.

"오빠는 어디 있어요?"

베아트리스가 조심스레 물었다.

"갔어."

이사벨이 대답했다.

"다시 안 와?"

이사벨이 고개를 저었다.

"다시는 안 올 거야."

베아트리스는 이제껏 바르톨로메에게 특별히 관심을 보인 적이 없었다. 고향 마을에서는 창피해서 오빠가 마을 광장에 앉아 있으면 근처에서 노는 것도 꺼려 했던 베아트리스였다. 그런 바르톨로메가 이제 한순간에 베아트리스의 삶에서 사라져버렸다.

"죽었어?"

후안나의 얼굴이 저 지경이라면 바르톨로메는 그 연약한 몸으로 아버지의 모진 매를 버텨내지 못했으리라 짐작했던 것이다.

"아냐. 아빠가 왕궁으로 데려갔어. 공주님께서 바르톨로메와 놀고 싶다나 봐."

이사벨이 힘없이 대답했다.

베아트리스는 눈이 휘둥그레졌다. 그리고 입을 쩍 벌린 채 어머니를 쳐다보았다. 왜 바르톨로메에게는 벌을 안 준 거야? 아빠 말을 어겼는데 왜 벌은 안 주고 상을 준 거야? 공주님은 왜 하필 바르톨로메 같은 난쟁이 꼽추하고 놀려고 하신 걸까? 베아트리스는 질투심이 나서 견딜 수가 없었다.

"아빠는 어째서 나를 안 데려간 거야? 나도 공주님이랑 놀고 싶단 말이야."

베아트리스의 얼굴에 실망감이 역력했다. 자기 생각으로는 공주님이 아빠에게 놀이 친구를 구해오라고 시켰는데, 마침 자기가 집에 없어서 바르톨로메를 데려간 것으로 짐작했다.

"아, 베아트리스!"

이사벨이 일어나서 두 팔을 벌렸다. 어린 딸이 울먹이며 엄마 품에 안겼다.

"엄마 말을 믿어! 바르톨로메는 절대 가고 싶어서 간 게 아니라 어쩔 수 없이 간 거야."

"그럼 오빠 바보야."

이사벨은 딸아이를 꼭 끌어안았다. 자기로서는 도저히 버릇이 잘못 든 공주의 장난감이 된다는 것이 무엇을 뜻하는지 딸아이에게 설명할 자신이 없었다.

"엄마, 공주님이 나중에라도 같이 놀 사람이 필요하다고 하면 그때는 꼭 나를 데려가야 해."

이사벨은 후안나가 무슨 말을 하려는 것을 느끼고는 천천히 고개를 흔들었다. 베아트리스는 말을 한다고 해서 알아들을 나이가 아니었다.

"엄마, 오빠가 정말 거기서 영원히 살아? 다시는 안 와?"

베아트리스는 엄마가 처음에 했던 말이 떠오른 모양이었다.

이사벨이 고개를 끄덕였다. 그러자 베아트리스는 잠시 생각하는 눈치더니 불쑥 이렇게 내뱉었다.

"그러면 나도 가기 싫어."

2부

알카사르 왕궁

후안은 묵묵히 바르톨로메를 안고 마드리드 거리를 지나 알카사르 궁전의 육중한 성곽으로 향했다. 이 구중궁궐 안에는 가장 천한 부엌데기에서부터 힘 있는 조정대신에 이르기까지 수백 명의 사람들이 살고 있었다. 이곳의 주인은 스페인의 국왕이자 수많은 식민지를 거느린 펠리페 4세였고, 그의 왕궁은 그 자체로 하나의 작은 세계를 이루고 있었다. 왕의 은총을 받은 사람은 비록 평민 출신이라도 마음껏 부귀영화를 누렸고, 왕의 미움을 산 사람은 단숨에 모든 특권과 관직을 잃어버렸다. 그러니 왕을 둘러싸고 온갖 암투와 모함이 난무할 수밖에 없었다. 지위고하를 막론하고 권모술수와 매수에 능하지 않은 사람은 하루아침에 자리에서 밀려나 마드리드의 거지로 전락할 수 있는 곳이 바로 왕궁이었다.

후안은 알카사르 궁전의 화려한 겉모습 뒤에서 어떤 추
악한 일들이 벌어지는지 잘 알고 있었다. 성실하고 정직한
일반인들로서는 상상도 못할 일들이었다. 조금이라도 힘
이 있다고 생각되는 사람들은 쉽게 부정부패의 유혹에 빠
져들었다. 그도 그럴 것이 궁정에서 일하는 사람들은 월급
이 일정하지 않을 뿐 아니라 그마저도 넉넉지 않았기 때문
이다. 후안도 매달 왕실 마구간 감독관에게 월급 중 얼마
를 상납해야 했다. 그렇다고 불평하거나 항의할 수도 없었
다. 그게 궁정의 순리였다. 혹시 그럴 마음이 있다고 해도
항의할 방법이 없었다. 절차를 중시하는 궁중의 법도가 엄
연했기 때문이다. 이를테면 마부가 자신의 직속상관인 마
구간 감독관을 제치고 그보다 더 높은 사람을 만나는 것 자
체가 애초에 불가능한 일이었다.

후안은 궁궐의 복잡한 경내를 빠른 걸음으로 지나갔다.
도중에 혹시 아는 사람을 만나 난처한 질문을 받지 않기만
을 바라고 또 바랐다. 마침내 왕의 가족들이 거주하는 카
르토 델 프린시페 궁에 이르자, 후안은 정문을 지키는 경
비병에게 바르톨로메를 넘겼다.

"마르가리타 공주님이 특별히 주문하신 물건이오. 공주
님 처소로 전해 주시오."

"아빠!"

바르톨로메는 낯선 손이 자신에게로 향하는 순간 후안에게 매달렸다.

"아빠, 나는 언제쯤 다시 집에 돌아갈 수 있어요?"

그러나 후안은 말없이 등을 돌려 황급히 자리를 떴다.

바르톨로메는 아치형의 성문을 향해 잰걸음으로 달려가는 아버지의 뒷모습을 슬픈 눈으로 바라보았다.

후안에게서 바르톨로메를 넘겨받은 경비병은 등에 혹이 툭 튀어나온 난쟁이의 모습에 잔뜩 상을 찌푸렸다. 하지만 몸에서 악취는 나지 않았고, 옷도 비록 싸구려지만 깨끗해서 그나마 다행이라 여겼다.

높으신 양반들은 취미도 참 괴팍하구먼! 이런 것들이 뭐가 좋다고 찾을까? 하긴 사는 게 무료하니까 이렇게 이상한 것들로 시간을 때우고 싶겠지. 바르톨로메를 손에 들고 있던 경비병이 생각했다.

경비병이 노크를 하자 하인이 문을 열고 나왔다.

"공주님께 전해 드리쇼."

경비병이 말했다.

바르톨로메는 두꺼운 양탄자가 깔려 있고, 화려한 벽지와 그림들이 걸려 있는 수많은 복도와 방을 거쳐 마치 짐짝처럼 이 사람 저 사람에게 넘겨졌다. 이윽고 공주의 처소를 지키던 근위병이 시종관에게 바르톨로메를 데려갔고,

시종관은 공주의 수석 여관(女官) 마르첼라 데 울로아 부인에게 인도했다.

"말씀하신 게 도착했습니다."

시종관이 정중하게 말했다.

바르톨로메는 수석 여관의 얼굴을 알고 있었다. 아까 마차에서 공주 옆에 타고 있던 검은 옷의 귀부인이었다.

울로아 부인은 공주가 태어날 때부터 공주궁을 관장해 온 책임자였다. 공주궁에는 귀족 가문 출신의 시동 여섯, 마찬가지로 귀족 출신의 여관 셋, 사제 하나, 고해신부 하나, 의사 둘, 외과의사 하나, 가정교사 하나, 교육자 하나, 궁정무용가 하나, 궁정음악가 하나, 시종관 넷, 스무 명의 병사로 이루어진 근위대, 하인 열, 몸종 둘, 허드렛일을 하는 하녀 다섯, 제빵공 하나, 과자 만드는 사람 하나, 요리사 셋, 부엌데기 아홉, 물을 나르는 노복 둘, 그리고 빨랫데기 다섯이 있었다.

이 모든 인원을 울로아 수석 여관이 관리했다. 또한 공주의 알현을 허락할 것인지, 허락하지 않을 것인지도 울로아 부인이 결정했다.

울로아 수석 여관은 이 난쟁이를 누구에게 맡기는 것이 좋을지 생각했다. 공주님 마음에 들도록 옷을 입히고 지엄한 궁중 법도를 가르칠 사람이 필요했던 것이다.

그녀는 마리아 아우구스티나 데 사르미엔토를 낙점했

다. 셋 중에서 가장 나이 어린 여관이었다.

아우구스티나 여관은 동물과 난쟁이들로 이루어진 공주의 동물 오락단을 책임지고 있었는데, 그 자신이 이 일에 푹 빠져 아주 적극적이었다. 기발한 착상도 동나는 법이 없어 수시로 동물과 난쟁이들을 이용해서 공주를 기쁘게 하였다.

"마리아 아우구스티나 여관을 불러와라!"

울로아 수석 여관이 줄곧 바닥에 앉아 있는 바르톨로메를 응시하던 시동에게 명령을 내렸다. 시동은 허리를 숙이고는 급히 나갔다.

울로아 부인은 그제야 바르톨로메에게 눈을 돌렸다. 이 괴상망측한 것이 얼마나 지력을 갖고 있는지는 알 수 없지만, 궁중 생활에 필요한 몇 가지 중요한 법도는 미리 익히게 할 필요가 있다고 생각했다.

"이곳 궁중에는 지켜야 할 지엄한 법도가 있다. 우선 묻지 않았는데 말을 해서는 안 된다. 대답을 할 때는 반드시 공주님께 마마라는 존칭을 써야 한다. 공주님의 눈을 쳐다봐서도 안 되고, 할 말만 간단명료하게 해야 한다. 공주님 면전에서 등을 보여서는 안 되고, 공주님이 무슨 일을 시키시든 즐겁게 따라야 한다. 웃어서도 안 되고, 소리치거나 눈물을 보여서도 안 된다. 보아 하니 혼자서는 걸을 수도 없을 것 같으니 사람을 붙여주마. 공주님이 찾으시면 언제든 갈 준비를 하고 있거라."

바르톨로메는 수석 여관이 한달음에 쏟아 내는 말들을 묵묵히 참아 내고 있었다.

울로아 부인은 꿀 먹은 벙어리처럼 앉아 있는 바르톨로메에게 화가 났다. 난쟁이 꼽추 주제에 무뚝뚝하고 고집만 세어 보였기 때문이다. 그녀로서는 지금 바르톨로메가 얼마나 심란한 상태인지 알 턱이 없었다.

"공주님의 눈에 띈 게 얼마나 큰 영광인지 모르느냐?"

울로아 부인이 못마땅한 표정으로 바르톨로메를 꾸짖었다.

"공주님께서는 더러운 하수구 같은 인생에서 너를 구해 주셨다. 그 하해와 같은 은혜를 생각하면 너의 하찮은 몸뚱이를 공주님께 바친다고 해도 모자랄 것이다. 허나 최선을 다해서 공주님 명령만 따르면 지내는 데는 불편함이 없을 것이다. 알아듣겠느냐?"

바르톨로메는 그저 고개를 끄덕거릴 수밖에 없었다. 반항을 한다고 될 일이 아니었다. 그런데 울로아 부인의 말에서 도저히 수긍할 수 없는 부분이 있었다. 자신은 하수구 같은 인생을 살지 않았다. 어머니도 있고 형제자매도 있다. 그리고 자신을 제자로 받아들여 준 크리스토발 수사도 있다. 그러나 그들 모두 닿을 수 없는 곳에 있어서 바르톨로메를 도울 수가 없었다.

"그럼 됐다."

울로아 수석 여관이 만족스럽게 고개를 끄덕였다.

"부르셨습니까?"

마리아 아우구스티나가 무릎을 살짝 굽히며 수석 여관에게 인사를 했다. 아우구스티나는 예쁘장하고 신뢰를 주는 얼굴의 젊은 아가씨였는데, 인사를 마치자마자 바르톨로메를 보고는 이렇게 생각했다. 이제까지 세상에서 마리에 바르볼라가 제일 못생긴 줄 알았더니 여기 그보다 훨씬 못한 것이 있었네! 바르볼라는 호빵처럼 통통 부은 동그란 얼굴에 뚱뚱한 몸을 가진 난쟁이 여자였다.

"공주님께서 출타 중에 우연히 길거리에서 만난 인간개야. 장난감 삼아 놀고 싶으신 게지. 맞춰서 옷을 해 입히게. 공주님이 찾지 않는 동안에는 바르볼라에게 데리고 있으라 하고."

수석 여관이 지시를 내렸다.

인간개라고! 정말 그랬다. 썩은 나무 동강처럼 짤막한 다리하고 등에 난 혹하며, 어울리지 않게 긴 팔까지 사람보다 동물에 훨씬 가까워 보였다. 공주가 재미있어하며 데리고 올 만도 했다. 아우구스티나는 벌써 머릿속으로 이 아이를 어떻게 개처럼 보이게 옷을 입히고 치장을 할까 즐거운 상상에 빠졌다.

"우선 목욕을 시켜야겠습니다. 갈색의 보풀보풀한 천과 옷을 지을 침모도 필요할 것 같고요."

아우구스티나가 자신감에 찬 어조로 말했다. 울로아 부인이 동의의 뜻으로 고개를 끄덕거렸다. 그러면서 자신이 사람을 제대로 골랐다고 생각했다. 이 난쟁이를 길들이기엔 아우구스티나만큼 적임자가 없을 것 같았다.

"이 애를 데려가서 필요한 조처를 취하게."

수석 여관이 허락했다.

"따라와!"

아우구스티나가 바르톨로메에게 명령했다.

"걔는 걷지 못하고 길 줄만 알아. 안고 가야 할 게야."

손만 잡아 주면 걸을 수 있어요. 바르톨로메는 이런 뜻을 담은 눈길로 아우구스티나의 아름다운 얼굴을 올려다보았다. 아우구스티나를 믿을 만하다고 생각한 바르톨로메였기에 기꺼이 손을 내밀었다. 그러나 아우구스티나는 깜짝 놀라 뒷걸음질을 쳤다.

"저런 애를 안고 가라고요? 못하겠어요. 바르볼라에게 제 방으로 옮기라고 하겠습니다."

아우구스티나는 볼멘소리로 이렇게 말하고는 치마를 치켜들고 재빨리 무릎을 굽혀 인사를 한 다음 부리나케 나가 버렸다. 저리 흉측한 것을 자기더러 안고 가라고 한 것에 대한 일종의 항의 표시였다.

바르톨로메는 아우구스티나의 당돌한 말에 깊은 상처를 받았는지 얼굴이 벌겋게 달아올랐다. 얼마 뒤 한 난쟁이 여자가 와서 바르톨로메를 거칠게 일으켜 세웠다.

"가자. 손 이리 줘. 나도 널 안고 가고 싶지는 않아."

아우구스티나가 말한 바르볼라라는 여자가 분명했다. 키는 바르톨로메와 별 차이가 없었지만 힘은 놀랄 정도로 셌다.

난쟁이 여자는 익숙한 솜씨로 바르톨로메가 잘 지탱하며 걸을 수 있도록 이끌었다.

"이름이 뭐니?"

수석 여관이 들을 수 없는 거리에 이르자 바르볼라가 물었다.

"바르톨로메요."

"좋은 이름이네. 하지만 여기선 아무도 널 그렇게 부르진 않을 거야. 공주님께서 지어 주신 이름으로 불러야 하거든. 공주마마께서는 장난감들의 이름 짓는 걸 좋아하셔. 기분이 좋으면 날더러는 '달덩어리 얼굴'이라 부르시다가, 기분이 안 좋으면 그냥 '소똥'이라고 불러."

"난 장난감이 아니에요."

바르톨로메가 마침내 참고 참았던 말을 토해 냈다.

"난 사람이에요. 집에 꼭 돌아갈 거예요!"

바르볼라가 씁쓰레하게 웃었다.

"넌 지금부터 공주님의 장난감이야. 여기 궁궐이 네 집이고. 되도록 빨리 적응하는 게 좋을 거야. 공주마마님 눈에 들도록 노력해. 그러면 사는 게 편해져. 맛있는 과자도 던져 주시고, 어디를 가시든 따라갈 수 있지. 하지만 한번 눈 밖에 나면…… 완전히 끈 떨어진 뒤웅박 신세라는 걸 명심해."

"만일 공주님께서 나를 꼴 보기 싫어하시면 집으로 돌아가도 되는 건가요?"

바르톨로메가 기대에 부풀어 물었다.

바르볼라가 손을 잡지 않은 다른 손으로 바르톨로메의 뺨을 찰싹 때렸다.

"그따위 생각은 꿈도 꾸지 마!"

바르톨로메는 절망했다. 그것을 본 바르볼라는 복도 한가운데에서 걸음을 멈춘 뒤 정색을 하고 바르톨로메를 내려다보았다.

"내 말 잘 들어. 만일 공주님께서 너를 내치시면 너는 곧장 궁궐 밖의 하수구로 내던져져. 그렇게 버려진 너를 누가 집에다 데려다주겠니? 죽지 않으면 다행이지."

바르톨로메는 얼굴이 화끈거렸다.

"울로아 부인께서 너를 아우구스티나 여관에게 맡긴 것을 다행으로 생각해. 아우구스티나 여관은 늘 기발한 착상으로 넘쳐나는 분이거든. 내가 궁정에 들어온 것도 벌써

십 년이 지났어. 그런데 공주님의 관심을 끌기 시작한 것은 아우구스티나 여관이 나를 맡고 나서부터였어. 얼마 전 아우구스티나 여관이 내 얼굴을 노란색으로 칠하셨어. 그러고는 하인을 시켜 공주님의 침실 창문 앞에 이층 높이로 밧줄을 매달아 내 얼굴을 거꾸로 이리저리 움직이게 하셨어. 침대에 누운 공주님은 내 얼굴을 보고 노란 보름달 같다며 무척 즐거워하셨어. 그 뒤부터 나를 달덩어리 얼굴이라 부르며 새 옷도 선물해 주셨어."

"나보고는 인간개라고 부르셨어요."

바르톨로메가 힘없이 말했다. 그러자 바르볼라가 손뼉까지 치며 반색을 했다.

"공주님께서 벌써 이름을 지어 주셨어? 정말 잘된 일이야. 아우구스티나 부인께서는 분명 거기에 맞는 생각을 해 두셨을 거야. 어서 가자. 아우구스티나 부인은 기다리는 걸 질색으로 싫어하시거든. 괜히 화를 돋워서 좋을 게 없어."

인간개

바르볼라가 바르톨로메를 데리고 아우구스티나 여관
방에 들어섰을 때는 벌써 여러 사람이 기다리고 있었다.
하인 두 명이 나무로 만든 목욕통을 방 한가운데에 갖다 놓
자, 다른 하인 셋이 부지런히 뜨거운 물을 욕조 안에 퍼 날
랐다. 아우구스티나 여관은 공주가 좋아하는 방향제를 손
수 목욕물에 풀었다. 방 한구석에는 침모 둘과 조수 하나
가 서 있었다. 조수는 열 살 정도밖에 되지 않은 야윈 소녀
였는데, 무거운 옷감을 양손에 들고 있느라 무척 힘들어
보였다. 시동 두 명은 창가에 서서 수군거리고 있었다. 하
녀가 바르톨로메의 옷을 벗기기 시작하자 시동 둘이 가까
이 다가와 뼈가 기형으로 돌출해서 피부 위로 비쭉 솟아오
른 혹을 바라보며 웃음을 터뜨렸다. 바르톨로메가 옷을 다

벗자 하녀 둘이 욕조에 집어넣고 아플 정도로 박박 문질렀다. 여기 오기 전에 목욕을 했다고 말하고 싶었지만 그럴 용기가 나지 않았다. 목욕이 끝나자 하녀가 두툼한 수건으로 바르톨로메의 몸을 닦아 주었다. 그러고는 바르톨로메가 입었던 셔츠를 집어 들자 아우구스티나가 고개를 흔들었다.

"놔둬라. 새 옷을 해 입힐 테니."

하녀가 바르톨로메의 옷을 주섬주섬 챙겨 방을 나가자 하인들도 목욕통을 들고 따라 나갔다.

"공주마마께서는 인간개를 원하신다. 갈색 천으로 머리부터 발끝까지 전부 가릴 수 있는 옷을 만들도록 해라. 얼굴 부분만 빼고……."

침모들은 부지런히 고개를 끄덕이고는 바르톨로메에게 다가갔다. 바르톨로메는 시동들의 혐오스러운 시선을 피하기 위해 수건으로 몸을 가리고 있었다. 나이 든 침모가 수건을 벗기고 치수를 쟀다. 그사이 어떤 천이 좋을지 살펴보고 있던 아우구스티나가 진갈색의 보풀보풀한 천을 골랐다.

"서둘러라. 시간이 없다. 오늘 저녁 공주마마께서 침수에 드실 시간에 깜짝 놀라게 해드릴 생각이니까."

침모들은 방 한구석의 탁자에 앉아 급히 천을 자르며 손을 재게 놀리기 시작했다.

바르톨로메는 다시 수건으로 몸을 가린 채 방 한가운데에 얌전히 앉아 기다렸다. 아우구스티나가 시동 둘과 난쟁이 바르볼라를 데리고 방을 나가자 바르톨로메는 두 시간 가까이 바닥에 앉아 침모들이 한 땀 한 땀 바느질하는 모습을 지켜보았다. 조수로 따라온 여자아이는 그 옆에서 부지런히 바늘에 실을 꿰고 천을 가지런히 하면서 틈나는 대로 바르톨로메를 힐끗힐끗 바라보았다. 이렇게 이상하게 생긴 것은 처음 본다는 듯한 눈길이었다.

느지막한 오후, 시종들을 거느리고 돌아온 아우구스티나가 바르톨로메의 고개를 치켜 올리며 유심히 얼굴을 관찰하였다.

"얼굴이 너무 창백해."

마치 나무라는 듯한 목소리였다.

"갈색 개가 되려면 얼굴이 좀 검어야 하는데……. 안 되겠다. 아무래도 색을 좀 칠해야겠다."

아우구스티나가 손짓으로 시동을 불렀다.

"벨라스케스 궁정화가의 화방으로 가서 도제를 하나 보내 달라고 해라. 갈색 톤의 물감도 챙겨 오라 이르고."

군데군데 물감으로 얼룩진 가운을 입은 화방 도제가 작은 상자를 들고 바르톨로메 앞에 앉았다. 젊은 도제는 바르톨로메를 호기심 어린 눈으로 바라보았다. 하지만 바르톨로메는 도제가 들고 온 상자를 불안스레 바라보고 있었다.

"걱정 마. 널 고문하려는 게 아니니까. 이 안에는 물감과 붓뿐이야."

화방 도제가 바르톨로메에게 살짝 눈을 깜빡이며 상자의 뚜껑을 열었다.

바르톨로메가 약간 몸을 숙여 상자 안을 들여다보았다. 작은 병들이 빼곡히 들어 있었다. 도제가 뚜껑을 뒤집어 그 위에 병들을 올려놓았다. 병의 겉면에는 자잘한 글씨들이 적혀 있었고, 안에는 여러 가지 갈색 톤의 가루가 들어 있었다. 바르톨로메는 마음속으로 글자들을 읽어 내려갔다. 흑갈색, 암갈색, 진갈색, 적갈색, 다갈색, 연갈색, 밤색, 황갈색……. 바르톨로메는 세상에 이렇게 많은 갈색이 있다는 것을 처음 알았다. 흑갈색은 검은색에 가까웠고, 적갈색은 붉은 빛이 도는 갈색이었으며, 황갈색은 막 쟁기질이 끝난 흙과 비슷했고, 다갈색은 가을철에 시든 낙엽 같은 색이었다.

그런데 맑은 액체가 든 병들도 있었다. 바르톨로메는 발음 자체가 이상한 글자를 천천히 중얼거렸다. 아마인유, 유황액, 베네치아 테레빈유, 양귀비유, 트라간트 고무유, 증류수…….

화방 도제는 이런 것들 말고도 상자에서 계속 다른 물건들을 끄집어냈다. 대리석 사발, 평평한 진흙 접시, 두꺼운 유리로 만든 팔레트, 절구 모양의 물건, 작은 숟가락 몇 개였다. 그는 마지막으로 달걀 몇 개를 뚜껑 위에 올려놓았다.

이렇게 물건들을 다 꺼내 놓고 나자 화방 도제가 옆에 서 있던 시동에게 말했다.

"준비가 다 끝났는뎁쇼."

"기다려 봐라. 아우구스티나 부인께서 너한테 잠깐 시간을 낼 수 있는지 여쭈어 보고 오겠다."

"쪼그만 게 거들먹거리기는……. 그렇게 목에 잔뜩 힘을 주다간 목뼈 부러지겠다!"

시동이 침모들의 작업 상황을 살펴보고 있던 아우구스티나에게로 성큼성큼 걸음을 옮기는 순간 화방 도제가 혼잣말처럼 중얼거린 소리였다.

바르톨로메는 자기도 모르게 웃음이 터져 나오는 걸 얼른 손으로 입을 막았다. 여기서는 웃는 것도 금지되어 있었기 때문이다.

도제가 그런 바르톨로메를 놀란 눈으로 바라보며 싱긋 웃었다.

"안 그래? 내가 틀린 말 했니?"

도제는 이렇게 속삭이며 조그만 시동 녀석이 거들먹거리는 모습을 흉내 냈다. 바르톨로메는 터져 나오는 웃음을 참지 못해 입을 틀어막고 있던 손을 깨물었다. 그런데도 몸이 들썩거리는 것까지 막을 수는 없었다.

"나는 안드레스라고 해. 근데 저 인간들이 너한테 뭘 어쩌려는 거니?"

"저는 바르톨로메라고 해요. 공주님을 위해 저를 인간개로 만들려고 하나 봐요."

안드레스는 어처구니가 없다는 듯이 바르톨로메를 바라보았다. 그는 예전에도 종종 여관들이 공주를 위한답시고 꾸미는 일에 동원된 적이 있었다. 예를 들어 아프리카의 얼룩말처럼 보이라고 공주의 조랑말에 검은 선과 흰 선을 그려 넣기도 했고, 고양이의 몸을 온통 연보라색으로 칠하기도 했으며, 모든 시동들의 머리카락을 초록색으로 물들인 적도 있었다. 또한 난쟁이 바르볼라의 밀가루 반죽 같은 얼굴에다 노란색을 칠해 환한 보름달처럼 만들기도 했다. 연극 무대용 분장이 아니라 공주 침실의 창문 위에 거꾸로 매달아 놓기 위해서 그랬다는 걸 처음엔 몰랐다. 나중에 그 이야기를 들었을 때 안드레스는 스스로 부끄러워 고개를 들지 못했다.

"개라고?"

안드레스가 물었다.

"개가 되기 싫어요. 난 사람이에요."

바르톨로메가 말했다.

안드레스가 고개를 끄덕였다. 하지만 자신이 무엇을 할 수 있단 말인가? 막을 방법이 없었다. 그는 운 좋게 궁정화가 밑에서 그림 수업을 쌓는 한낱 도제일 뿐이었다.

"너 혹시 이거 아니? 화가가 충직함과 용기를 표현하고 싶으면 그림 속에 개를 그려 넣는다는 것 말이야."

"정말이에요?"

"만일 저 여관이 네 얼굴을 개처럼 분장하라고 하면 내가 스페인에서 가장 용감한 개로 보이도록 그려 줄게."

안드레스가 바르톨로메를 위로할 수 있는 것이라고는 고작 이 말뿐이었다.

"여기가 어디라고 잡담이야, 잡담이!"

어느새 다가왔는지 아우구스티나 여관이 두 사람을 꾸짖었다. 그러고는 재빨리 두 가지 색깔을 골랐다.

"주둥이는 진갈색으로 칠하고, 나머지 부분은 연갈색으로 칠하도록 해."

바르톨로메는 안드레스가 작업하는 것을 유심히 지켜보았다. 안드레스는 먼저 깨알 모양의 연갈색 가루를 유리 팔레트 위에 뿌려 놓고 절굿공이로 잘게 빻았다. 그러고는 대리석 사발에 아마인유와 트라간트 고무유, 그리고 증류수를 조금 넣고 섞었다. 다음 순간 바르톨로메의 눈이 휘둥그레졌다. 안드레스가 평평한 진흙 접시에 달걀을 올려놓고 깨뜨린 것이다. 그는 숟가락으로 노른자위와 흰자위가 거품을 내며 섞일 때까지 저었다. 그러고는 그중 일부를 대리석 사발에 넣은 뒤 다시 숟가락으로 휘휘 저었고, 그렇게 섞인 액체에 잘게 빻은 연갈색 분말을 뿌렸다. 그러자 놀랍게도 때깔 고운 연갈색 물감이 만들어졌다. 바르톨로메는 이 모든 손놀림을 하나도 놓치지 않고 흥미롭게 지켜보았다. 이런 식으로 색깔을 만들 수 있다는 것은 상상도 하지 못했다. 간혹 집에서 어머니가 양파껍질 삶은 물에 털실을 넣고 불그스레한 빛깔로 물들이는 것밖에 본 적이 없었던 것이다.

안드레스는 바르톨로메가 놀란 토끼눈을 하고 있는 것을 보고 빙그레 웃어 주었다. 사실 자신은 화방에서 가장 어린 도제로서 정식으로 그림 지도를 받고 있다기보다 오히려 허드렛일이나 하는 급사에 지나지 않았던 것이다.

안드레스가 바르톨로메 앞에 앉아 털이 짧은 붓에 연갈색 물감을 묻혀 조심스럽게 바르톨로메의 얼굴을 칠했다.

"물감이 눈에 들어가면 안 되니까 눈을 감아라!"

안드레스가 수건으로 몸을 감싸고 있는 바르톨로메에게 말했다.

바르톨로메는 붓이 눈두덩이 위를 부드럽게 스치는 것을 느끼며 간지러워 입을 실룩거렸다.

"조금만 참아. 금방 끝낼 테니."

안드레스는 바르톨로메의 얼굴을 거의 다 칠했을 때 깨끗한 물과 수건을 달라고 했다. 그러고는 붓을 씻고, 유리

팔레트와 절굿공이, 숟가락, 사발을 깨끗이 닦았다. 그는
바르톨로메가 자신의 손가락을 유심히 내려다보는 것을
느꼈다.

"너도 한번 해보고 싶니?"

"정말 그래도 돼요?"

안드레스가 고개를 끄덕이자 갑자기 어둡던 바르톨로
메의 눈이 반짝반짝 빛나기 시작했다. 안드레스는 마치 스
승이라도 된 듯이 하나씩 지시를 내렸다. 그런데 바르톨로
메가 익숙한 솜씨로 진갈색 가루를 유리 팔레트 위에다 빻
고, 아마인유와 트라간트 고무유, 증류수, 그리고 달걀 남
은 것을 섞는 것을 보고 깜짝 놀랐다. 처음에는 검은 빛만
돌던 색소가 접착제와 섞이면서 진갈색의 물감으로 다시
태어났다.

바르톨로메는 자신이 직접 물감을 만들었다는 생각에
뛸 듯이 기뻤다. 그래서 안드레스가 그 물감으로 자신의
입과 코를 두텁게 칠해도 전혀 불쾌하게 느껴지지 않았다.

마리아 아우구스티나가 다가와서 바르톨로메의 색칠한
얼굴을 오밀조밀 꼼꼼히 살펴보았다.

"이 정도면 됐어. 이제 옷만 완성되면 되겠어."

안드레스는 붓과 용구를 깨끗이 씻은 다음 상자 속에 가
지런히 챙겨 넣었다. 상자 뚜껑까지 완전히 닫은 다음 바
르톨로메에게 작별의 뜻으로 눈을 깜빡했다.

"고마워요, 안드레스 형."

바르톨로메가 나직이 말했다.

순간 안드레스는 당황해서 걸음을 멈추었다. 설마 이 불쌍한 난쟁이가 자신에게 고맙다는 인사를 하리라고는 기대하지 않았던 것이다. 안드레스는 한편으론 기뻤지만 다른 한편으론 부끄러웠다. 정말 이것이 감사를 받아야 할 일인지 의심스러웠다. 저들이 이 아이에게 무슨 일을 저지를지 어떻게 알겠는가?

"바르톨로메!"

안드레스가 괴상하게 분장을 한 바르톨로메의 얼굴을 따뜻한 눈으로 내려다보며 말했다.

"절대 잊지 마. 네가 스페인에서 제일 용감한 개라는 걸!"

훈련

　스페인에서 가장 용감한 개가 되려면 어떻게 해야 할까? 바르볼라가 개 의상을 입히는 동안 바르톨로메는 머릿속으로 이런 생각을 하고 있었다. 개 의상을 입으면서 가장 싫었던 것은 자신의 몸에서 유일하게 정상적인 모습을 갖고 있던 두 손이 의상의 앞발 부분으로 쏙 들어가 버린 것이다. 바르볼라가 복부에 단추를 마저 채우자 바르톨로메는 긴 꼬리를 질질 끌며 커다란 벽거울 쪽으로 기어가야 했다. 시동들이 그런 바르톨로메를 쫓아가며 배꼽이 빠져라 웃어 댔다. 바르톨로메는 차마 거울을 볼 용기가 나지 않았다. 하지만 흘낏 거울에 비친 자신의 모습을 바라보았다. 등이 툭 튀어나온 갈색의 작은 개 한 마리가 물끄러미 자신을 보고 있었다. 머리 옆에 붙여 놓은 귀는 축 늘

어진 채 얼굴 위로 건들거리고 있었다. 바르톨로메는 거울 속의 자기 모습을 바라보며 슬픔을 감추지 못했다. 이런 모습으로는 용감한 개가 될 수 없어!

"바르볼라! 지금부터 짖는 연습도 시키고 재주도 몇 가지 가르쳐."

아우구스티나가 지시했다.

시동들이 박수를 치며 환호했다. 시동 하나가 짓궂게 바르톨로메의 긴 꼬리를 잡아당기자 다른 하나는 축 늘어진 귀를 들어 올리며 개처럼 짖어 보라고 을러댔다.

용감한 개는 짖지 않아! 다만 화가 나면 물 뿐이지. 바르톨로메는 속으로 이렇게 소리쳤지만, 실제로 시동을 물어서는 안 된다는 것을 잘 알고 있었다.

바르톨로메는 바르볼라를 따라 네발로 기어서 왕궁의 긴 복도를 지나갔다. 바르볼라의 방은 부엌 한구석에 있었다. 가구라고는 전혀 없는 작고 휑한 방 안에는 침대로 쓰는 고물 소파 하나와 궤짝 하나, 그리고 갈라진 세숫대야와 찌그러진 양동이가 놓여 있는 탁자가 전부였다. 바닥에는 닳고 닳아 푹신한 느낌이라고는 전혀 없는 양탄자가 깔려 있었고, 방 한 켠에는 겨울 난방용으로 자그마한 화덕이 놓여 있었다. 높지막이 걸려 있는 작은 창문 하나가 이 방에 햇빛을 선사하는 유일한 통로였다. 바르볼라가 소파에 기어올라가 앉았다.

"배고파?"

"예."

점심때는 크리스토발 수사를 만난다는 기대감으로 너무 들떠 제대로 먹지를 못했고, 그 이후로는 가혹한 운명의 시달림을 받느라 아무것도 먹지를 못했으니 배가 고플 만도 했다.

바르볼라가 소파에서 미끄러져 내려가 쪼르르 부엌으로 향했다.

얼마 뒤 그녀가 김이 무럭무럭 나는 그릇을 들고 돌아왔다. 그릇 안에는 올리브 기름으로 구운 빵이 들어 있었다.

바르톨로메의 배에서 꼬르륵거리는 소리가 크게 들렸다. 바르볼라가 키득거리며 웃었다. 그러고는 소파 위에 그릇을 놓았다.

"개처럼 짖으면 빵 하나를 줄게."

바르톨로메가 마지못해 개 짖는 시늉을 냈다. 그러나 목구멍에서 나온 소리는 낑낑거리는 신음에 불과했다. 왜 같은 난쟁이인 이 여자까지 나를 이렇게 힘들게 하는 걸까?

"그게 어디 개 짖는 소리니? 염소 우는 소리지. 좀 더 잘해 봐."

바르볼라가 격려의 뜻으로 빵 조각 하나를 바닥에 툭 던졌다. 바르톨로메는 얼른 앞발로 빵을 집으려고 했다.

"안 돼! 개는 그렇게 안 먹어. 제대로 안 하면 나 혼자 다 먹어버릴 거야."

바르볼라는 보란 듯이 바삭바삭한 빵 한 쪽을 입 안에 쏙 집어넣고 맛있게 씹어 먹었다. 바르톨로메는 창피함을 무릅쓰고 고개를 숙여 바닥에 떨어진 빵 조각을 이빨로 물었다. 그러고는 씹어서 삼켰다. 아무 맛도 나지 않았다.

"브라보! 아주 잘했어. 이젠 짖어 봐!"

바르톨로메는 짖었다. 앉아서도 짖고, 뒷다리로 서서도 짖었다. 바르볼라는 바르톨로메의 연기가 마음에 들 때마다 빵 한 조각을 바닥에 던져 주었다. 바르톨로메가 이런 잔인한 놀이에 동참할 수밖에 없었던 것은 다른 선택의 여지가 없다는 절망감과 굶주림 때문이었다.

"이제 넌 진짜 개가 다 됐어."

바르톨로메가 탁자에 앞발을 올려놓는 연기까지 실감나게 해내자 바르볼라가 뿌듯한 목소리로 말했다. 그러나 이런 자세로는 오래 버틸 수가 없던 바르톨로메는 결국 옆으로 픽 고꾸라지고 말았다. 바르볼라가 마지막 남은 빵 조각을 마저 던져 주었다. 바르톨로메는 받아먹지 않았다.

"나는 개가 되기 싫어요!"

바르톨로메가 필사적으로 외쳤다.

바르볼라가 어깨를 으쓱했다. 난쟁이에게는 다른 선택이 없다는 것을 암시하는 듯했다.

"엘 프리모도 나와 똑같은 난쟁이예요. 나라고 왜 서기가 될 수 없어요? 나도 읽고 쓸 줄 알아요!"

바르톨로메가 반항적으로 말했다. 바르볼라는 그런 바르톨로메를 보고 씁쓰레하게 웃었다. 엘 프리모를 모르는 사람은 없었다. 그만큼 그는 희대의 행운아였다.

"공주님께서는 너를 인간개로 원하셔. 네가 누구고, 무엇을 할 수 있는지는 상관없어. 넌 결국 공주님이 원하시는 대로 될 수밖에 없어."

바르볼라가 야멸치게 쏘아붙였다.

"건방지게 굴지 마. 네가 글을 안다고 누구 하나 관심을 가져 줄지 아니? 괜히 미움만 사기 십상이지."

바르톨로메는 고개를 떨군 채 아플 정도로 입술을 꽉 깨물었다. 울 수도 없었다. 애써 칠한 분장이 지워지기 때문이다.

"그냥 놀이라고 생각해."

갑자기 바르볼라의 목소리가 다정해졌다.

"잘사는 왕족들의 놀이에 끼여 함께 논다고 생각해. 너무 마음 쓰지 마. 네 일만 제대로 잘하고, 사람들과 사이좋게 지내면 여기 궁중에서도 아무 근심 없이 자유롭게 살 수 있어. 이렇게 생각해 봐. 그냥 연극이라고. 넌 그 연극의 주인공이야!"

놀이, 연극, 주인공! 바르톨로메는 한숨을 쉬었다.

"인간으로 살 시간도 많아. 공주님께서 너를 맨날 데리고 있지는 않으실 테니까."

공주

———

    마르가리타 공주는 다섯 살이었다. 값비싼 비단으로 몸을 두르고 온갖 사치를 다 누려도 실제로는 그저 외로운 응석받이 아이에 불과했다. 양친인 펠리페 4세와 안나 왕비의 얼굴을 볼 수 있는 기회는 손에 꼽을 정도였다. 이복언니 마리아 테레사가 열여섯 살에 공주궁을 나가는 바람에 외로움이 더했다.

    간혹 선택된 귀족집 자제들이 공주의 놀이 동무로 궁에 초대되기도 했다. 그러나 이 아이들은 공주의 비위를 거스르지 말라는 부모들의 엄한 기세에 눌려 그저 마르가리타 공주 옆에 목석처럼 서서 공주가 요구하는 대로만 할 뿐 같이 놀지는 못했다. 물론 거추장스러운 의상과 화려한 치장 때문에 마음껏 뛰어노는 것은 애초에 불가능한 일이었다.

만일 공주가 한 아이에게 역정을 내면 옆에 서 있던 귀족 부인이나 여관들이 당장 그 아이를 내쫓아 버렸다. 그러니 공주에게 편하게 다가갈 수 있는 사람은 아무도 없었다. 공주는 이런 사람들과 함께 있는 것이 지루했다.

공주를 즐겁게 해주는 것은 동물과 난쟁이, 그리고 희한하게 생긴 사람들로 이루어진 동물 오락단뿐이었다. 공주는 동물 오락단과 함께 있을 때가 가장 행복했다. 원하는 건 무엇이든지 할 수 있었기 때문이다. 동물들은 예쁜 축사에 넣어 두고, 난쟁이와 희한한 종족들은 궁정에 묵게 하면서 공주가 원할 때면 언제든 장난감처럼 갖고 놀았다. 이를테면 뼈가 없는 연체동물처럼 자유자재로 몸을 휘고 구부릴 수 있는 호세가 그랬다. 호세는 온갖 곡예와 재주로 공주를 즐겁게 했다. 반면에 노노는 공처럼 구르는 재주를 지닌 동글동글한 난쟁이였다. 기발한 착상으로 똘똘 뭉친 아우구스티나 여관은 일전에 재미있는 공굴리기 놀이를 개발해 냈다. 시동들을 복도에 고정 핀으로 세워 놓고, 마르가리타 공주로 하여금 노노를 공처럼 굴려서 핀을 쓰러뜨리는 놀이였다.

공주가 제일 좋아하는 것은 바르볼라가 표정 없는 달덩어리 얼굴로 들려주는 무서운 귀신 이야기였다.

"바르볼라 어디 있어? 나한테 데려와!"

공주가 저녁 식사를 마치고 거실로 들어오면서 말했다.

곧 잠자리에 들 시간이었지만, 오늘은 조금 늦추고 싶었다.

아우구스티나 여관이 살짝 무릎을 꺾으며 대답했다.

"바르볼라가 오늘 저녁엔 공주마마를 위해 깜짝쇼를 준비하고 있을 거예요."

공주가 인상을 찌푸리며 발을 쾅쾅 굴렀다.

"깜짝쇼 같은 건 필요없어. 당장 데려오기나 해!"

"공주마마! 스페인 공주님께서 체통을 지키셔야지요."

울로아 부인이 끼어들었다. 이따금 공주를 부드러운 말로 훈계할 수 있는 사람은 울로아 여관뿐이었다.

마르가리타 공주의 예쁘장한 얼굴이 빨갛게 익은 단감처럼 달아올랐다.

"누가 스페인 공주한테 이래라저래라 해?"

공주의 호통에도 울로아 여관은 전혀 표정 변화를 보이지 않았다. 공주가 아무리 화를 내도 자신이 보기에는 아직 어린아이에 불과했던 것이다. 울로아 부인은 항상 겉으로는 깍듯이 예의를 갖추었지만, 기품과 위엄으로 상대의 기세를 누르려고 했다. 그건 공주에게도 예외가 아니었다.

"제가 알기로는 공주마마께서 친히 그런 깜짝쇼를 원하셨던 것 같습니다."

울로아 부인이 잔뜩 골이 난 공주를 차분하게 타일렀다.

마르가리타 공주가 잠시 생각에 잠겼다. 내가 시켰다고? 그게 뭐지? 아무리 생각해도 떠오르지 않자 공주의 호기심은 더욱 커져만 갔다.

"울로아 여관, 내가 뭘 시켰어?"

공주의 목소리에서 은근히 애교가 묻어났다.

"낮에 마차 안에서는 그렇게 대단한 일인 것처럼 닦달을 하시더니 지금 이렇게 까맣게 잊으신 걸 보니 그리 중요한 일은 아니었나 봅니다."

마차라고? 그래, 맞아! 마차 앞에 웅크리고 있던 그 이상한 동물? 마르가리타 공주가 기뻐 펄쩍펄쩍 뛰었다.

"인간개, 인간개! 빨리 놀고 싶어. 침실로 데려오라고 해, 어서, 어서!"

울로아 부인이 흠흠 헛기침을 했다. 공주가 영문을 모르는 눈으로 울로아 여관을 잠시 쳐다보았다. 그제야 헛기침에 숨겨진 뜻을 알아차렸는지 격식을 갖춰 무릎을 살짝 굽히고는 정중하게 부탁을 했다.

"인간개를 데려오시게."

울로아 부인이 흡족한 표정으로 고개를 끄덕이며 아우구스티나에게 말했다.

"공주마마께서 잠옷으로 갈아입으시면 자네가 인간개를 데려오도록 하게."

"빨리, 아주 빨리 데려와야 해."

공주가 안달을 했다.

아우구스티나는 급히 자리를 뜨면서 바르볼라가 훈련

을 잘 시켜 놓았을까 슬그머니 걱정이 되었다.

부엌방에는 바르볼라와 바르톨로메가 함께 소파에 앉아 있었다. 바르톨로메는 자신의 커다란 머리를 바르볼라의 품에 기댄 채 꾸벅꾸벅 졸고 있었다. 몹시 피곤해 보였다. 바르볼라가 그런 바르톨로메의 얼굴을 부드럽게 어루만져 주었다. 이젠 짖는 것도 곧잘 하고, 귀여운 재주도 부릴 줄 아는 바르톨로메가 기특했던 것이다. 심지어 바르톨로메는 공주를 실망시키지 않겠다고 단단히 약속까지 했다.

"이게 무슨 짓이야?"

방문을 열어젖힌 아우구스티나 여관이 호통을 쳤다.

"개가 소파에 앉아 있어?"

바르볼라가 화들짝 놀라 바르톨로메를 깨우자, 바르톨로메는 얼른 소파에서 내려와 구석으로 기어갔다.

"이제 개처럼 짖고 뒷다리로 설 수 있어?"

아우구스티나가 엄한 눈길로 물었다. 바르볼라가 고개를 끄덕이며 바르톨로메에게 말했다.

"내가 가르쳐 준 걸 해 봐."

바르톨로메는 잠시 눈을 감았다. 스페인에서 가장 용감한 개의 모습을 떠올려 보거나, 아니면 최소한 연극에서 중요한 역할을 맡은 배우의 느낌이라도 가져 보기 위해서였다. 잠시 뒤 눈을 뜬 바르톨로메가 큰 소리로 멍멍 짖었다.

"이젠 재주를 피워 봐."

바르톨로메는 뒷다리로 서고, 이빨을 드러내며 으르렁 거리고, 바닥에 떨어진 것을 주둥이로 물어 올리는 시늉을 하고, 바르볼라가 던진 공을 얼른 물어 오고, 마지막에는 다리를 들어 올리는 재주까지 선보였다.

바르톨로메가 다리를 들고 있다가 잠시 균형을 잃고 비 틀거리면서 옆으로 고꾸라지자 아우구스티나가 깔깔거리 며 웃었다.

"아주 잘했어!"

아우구스티나가 손뼉을 치며 칭찬을 하자 바르볼라는 어깨가 으쓱해졌다. 어쩌면 공주님이 자신에게 특별한 선 물을 내릴지도 모르겠다는 희망을 품어 보았다.

아우구스티나는 치마 주머니에서 금실로 수놓은 가죽 목걸이와 긴 줄을 꺼내 바르볼라에게 건넸다.

"이걸로 묶어서 공주마마 침실로 오도록 해라. 나는 거 기서 기다리겠다."

바르볼라가 바르톨로메의 목에 가죽 목걸이를 묶고 끈 을 연결했다. 바르톨로메는 바르볼라를 따라 여러 개의 복 도들을 네발로 기어서 지나갔다. 공주의 침실 문 앞에는 시동 둘이 기다리고 있었다.

"어이, 달덩어리. 저게 개야?"

시동들이 놀렸다. 바르톨로메가 이빨을 드러내며 위협

적으로 으르렁거렸다. 조금 더 화가 나면 정말 물어 버릴 기세였다. 바르톨로메는 이제 진짜 개였다. 시동들이 겁에 질려 주춤주춤 뒷걸음질을 쳤다. 바르볼라가 나직이 웃으며 경고했다.

"조심해요. 마음에 안 들면 잘 무니까."

시동들이 뭐라 말을 하기도 전에 아우구스티나가 먼저 문을 열었다.

"들어와."

흥분했는지 아우구스티나의 얼굴이 발갛게 상기되어 있었다. 이렇게 기발한 아이디어를 낸 것이 실로 오랜만이었던 것이다.

바르볼라가 침실 안으로 들어가자 바르톨로메가 졸졸 뒤를 따랐다.

공주는 정말 개로 둔갑해 있는 바르톨로메를 보는 순간 환호성을 울리며 침대에서 펄쩍 뛰어 내려가 맨발로 바르톨로메에게 달려갔다. 침실 안에 있던 귀부인들과 남자들이 손뼉을 치며 좋아했다. 바르톨로메는 겁에 질려 몸이 얼어붙는 것 같았다. 이렇게 많은 사람들이 있을 줄은 예상하지 못했던 것이다. 바르톨로메는 꽁무니를 빼고 바르볼라 뒤에 숨으려고 했다.

"정신 차려!"

바르볼라가 낮게 야단을 치며 개줄을 잡아당겼다. 개목

걸이가 바르톨로메의 목을 죄어 왔다.

바르톨로메에게는 해야 할 역할이 있었다. 이대로 숨거나 도망을 칠 수는 없었다. 바르톨로메는 연습한 대로 얌전히 뒷발로 앉아 나직이 짖었다.

마르가리타 공주가 바르톨로메 앞에 무릎을 대고 앉아 와락 끌어안았다. 바르톨로메는 심장이 터질 것처럼 요동치는 것을 느꼈다.

"내 예쁜 강아지. 귀엽고 사랑스러운 강아지."

공주는 바르톨로메의 머리를 쓰다듬으며 좋아서 어쩔 줄을 몰라 했다. 공주의 크고 푸른 두 눈이 바르톨로메를 사랑스럽게 바라보고 있었다. 바르톨로메는 자신이 개가 아니고, 개가 되지 않으려고 했던 사실까지 깡그리 잊어버린 채 공주의 사랑에 푹 빠졌다. 공주가 손으로 바르톨로메의 코와 뺨을 어루만지고, 턱 밑을 부드럽게 문지르자, 바르톨로메는 혓바닥을 내밀어 공주의 하얀 손을 가만히 핥아 주었다.

순간 바르톨로메는 바르볼라가 깜짝 놀라 숨을 들이키는 것을 어렴풋이 느꼈다. 지금 바르톨로메가 하고 있는 행동은 바르볼라가 가르친 것이 아니었다. 궁중의 법도에 어긋나는 너무나도 무엄한 행동이었다. 이제 공주는 분명히 바르톨로메를 내쳐 버릴 것이다. 그렇게 되면 바르톨로메를 가르친 바르볼라에게도 화가 미칠지 몰랐다. 그러나 공주의 반응은 뜻밖이었다.

"아!"

마르가리타 공주가 탄성을 질렀다. 이제껏 어떤 동물도
자신에게 이리 부드럽게 신뢰를 표시한 적이 없었다. 공주
가 개를 더한층 세게 끌어안았다. 이제 바르톨로메는 공주
의 심장 소리까지 들을 수 있었다. 공주의 심장은 자신과
마찬가지로 빠르게 뛰고 있었다.

"오늘 밤에는 나하고 같이 자자. 여봐라, 오늘 내가 이 개
를 데리고 잘 테니 요와 쿠션을 준비하도록."

바르톨로메는 몸종이 공주의 침대 옆에 깔아 준 부드러
운 방석 위에 웅크리고 누웠다. 방 안은 한구석에 밝혀 둔
작은 램프 불빛만 빼고 컴컴했다. 램프 옆에는 여관 한 사
람이 앉아 있었는데, 밤새 공주의 수면 상태를 점검하는
임무를 맡고 있었다. 마르가리타 공주는 쉬이 잠이 들지
못할 정도로 귀여운 인간개를 얻은 기쁨에 넘쳐 있었다.
공주는 옆으로 누운 채 침대 밑으로 팔을 늘어뜨리고 바르
톨로메를 찾았다. 개가죽의 부드러운 감촉이 전해져 왔다.
공주는 바르톨로메를 쓰다듬으며 달콤한 사랑의 말을 속
삭였다.

바르톨로메는 잠에 취한 몽롱한 상태에서 이렇게 생각
했다. 누가 알아? 정말 공주와 내가 친구가 될지. 이러한

생각은 꿈속으로 고스란히 이어졌다. 바르톨로메가 공주와 함께 궁궐 복도를 거닐고 있었다. 둘은 손을 마주 잡고 밝게 웃었다. 가끔 공주가 걸음을 멈추고 바르톨로메에게 귓속말로 비밀 이야기를 속삭여 주었다. 꿈속의 바르톨로메는 더 이상 꼽추가 아니었다. 진흙을 뭉쳐 놓은 것 같은 조막만한 발도 없고, 휘고 허약한 다리도 없었다. 물론 여전히 난쟁이의 모습이었지만, 튼튼하고 날쌘 몸매에 시동 의상을 입고 있었다. 그런데 희한하게도 다른 시동들은 모두 네발로 기면서 재주를 피우고 있었다.

우정

———

　바르톨로메는 잠에서 깨어나자 팔다리가 저려왔다. 잠자리로 쓴 방석이 허약한 뼈마디를 받쳐 주기엔 너무 얇았던 것이다. 바르톨로메는 간신히 방석과 쿠션 사이에서 기어 나왔다. 화장실이 몹시 급했다. 어디 도움을 청할 데가 없나 주위를 둘러보았다. 공주는 아직 잠들어 있었다. 새하얀 베개를 베고 누워 있는 아리따운 얼굴이 그렇게 평화로울 수가 없었다. 꿈속에서 무슨 좋은 일이 있는지 두 볼이 발그스레하고, 입가에는 미소까지 살짝 머금고 있었다.

　밤새 방 한구석에서 불침번을 서던 여관이 뜨개질을 하던 채로 꾸벅꾸벅 졸고 있었다. 바르톨로메는 점점 더 오줌이 마려웠다. 도와줄 사람은 없고, 이제 어떡하지?

　그냥 배에 붙은 단추를 풀고 구석에다 실례를 해? 차마 그럴 수는 없었다. 다른 곳도 아니고 공주의 침실이 아닌가? 바르톨로메는 다리를 비비 꼬며 조금만 참아 보기로 했다. 그러나 갈수록 상태가 심각해졌다. 금방이라도 오줌보가 터질 것 같았다. 바르톨로메는 여관이 앉아 있는 곳까지 간신히 기어가서 조심스럽게 옷을 잡아당겼다. 여관이 깜짝 놀라 잠에서 깨어났다.

"왜, 공주님께 무슨 일이 있어? 나를 찾으셔?"

"아뇨. 제가 지금 몹시 급해서요."

바르톨로메가 창피함을 무릅쓰고 입을 열었다.

"뭐, 뭐라고?"

여관이 어처구니 없다는 얼굴로 되물었다. 어떻게 이렇게 추악한 것이 그런 일로 감히 자신을 깨울 수 있느냐는 듯한 태도였다.

"옷에다 쌀 것 같아요."

바르톨로메가 금방이라도 울 듯이 말했다.

"건방지게……. 따라와."

여관이 얼굴을 찡그리며 자리에서 일어섰다. 그러고는 문을 열어 경비병에게 바르톨로메를 인도했다.

"화장실로 데려가 주게."

여관은 다시 바르톨로메에게 고개를 돌리며 엄한 눈으로 말했다.

"다음에 다시 이런 일이 일어나면 결코 용서하지 않겠

다. 공주마마와 함께 있는 동안에는 절대 화장실에 가고 싶다거나 배가 고프다거나 하는 말을 해서는 안 된다. 그건 네놈의 분수에 맞지 않는 일이야."

바르톨로메는 슬픈 얼굴로 고개만 끄덕였다. 그런데 용변이 너무 급해 걸음을 떼어 놓을 수가 없었다. 그것을 눈치챈 경비병은 안쓰러운 마음에 문이 닫히자마자 바르톨로메를 번쩍 들어 급히 안뜰의 화장실로 달려갔다.

"돌아오는 길은 알겠지? 혼자서 찾아와라."

경비병은 이렇게 말하고는 황급히 자리를 떴다. 잠시라도 근무지를 벗어나는 건 처벌감이었기 때문이다.

바르톨로메는 얼른 단추를 풀고 옷을 내린 뒤 용변을 보았다. 일을 끝내고 가죽을 다시 뒤집어쓰는 순간 뒤에서 문 열리는 소리가 들렸다.

"여기서 뭐해? 넌 누구야?"

처음 듣는 목소리였는데, 상당히 고압적인 냄새를 풍겼다.

바르톨로메가 몸을 돌렸다. 기껏해야 일곱 살 정도밖에 되지 않는 아이가 서 있었다. 검붉은 비단저고리에 검은 양말을 신었고, 검은색 셔츠의 소매와 깃에는 하얀 레이스가 달려 있었다. 머리는 암갈색으로 길었고 몸매는 늘씬했다.

바르톨로메는 가죽을 뒤집어쓰려고 했다.

"뭘 입는 거야?"

소년이 물었다. 바르톨로메는 시동이 분명하다고 생각했다. 일반 하인에 비해 목소리가 너무 당당하고 자신감에 넘쳤기 때문이다.

"의상입니다."

바르톨로메가 당황해서 대답했다. 또다시 놀림을 받고 싶지는 않았던 것이다.

"무슨 의상?"

"공주님의 인간개 노릇에 필요한 의상입니다."

"공주님이라고?"

시동의 얼굴이 어두워졌다. 바르톨로메가 고개를 끄덕했다.

"어젯밤엔 공주님 방에서 잤습니다."

"뭐, 공주님 방에서 잤다고? 거짓말하지 마! 나도 아직 공주님 방에서 잔 적이 없는데. 너처럼 못생긴 것이 어떻게 거기서 자? 말도 안 돼."

바르톨로메는 슬슬 부아가 치밀었다. 그와 함께 어젯밤 공주가 자신에게 보여 준 애정과 다정스러운 손길과 미소가 떠오르면서 자신감이 불끈 솟았다.

"공주님께서는 날 좋아해요. 내 친구가 되고 싶어하신다고요."

"뭐, 네 친구라고?"

"예."

바르톨로메는 의상을 마저 뒤집어쓴 뒤 머리 부분을 똑바로 정리했다. 이렇게 몸을 가리고 나니까 자신감이 더 솟는 것 같았다.

시동이 바르톨로메의 얼굴에 침을 뱉었다.

"공주님의 친구는 이 니콜라시토 페르투사토뿐이야. 공주님은 나를 좋아해. 공주님이 가장 아끼는 난쟁이는 바로 나라고!"

공주님이 가장 아끼는 난쟁이라고? 그럼, 이 애가 시동이 아니라 난쟁이였나? 바르톨로메는 그제야 소년을 유심히 관찰해 보았다. 그랬다. 정말 난쟁이였다. 그것도 호아킨보다 몇 살은 더 들어 보이는 얼굴이었다. 얼굴선은 소년처럼 부드럽고 둥글둥글한 구석 없이 각지고 단단했으며, 코밑도 막 수염이 자라기 시작하는지 거뭇거뭇했다.

바르톨로메는 소매로 뺨에 묻은 침을 닦아 냈다. 니콜라시토가 한 걸음 다가오자 바르톨로메는 그만큼 더 물러났다. 니콜라시토가 뿜어내는 분노의 기운을 느꼈기 때문이다.

"공주님이 아끼는 사람은 나 하나뿐이야! 나는 꽃을 꺾어 공주님께 드리기도 하고, 달콤한 과자를 공주님 입에 넣어 주기도 해! 말해 봐. 공주님이 너한테 어떻게 해줬는지."

"나를 껴안고 쓰다듬어 줬어요. 내가 침대 밑에 누워 있으면 사랑스러운 말을 속삭여 주기도 했어요."

"또 거짓말하네. 공주님께서 너 같은 것을 안아 주실 리가 없어! 구역질이나 하지 않았으면 다행이겠지!"

바르톨로메는 묵묵히 고개만 흔들었다. 자신의 말이 사실이었기 때문이다.

"내 말을 안 믿어? 바르볼라를 봐. 그 얼굴도 가끔 끔찍하다고 보기 싫어하시는 분이 공주님이야!"

"난 달라요. 공주님이 진심으로 그랬어요. 어쨌든 빨리가 봐야 해요. 공주님께서 기다리실 거예요."

"좋아, 같이 가."

니콜라시토가 바르톨로메의 귀를 잡아당기며 공주의 침실로 향했다.

"가서 물어보자. 공주님께서 누굴 좋아하고 누굴 싫어하시는지."

"그렇게 해서는 안 돼요!"

바르톨로메가 놀라 소리쳤다. 수석 여관이 자신에게 경고했던 궁중의 엄격한 금기 사항이 떠올랐기 때문이다. 공주님에게 절대 먼저 말을 걸어서는 안 된다는 것이었다.

"하, 그래? 난 그렇게 해도 돼!"

니콜라시토가 의기양양하게 말했다.

아까 그 경비병이 공주의 침실 앞에 서 있었다.

"왜 이렇게 오래 걸렸어?"

경비병이 바르톨로메를 나무랐다.

"공주님께서는 벌써 일어나셨다. 곧 여관들이 와서 옷을
입힐 시간……."

그때 니콜라시토가 경비병의 말을 끊으며 말했다.

"경비병, 우릴 들어가게 해 줘. 공주님께 볼일이 있어."

바르톨로메의 눈이 휘둥그레졌다. 분명 경비병이 니콜
라시토의 뺨을 후려갈길 거라고 생각했다. 어떻게 일개 난
쟁이가 경비병에게 명령을 할 수 있단 말인가? 그건 주제
를 모르고 날뛰는 방자한 행동이었다. 그러나 착각이었다.
경비병은 짧게 고개를 끄덕이더니 옆으로 비켜서서 문을
열어 주었다.

니콜라시토는 한달음에 뛰어 들어갔고, 바르톨로메는
천천히 머뭇거리면서 따라 들어갔다.

커다란 커튼은 벌써 옆으로 걷혀 있었고, 방 안은 높지
막한 창들에서 쏟아지는 햇살로 환했다. 공주는 침대에 앉
아 비스킷으로 군것질을 하고 있었다. 여관이 옆에 시립해
있었고, 하녀는 세숫대야에 뜨거운 물을 붓고 있었다.

니콜라시토가 단숨에 공주의 침대 위로 펄쩍 뛰어올랐
다. 그 바람에 침대가 크게 출렁거렸다. 공주가 웃었다.

"니콜라시토, 안 그래도 보고 싶었어."

공주가 하얀 설탕 비스킷을 니콜라시토에게 내밀었다.

하지만 니콜라시토는 묵묵히 고개를 저으며 뾰로통해 있었다.

"왜, 나한테 화나는 일 있어?"

니콜라시토가 고개를 끄덕였다.

"내가 뭘 어쨌는데?"

공주가 염려스러운 얼굴로 물었다.

"공주마마께서 이 불쌍한 놈의 가슴에 못을 박았어요."

"그게 무슨 소리야? 어제 오전까지는 잘 지냈잖아? 그 뒤로는 만난 적도 없고."

"바로 쟤 때문이에요."

니콜라시토가 바르톨로메를 가리켰다. 바르톨로메는 어느새 침대 옆의 방석에 웅크리고 앉아 있었다.

"저것이 글쎄 공주님의 사랑을 얻었다고 하지 않겠어요? 믿지 않으려고 했는데, 저것이 계속 그렇게 주장하는 거예요. 공주님께서 자기를 껴안고 쓰다듬어 주고, 어젯밤에는 사랑스러운 말도 속삭여 주었다지 않습니까?"

마르가리타가 깔깔거리며 웃었다.

"니콜라시토, 저건 내 인간개야. 얼마나 귀여워? 재주도 부릴 줄 알아. 어제 오후에 잠시 밖에 나갔다가 위험에 빠진 걸 구해 줬어. 그래서 나한테 고마워하는 거야."

"저건 난쟁이예요. 그것도 아주 못생긴 난쟁이라고요."

니콜라시토의 얼굴에 노골적인 혐오감이 드러나 있었다.

"저건 너와 달라. 잘 봐. 진짜 개야. 난 그냥 개처럼 좋아하는 거야."

공주가 놀이 동무를 좋게 타일렀다. 그래도 니콜라시토는 아무 말을 하지 않았다. 그런 설명으로는 무언가 부족한 느낌이었기 때문이다. 공주가 무릎걸음으로 기어가 니콜라시토를 안아 주었다.

"난 널 진짜 사람처럼 좋아해."

공주가 니콜라시토의 귀에 대고 속삭였다. 바르톨로메도 그 말을 알아들었다. 그러니까 니콜라시토도 공주에겐 그저 한 마리 동물이었을 뿐 사람으로서의 친구는 아니었던 것이다.

"제가 공주마마께 진심으로 부탁을 드리면 저를 위해 저 인간개를 갖다 버리실 수 있습니까?"

순간 바르톨로메는 숨이 멎는 것 같았다. 만일 공주가 자신을 내치면 어떻게 될 것인가? 바르볼라의 말에 따르면 궁궐 밖 하수구에 내버려져 비참하게 죽을 것이라고 했다.

공주는 생각에 잠긴 얼굴로 자신의 재미있는 난쟁이 친구 니콜라시토와 충직한 인간개 바르톨로메를 번갈아가며 바라보았다. 물론 개는 자신에게 그렇게 소중한 존재가 아니었다. 니콜라시토처럼 이야기를 나눌 수도 없고 함께 놀 수도 없었기 때문이다. 반면에 인간개는 믿음이 갔다.

바르톨로메는 자신을 바라보는 공주의 시선을 피하지 않았다. 이 어린 여자아이의 말 한마디에 자신의 목숨이 결정된다고 생각하니 어떻게든 소녀의 마음을 사로잡을 필요가 있었다. 바르톨로메는 뒷발로 서서 나직이 멍멍 짖어 댔다.

"니콜라시토, 저걸 봐. 얼마나 귀여워! 너한테 절대 나쁜 짓을 하지 않을 거야. 나를 봐서라도 저 개를 좀 예뻐해 주면 안 되겠니?"

이번에는 니콜라시토가 묵묵히 생각에 잠겼다. 자신이 계속 고집을 피우면 공주가 저 난쟁이를 버릴 수도 있을 것이다. 하지만 그다음에는 자기를 미워할지도 모를 일이었다.

"좋아요, 제가 양보할게요. 하지만 저걸 마냥 좋다고 오냐오냐하시면 안 됩니다. 버릇이 나빠지거든요. 개란 엄하게 길들여서 복종심을 키워 줘야 합니다."

공주가 니콜라시토를 껴안았다.

"그럼 네가 저 개를 교육시켜 봐!"

천국과 지옥

———

이후 며칠 동안 바르톨로메는 공주궁의 일상에 적응하는 법을 익혀야 했다. 니콜라시토는 공주가 부여한 교육자로서의 역할을 이용해서 자신을 끊임없이 괴롭혔고, 바르볼라는 조금이라도 더 기발한 재주로 공주의 관심과 칭찬을 끌어내기 위해 쉬지 않고 바르톨로메를 연습시켰다. 바르톨로메는 이 둘 사이를 오가며 완전히 파김치가 되었지만, 궁정의 어느 누구 하나 그런 그에게 관심을 보이는 사람은 없었다.

바르톨로메가 공주에게 더 많은 사랑을 받을수록 나중에 니콜라시토에게 받는 벌은 더 혹독했다. 어두컴컴한 골방에 몇 시간씩 굶주린 채 갇히기도 하고, 심한 매타작을 당하기도 했다. 니콜라시토가 주로 사용한 매는 바르톨로메를 위해 특별 제작한 작은 채찍이었다. 니콜라시토한테서 간신히 풀려나면 이젠 바르볼라가 기다리고 있었다. 바르볼라는 아우구스티나 여관의 충실한 조수였다. 기지가 넘치는 아우구스티나는 끊임없이 바르톨로메를 위해 새로운 재주들을 개발하였고, 바르볼라는 그것을 훈련시켰다. 예를 들면 장애물을 뛰어넘고, 꽃바구니와 간식 바구니를 물고 오게 하는 일이었다.

어느 날 칼 던지기 곡예사가 궁정에 와서 기술을 선보이게 되었을 때 바르톨로메가 과녁으로 뽑혔다. 곡예사는 수건으로 눈을 가린 채 바르톨로메 뒤에 세워 놓은 나무판을 향해 칼을 던졌다. 바르톨로메는 공포에 질려 손가락 하나움직일 수가 없었다. 공주는 바르톨로메 좌우로 날카로운 칼이 부르르 떨면서 나무판에 꽂힐 때마다 손뼉을 치면서 환호했다. 공연이 끝나자 공주는 곡예사에게 동전을 건넸고, 바르톨로메에게는 달콤한 비스킷을 던져 주었다. 공주는 그날 저녁 내내 바르톨로메를 곁에 두고 쓰다듬으며 용감하게 참아낸 것을 칭찬하였다. 마침내 공주가 바르톨로메를 놓아주자 니콜라시토는 밤새 장롱 속에 가두어 버렸다.

이런 고통스러운 나날들 속에도 행복한 순간이 있었다. 화가들의 작업실을 찾는 일이었다. 얼굴에 칠한 물감이 지워지거나 얼룩이 생기면 사람들은 바르톨로메를 화방의 안드레스에게로 보냈다. 안드레스는 바르톨로메가 얼마나 화방에 오고 싶어하는지 아는 눈치였다. 그래서 바르톨로메가 화방에 오면 일부러 늑장을 부리거나, 이 핑계 저핑계를 대며 한참 동안 기다리게 했다. 스산했던 삶의 고통에서 벗어나 화방의 모든 것을 구경할 시간을 주기 위해서였다.

화방은 왕이 조정 신하들과 함께 거주하는 알카사르 궁전의 일부인 카르토 델 프린시페 궁 안에 있었는데, 일렬로 죽 늘어선 방들로 이루어져 있었다. 펠리페 4세는 그림에 관심이 많아 심심찮게 벨라스케스의 화방에 들러 구경을 하곤 했다. 궁정화가 벨라스케스 밑에는 화가들과 도제들이 딸려 있었다. 회화는 일정한 그리기 규칙을 차근차근배워 익히는 기술이었다. 하나의 그림이 완성되기까지는할 일이 무척 많았다. 화포를 평평하게 펴고, 초벌 바탕색을 칠하고, 붓을 만들고, 물감을 섞고……. 이것들은 모두안드레스 같은 도제들이 해야 할 일이었다. 이렇게 모든준비가 끝나면 스승이 빠른 필치로 밑그림을 잡아 주었다.스승이 밑그림을 그릴 때는 모델들이 오랜 시간 자세를 잡고 있을 필요가 없었다. 벨라스케스는 쓱 한 번 훑기만 해도 모델들의 특징과 세세한 의상을 머릿속에 담아 두는 특출한 재능을 갖고 있었기 때문이다. 밑그림이 완료되면 스승은 다음 작업을 제자들에게 맡겼다. 도제들은 그림에 명암을 그려 넣고 밑색깔을 칠했다. 밑색깔은 완성된 그림에서는 드러나지 않지만, 전체적인 그림의 색조에 은근하게 영향을 끼쳤다.

벨라스케스의 개인 조수 후안 데 파레하는 옷과 주름까지 그리는 것이 허락되었다. 하지만 스승과 같은 기억력을 갖추지 못한 탓에 나무로 만든 모형에다 왕족들의 화려한 의상을 입혀 그것을 보고 천천히 그렸다. 안드레스는 파레하의 옆에 서서 원하는 물감을 만들어 주었다.

"참 나, 큰일이네. 나는 아무리 봐도 그 색깔이 그 색깔인데……."

안드레스가 바르톨로메에게 자신의 한심한 재능을 한탄했다. 자신이 만든 빨강 물감들의 색조가 너무 거칠다며 후안 데 파레하가 화를 내며 다시 타 오라고 했기 때문이다.

바르톨로메는 내심 기뻤다. 안드레스가 다시 물감을 타는 시간만큼 자신을 분장해 줄 시간도 늦추어지기 때문이었다.

안드레스는 낮게 투덜대면서 다 쓴 팔레트를 깨끗이 씻은 다음 다시 물감을 만들기 시작했다. 바르톨로메는 무엇에 홀린 사람처럼 물감 타는 것을 지켜보았다. 안드레스는 유리 팔레트 위에 여러 가지 빨간색 색소들을 뿌려 놓고 숟가락으로 아마인유, 유황액, 베네치아 테레빈유와 섞어 걸쭉한 물감을 만들어 냈다. 빨강색 계통에도 진홍색, 주황색, 주홍색, 다홍색, 빨강색, 선홍색, 자주색, 포도주색 등 수많은 색소들이 있었다. 안드레스는 주황색 무늬로 수놓은 진홍색의 치맛주름을 유심히 관찰했다. 빨강 계통의 색들은 커다란 창문으로 쏟아져 들어오는 햇빛과 음영의 조화를 통해 갖가지 색조로 거듭나고 있었다. 색소를 얼마나 사용하느냐에 따라 색조 역시 짙거나 옅어졌다. 안드레스는 모든 색깔에 백연(白鉛) 색소를 약간씩 첨가했다.

"이걸 넣으면 색상에 좀 더 광택이 나."

안드레스가 설명했다. 바르톨로메는 하나하나 꼼꼼히 살펴보며 모든 색소의 이름과 사용된 양, 그리고 물감 제조과정을 머릿속에 단단히 넣어 두려고 노력했다.

안드레스는 바르톨로메의 눈이 반짝거리는 것을 보는 순간 유리 팔레트와 숟가락을 하나씩 더 꺼내 바르톨로메에게 직접 물감을 만들어 보게 했다. 스승과 다른 도제들이 보든 말든 바르톨로메에게 물감 만드는 과정을 자상하게 하나씩 일러 주었다. 마침내 둘이 힘을 합쳐 새로운 팔레트를 만들었다. 후안 데 파레하의 얼굴에 만족감이 감돌았다.

"저 아저씨가 훌륭한 화가예요?"

사용한 도구들을 함께 씻으면서 바르톨로메가 안드레

스에게 물었다.

"이 화방에서 세 번째로 훌륭한 화가라고 할 수 있어. 벨라스케스 스승님과 그의 사위 후안 바우티스타 마르티네스 델 마소 다음으로 재능 있는 화가야."

"후안 바우티스타 마르티네스 델 마소라고요?"

"너는 모를 거야. 여기 안 계시거든. 그분은 토레 데 라파라다 성에서 벨라스케스 스승님의 그림에 니스를 입히는 일을 하셔. 그래서 이 화방에서는 후안 데 파레하 선생님이 그분 대신 많은 작업을 하시는 거야. 안 그랬다면 그분이 다 하셨을걸."

"화가들은 자신의 그림을 그릴 수 없나요?"

바르톨로메는 이렇게 물으며 섬세한 붓으로 정성껏 주황색 무늬에 색깔을 칠하고 있는 후안 데 파레하를 쳐다보았다.

"할 일이 없으면 가끔 자기 그림을 그리기도 해. 하지만 궁정화가 밑에서 일하는 걸 훨씬 더 큰 영광으로 생각하지. 파레하 선생님은 특히 더 그럴 거야."

"왜요?"

"저 검은 피부 안 보이니? 파레하 선생님은 무어인이야. 예전에는 노예이기도 했지. 몇 년 전에 벨라스케스 스승님께서 노예 상태에서 풀어 주셨어."

"노예도 화가가 될 수 있어요?"

바르톨로메로서는 상상도 못한 일이었다.

"왜 안 돼? 파레하 선생님은 실수가 없는 아주 정교한 손끝을 갖고 계셔. 게다가 재능까지 있으시고. 중요한 건 그거야. 그러니까 벨라스케스 스승께서 개인 조수 자격으로 이탈리아 답사 여행에도 데려가셨지."

"난쟁이도 화가가 될 수 있어요?"

바르톨로메가 수줍게 물었다.

"이 말은 안 하려고 그랬는데…… 사실 저는 글을 읽고 쓸 줄도 알아요."

안드레스가 깔깔거리며 웃었다. 이런 조그만 녀석이 어떻게 그런 희한한 생각을 하게 되었을까 하는 의미의 웃음이었다. 바르톨로메는 가슴이 갈가리 찢어지는 듯했다. 안드레스의 웃음은 니콜라시토의 채찍보다 더 모질게 가슴속을 후벼 팠다.

안드레스가 그런 바르톨로메를 위로의 뜻으로 감싸 안았다.

"불가능한 건 아냐. 하지만 무척 힘든 일이야. 글을 아는 건 분명 도움이 될 거야. 하지만 화방의 도제가 해야 할 일은 무척 많고 힘들어. 예를 들어 종이를 손으로 직접 떠서 걸러야 하고, 대형 목판에 분토 칠을 해야 하고, 화포에 초벌 바탕색도 칠해야 해. 화방을 닦고 쓰는 건 기본이고."

"난 그런 일은 못해요."

바르톨로메가 슬픈 표정으로 시인했다.

"화가가 되고 싶어?"

안드레스가 조심스럽게 물었다. 바르톨로메에게 더 이상 상처를 주고 싶지는 않았다.

"예전에 고향 마을에 있을 때 가끔 손가락으로 바닥에 그림을 그렸어요. 마드리드에 와서도 잉크와 펜으로 종이에 그림을 그린 적이 있어요. 그런데 여기 이렇게 많은 물감들이 있는 것을 보니까 갑자기 다시 그림을 그리고 싶다는 생각이 들었어요."

안드레스가 살며시 미소를 지었다. 바르톨로메는 어린 아이였다. 그것도 어릴 적 꿈을 갖고 있는 슬픈 운명의 아이였다. 갖가지 물감들을 보니 그것으로 알록달록한 그림을 그리고 싶다는 생각이 들 만했다.

"그림만 그린다고 화가가 되는 건 아냐. 하지만 그림을 그리게는 해줄게. 얼마 전에 초벌칠을 해놓은 목판 하나에 금이 갔어. 톱으로 약간 썰어 내도 괜찮을 거야. 다음번에 네가 여기 오면 쓰던 팔레트와 여러 가지 물감들을 줄 테니까 목판에다 네가 그리고 싶은 것을 그려 봐."

"정말이에요?"

"그래, 약속할게. 자, 이제 빨리 분장을 끝내자. 여관이나 공주님께서 널 찾을지도 모르니까."

바르톨로메는 안드레스가 자신의 얼굴에 갈색 물감을

두껍게 칠하는 동안 얌전히 앉아 벨라스케스가 그림을 마무리하는 모습을 유심히 지켜보았다. 화포의 인물은 마른 얼굴의 왕이었다. 벨라스케스는 이제 가볍고 빠른 필치로 색깔을 칠해 나가고 있었다. 바르톨로메는 잔뜩 눈에 힘을 주고 바라보았지만, 거리가 멀어서 벨라스케스가 왕의 얼굴에 어떤 색상을 사용하는지 확인할 수가 없었다.

"벨라스케스 스승님께서는 어떤 갈색을 사용하세요?"

안드레스가 벨라스케스를 흘깃 쳐다보았다.

"갈색은 안 써. 살갗을 칠할 때는 빨간색과 하얀색 아니면 노란색과 하얀색을 번갈아 가며 얇게 계속 칠해. 만일 그늘 속의 살갗을 그릴 때는 베로나 녹색을 약간 첨가해야 돼. 하지만 쉬운 작업이 아냐. 색깔끼리 섞이게 하면 안 되고, 그냥 층지게 칠해야 하거든. 그래야 각 색깔 층들이 어우러져서 자연스러운 색깔이 우러나와. 우린 그걸 '빛의 포착'이라고 불러."

살갗을 표현하려면 빨강, 노랑, 하양에다 녹색까지 약간 사용해야 돼. 색깔을 섞으면 안 되고 층지게 칠해야 돼. 바르톨로메는 새로 배운 것을 머릿속에 집어넣으며, 자신도 안드레스처럼 여기서 그림을 배울 수 있으면 얼마나 좋을까 생각했다.

그사이 공주의 거실에서는 니콜라시토가 바르톨로메를

위해 또다른 흉계를 꾸미고 있었다. 바르볼라가 복도에서
바르톨로메를 향해 급히 달려와 흥분한 목소리로 말했다.

"오늘 오후에 공주님께서 부엔 레티로 공원에서 열리는
투우 경기를 보러 가신대! 너도 데리고 가기로 했으니까
준비하고 있어. 근데 니콜라시토가 너를 위해 뭔가 특별한
계획을 꾸민 것 같은데, 나한테도 이야기를 안 해줘."

바르볼라의 얼굴이 화가 나서 일그러져 있었다. 바르톨
로메는 덜컥 겁부터 났다. 니콜라시토가 무언가 비밀스러
운 계획을 짜고 있다면 필히 좋지 않은 일일 게 뻔했다.

"내가 꼭 따라가야 돼요?"

바르톨로메는 자기 마음대로 할 수 있는 게 없다는 걸
잘 알면서도 혹시나 해서 물었다.

"그런 바보 같은 소리 하지 마. 나는 안 데려갈까 봐 걱정
인데. 넌 마차도 타고, 왕실 특별석에 앉아 구경할 텐데 그
런 좋은 기회가 어디 있니? 게다가 폐하도 바로 곁에서 볼
수 있을 거고."

바르톨로메는 근위대 병사의 팔에 안겨 궁내에 대기하
고 있던 마차까지 운반되었다. 아버지 후안 카라스코가 마
부석에 앉아 있었다. 후안은 돌같이 굳은 표정만 짓고 있
을 뿐 아들이 마차에 올라탈 때도 전혀 아는 척을 하지 않
았다. 얼마 뒤 공주가 마차에 올랐고, 울로아 부인과 니콜

라시토가 뒤를 따랐다. 마차가 한 번 덜커덩하더니 서서히 출발했다. 공주와 울로아 부인이 창밖을 내다보는 틈을 이용해 니콜라시토는 바르톨로메에게 음흉한 웃음을 지어 보였다.

순간 바르톨로메는 뜨거운 날씨였음에도 등골이 오싹했다.

"오늘 나한테 뭘 보여 주겠다는 거야?"

마르가리타 공주가 호기심에 부풀어 니콜라시토에게 물었다.

"그걸 미리 말씀드리면 재미가 없죠, 공주마마."

니콜라시토가 천연덕스럽게 질문을 비켜 갔다.

"조금만 가르쳐 줘 봐."

공주가 아양을 떨었다.

"인간개가 오늘 대단한 쇼를 보여드릴 겁니다. 그 정도만 알고 계십시오."

"정말?"

"그럼요. 아마 스페인에서 가장 용감한 개라는 소리를 들을지도 모르죠."

니콜라시토가 웃었다. 바르톨로메는 좌석 밑으로 더욱 파고 들어갔다. 니콜라시토가 몸을 숙여 그런 바르톨로메에게 이렇게 속삭였다.

"어쩌면 그 반대일 수도 있고."

바르톨로메는 할 수만 있다면 당장이라도 달아났으면 좋겠다고 생각했다.

투우

———

　마르가리타 공주는 특별 관람석 내의 국왕 폐하 옆자리
에 앉아 있었다. 어쩌나 흥분했는지 자기도 모르게 가슴에
장식으로 달아 놓은 망사 장미를 손으로 쥐어뜯고 있었다.
조정 신하들은 야외 관람석에 자리를 잡았다. 공주 앞에
는 어른 키 높이의 나무벽으로 둘러싸인 커다란 못이 하나
있었는데, 한쪽 나무벽은 공주가 넘어다볼 수 없을 정도
로 높았다. 그 벽 뒤로 공포에 질린 황소들이 내지르는 울
음소리와 씩씩거리는 콧소리, 쿵쿵 땅을 구르는 발소리가
들려왔다. 그 위로는 나무로 만든 가파른 미끄럼대가 솟아
있었는데, 거기서 미끄러지면 바로 물속으로 빠지게 설계
되어 있었다.

펠리페 국왕은 이런 형식의 수중 투우를 좋아했다. 우선 사람들이 황소를 미끄럼대의 발판으로 몰아붙였다. 미끄럼대와 발판은 동물 기름을 발라 놓아 상당히 미끄러웠다. 놀란 황소는 어떻게든 서 있으려고 안간힘을 써 보지만 결국 버티지 못하고 물속으로 미끄러졌다. 물 위에서는 투우사들이 작은 배를 타고 기다리고 있었다. 그들은 물에 빠진 황소에게 달려들어 창과 칼로 마구 찔러 댔다. 간혹 황소들이 얼떨결에 물가로 도망치는 경우가 있었지만, 나무 벽이 높아 도망갈 데도 없을 뿐 아니라 곧이어 나타난 다른 투우사들에 의해 다시 물속으로 내몰렸다. 결국 황소는 피를 철철 흘리며 죽거나 아니면 기진맥진해서 물에 빠져 죽었다.

공주는 예전에도 종종 국왕 옆에 앉아 수중 투우를 보곤 했다. 그러면 왕은 딸에게 사악한 황소와 용감한 투우사들에 관한 이야기를 들려주었다.

공주는 동물들의 고통을 이해하기에는 아직 너무 어렸다. 피는 그저 빨간색 물감이라 여겼고, 황소들의 애처로운 비명 소리는 화가 나서 내지르는 소리로 잘못 알아들었다.

"언제 시작해요?"

공주가 더는 참지 못하고 왕에게 물었다. 펠리페 4세가 귀여운 공주를 사랑스러운 눈길로 바라보았다.

"내가 듣기로 네 난쟁이가 투우 경기를 시작하기 전에 널 위해 뭔가를 준비했다고 하던데, 그렇지 않으냐?"

공주는 그제야 니콜라시토의 말이 생각났는지 금발머리가 공중으로 휘날리도록 고개를 끄덕였다.

"내 개를 데려갔는데, 오늘 준비한 것은 정말 재미있을 거라고 했어요."

왕이 만족스럽게 고개를 끄덕였다. 니콜라시토가 비록 하찮은 난쟁이지만 착상 하나는 기가 막히다는 걸 왕도 인정한 것이다.

니콜라시토는 미끄럼대로 이어지는 발판 옆에 비켜서 있었다. 나무벽으로 가려져 있어서 관객석에서는 보이지 않았다. 니콜라시토 옆에는 바르톨로메가 곱사등을 나무벽에 대고 앉아 있었다. 황소 한 마리가 흥분해서 날뛰는 소리가 벽 뒤에서 들려왔다.

니콜라시토가 마치 소년 장수처럼 주위에 서 있던 하인들에게 명령을 내렸다.

"저것을 발판 위로 몰아세워라."

바르톨로메가 놀란 눈으로 니콜라시토를 쳐다보았다. '저것'이 누굴 말하는지 분명했던 것이다.

"내가 신호를 하면 저것을 밑으로 힘껏 밀어 버려라."

"니콜라시토, 제발 그러지 말아요. 난 수영을 못해요."

니콜라시토는 피식 웃기만 했다.

"개가 수영을 못한다? 그건 안 되지. 그러면 개가 아니지. 개는 원래 날 때부터 수영을 할 줄 알아!"

"난 개가 아니에요. 물에 빠져 죽고 말 거예요."

"그건 네 사정이고."

니콜라시토는 말은 이렇게 하면서도 속으로는 바르톨로메를 익사시킬 생각이 아니었다. 오히려 그 반대였다. 자신이 직접 배를 타고 나가 물에 빠져 허우적대는 바르톨로메를 극적인 순간에 구출해 줄 생각이었다. 그렇게 되면 공주는 인간개의 모험을 즐길 것이고, 자신은 위기에 빠진 개를 구한 용감한 영웅이 되는 것이다.

그러나 니콜라시토는 이런 계획을 바르톨로메에게 말해 주지 않았다. 인간개가 실제 상황이라고 믿어야 실감 나는 장면이 연출될 수 있었기 때문이다.

니콜라시토는 바르톨로메를 하인들에게 맡겨 두고 배를 타러 갔다.

"저 사람 말을 들으면 안 돼요! 제발 부탁이에요."

바르톨로메가 건장한 하인들에게 애원했다.

하인 하나가 고개를 흔들었다.

"같잖은 개 한 마리 때문에 우리가 공주님한테 봉변을 당하면 안 되지."

이 말에 모두가 웃음을 터뜨렸다.

그들은 뭉툭한 창으로 바르톨로메를 툭툭 치며 발판으로 몰아갔다. 바르톨로메는 사력을 다해 뭐라도 붙잡으려고 했지만 소용이 없었다. 바닥은 기름으로 너무 미끄러웠다. 마침내 눈앞에 가파른 미끄럼대가 나타났다. 밑에는 푸른 물결이 넘실거리고 있었다.

　바르톨로메의 눈엔 배는 보이지 않고 물만 보였다. 자리에서 벌떡 일어난 관객들도 보이지 않고, 관객들이 내지르는 아우성도 들리지 않았다.

　공주가 찢어질 듯한 목소리로 외쳤다.

　"저길 봐! 내 개야! 인간개가 저길 올라갔어. 제발 떨어지지 말아야 하는데."

　그러나 공주의 바람도 소용이 없었다. 니콜라시토의 신호에 따라 하인 하나가 긴 꼬챙이로 바르톨로메를 뒤에서 세게 밀쳤다. 바르톨로메는 배를 바닥에 깐 채 미끄러져 내려갔다. 붙잡을 데는 어디에도 없었다. 바르톨로메는 비명을 지를 새도 없이 물속으로 풍덩 빠졌다. 차가운 물이 바르톨로메를 휘감았다. 바르톨로메가 사지를 버둥거렸다. 다행히 옷 안의 공기가 부력 역할을 해서 잠시 수면에 뜬 상태로 숨을 쉴 수 있었다. 그때 니콜라시토를 태운 배가 바르톨로메를 향해 돌진해 왔다. 니콜라시토가 손을 뻗었다. 바르톨로메는 얼른 그 손을 잡았다. 그런데 하마터면 니콜라시토까지 물에 빠질 뻔했다. 옷이 잔뜩 물을 먹어 바르톨로메의 몸이 예상보다 훨씬 무거웠기 때문이다. 니콜라시토는 노 젓는 일꾼의 도움까지 받아 가며 간신히 바르톨로메를 건져 올릴 수 있었다. 바르톨로메는 배에 올라오자마자 물을 토하고 기침을 하면서 숨을 헉헉거렸다. 그러고는 그대로 누워 버렸다. 니콜라시토는 두 팔을 높이 치켜들고 의기양양하게 관객들의 박수갈채를 즐겼다. 그런데 관객들은 니콜라시토의 영웅적인 행동에 감탄해서 갈채를 보낸 것이 아니라 그저 웃기는 한 편의 코미디를 보았다는 심정에서 박수를 보낸 것이다. 진심으로 감탄한 사람은 어린 공주 하나뿐이었다. 공주의 눈에는 니콜라시토가 영웅으로 보였다. 그래서 니콜라시토가 물을 뚝뚝 흘리며 바들바들 떠는 바르톨로메를 데리고 왔을 때 그를 껴안고 뺨에 입까지 맞추어 주었다. 바르톨로메에게는 따뜻한 위로의 말 한마디 없이 오히려 나무랐다.

"어떻게 그렇게 버릇이 없고 멍청하니? 뭣하러 저길 올라가? 깜짝 놀랐잖아! 용감한 니콜라시토가 아니었으면 넌 벌써 물에 빠져 죽었어!"

바르톨로메는 니콜라시토와 울로아 부인, 그리고 국왕 폐하까지 묵묵히 쳐다보았다. 그러나 누구 하나 철없는 공주에게 진실을 이야기해 주려는 사람은 없었다.

바르톨로메는 온몸이 젖은 채 공주의 발밑에 누워 투우 경기가 끝나기만을 기다렸다. 이윽고 경기가 끝나고 모두들 마차를 타러 갔다.

"저건 태우지 마. 더럽고 축축하고 못생겨졌어. 얼굴에
물감이 저게 뭐야? 마부석에 태우고 가!"

공주가 콧잔등을 찡그리며 얼굴 분장이 지워져 엉망인
바르톨로메를 가리켰다.

바르톨로메는 아버지가 앉아 있는 마부석에 번쩍 올려
태워졌다. 마차가 출발하자 후안이 아들을 어색하게 한 팔
로 감싸 안았다. 울퉁불퉁한 길 때문에 마차가 흔들려 아
들이 끌채 사이로 떨어질까 염려가 되었던 것이다.

아버지는 아들을 잊으려고 노력했다. 어쩌면 무언중에
끊임없이 아들에 대한 그리움을 드러내는 아내만 없었더
라면 실제로 잊었을지도 모른다. 그런 아버지였지만, 오늘
오후 아들이 물에 빠져 허우적거리는 모습을 발견한 순간
에는 자신도 모르게 울타리를 넘어 아들을 구하러 달려갈
뻔했다. 아버지는 니콜라시토를 태운 배가 아들에게 접근
하는 것을 보고서야 울타리에 올렸던 발을 내려놓았다.

아버지는 아들이 떠는 것을 보고 자기 쪽으로 좀 더 꼭
끌어당겼다.

"아빠!"

바르톨로메가 울먹였다.

"그러게 내가 뭐라 그랬니? 고향 마을에 남았더라면 너
나 우리나 이런 고통은 없었을 것 아니냐? 집에 있는 네 엄

마는 너 때문에 매일 눈물바람이다. 네가 여기서 이런 험한 꼴을 당하고 있는 걸 알면 아마 미쳐 버릴지도 몰라."

그래, 고향 마을이 있었지! 바르톨로메는 불현듯 고향이 떠올랐다. 하지만 그곳은 너무 멀게만 느껴졌다. 하늘 저편의 별나라를 지나 잊혀진 꿈처럼 아득했다. 고향에 남을 걸 그랬나? 그러나 바르톨로메는 이내 그런 마음을 지워 버렸다. 아무리 현실이 힘들고 괴로워도 하루 종일 아무 일도 안 하고 다시 교회 계단에 앉아 있기는 싫었던 것이다.

"바르톨로메, 이 아비에게는 너를 여기서 빼내 줄 힘이 없다. 하지만 어떻게든 노력을 해볼 테니 참고 기다려 보자."

"고마워요, 아빠."

바르톨로메는 미처 몰랐던 아버지의 마음을 확인하는 순간 너무나 행복했다. 하지만 아버지에게 그럴 힘이 없다는 것을 알고는 다시 슬픔에 잠겼다. 바르톨로메는 두 눈을 감고 가족들의 얼굴을 그렸다. 부드럽고 자상한 어머니, 늘씬한 후안나 누나, 늘 활기가 넘치는 호아킨 형, 입을 삐죽거리는 베아트리스, 사과처럼 뺨이 발그레한 마누엘, 모두 사무치도록 그리운 얼굴들이었다.

그림

———

아무도 바르톨로메에게 새 옷을 갖다 줄 생각을 하지 않았다. 바르톨로메는 알몸으로 바들바들 떨면서 바르볼라의 방에서 개 의상이 마르기만을 기다렸다. 대충 옷이 마르자 아직 축축하고 차가운 기운이 남아 있는 개 의상을 걸치고는 배가 고파 소파에 웅크리고 앉았다. 따뜻하고 부드러운 이불이 그리웠다.

얼마 뒤 바르볼라가 배불리 저녁을 먹었는지 트림을 하며 들어왔다.

"이제 공주님께서는 니콜라시토에게 빠져도 푹 빠졌나봐. 아까 그 일로 완전히 영웅 대접이야. 근데 니콜라시토는 네가 공주님을 걱정시킨 벌로 너를 궁 밖으로 내치려고 해. 공주님이 너를 용서하실 수 있도록 뭔가 좋은 방법을 찾아야겠어."

"배가 고파요. 춥기도 하고요."

바르톨로메가 당장 시급한 것을 호소했지만 바르볼라 는 들은 척도 하지 않았다.

"네가 공주님 앞에서 니콜라시토에게 오늘 구해 준 것을 고마워하는 시늉을 하는 건 어때? 그러면 공주님께서도 감동해서 어느 정도 화가 누그러들지도 몰라."

니콜라시토에게 고마워하라고?! 안 돼, 절대 안 돼. 그 건 바르톨로메가 도저히 받아들일 수 없는 일이었다.

"별것도 아냐. 그냥 시늉만 하면 되는 거야. 어쨌든 넌 공 주님 말을 안 들었고, 니콜라시토가 그런 너를 구해 줬어. 중요한 건 그거야!"

왜 아무도 내 입장에서 생각해 주는 사람은 없을까? 바 르톨로메는 답답했다.

이튿날 바르톨로메는 화방으로 갔다.

"아니, 벌써 왔어?"

안드레스는 반갑게 말하며 물감이 지워져 엉망이 된 바 르톨로메의 얼굴을 가만히 들여다보았다.

"수영이라도 한 거야?"

안드레스가 농담을 걸었다. 아직 화방까지는 어제 투우 경기에서 있었던 일이 알려지지 않은 모양이었다. 사실 궁

그림   255

중에서 일어나는 사건이나 구설수에는 별 관심이 없는 사람들이 화가들이었다.

바르톨로메가 눈을 내리깔았다. 안드레스에게 사실대로 이야기해서 무슨 소용이 있겠는가? 어차피 그도 자신을 도울 수 없기는 마찬가지일 텐데. 이상한 느낌이 들은 안드레스가 쪼그리고 앉아 바르톨로메의 얼굴을 양손으로 감싸 쥐었다.

"왜, 그 사람들이 또 못살게 굴었어?"

"니콜라시토가 나를 익사시키려고 했어요. 개는 원래 수영을 할 수 있다고 하면서 나를 물속에 처넣었어요……."

바르톨로메의 눈에 간절함이 깃들어 있었다.

"난 개가 아니에요."

"물론이지. 넌 개가 아냐."

안드레스는 대야에 따뜻한 물을 담아 와 바르톨로메의 얼굴을 조심스럽게 씻겨 주었다. 분장 때문에 얼굴 곳곳이 울긋불긋 일어나 있었다. 이대로 더 두면 염증이 생길 것 같았다. 안드레스는 호두기름을 가져와 발갛게 부풀어 오른 곳에 정성스럽게 발라 주었다.

"오후나 돼야 네 얼굴을 분장할 시간이 날 것 같아. 그때까지 여기 앉아서……."

안드레스는 자신의 약속을 떠올렸다. 그것이라면 이 불쌍한 난쟁이의 마음을 어느 정도 위로할 수 있을 것 같았다.

"……네가 그리고 싶은 것을 마음껏 그려 봐."

안드레스가 초벌칠을 해 놓은 작은 목판 하나와 쓰다 남은 물감이 넉넉히 담겨 있는 팔레트와 낡은 붓을 바르톨로메에게 갖다 주었다.

바르톨로메는 어디서부터 시작해야 할지 엄두가 나지 않았다. 한동안 목판과 팔레트, 그리고 화방 이곳저곳으로 눈을 돌리기만 했다. 무엇을 그려야 되지? 목판도 있고 물감도 있다. 처음으로 자신의 그림을 그릴 절호의 기회였다.

"어서 그려. 물감은 오래 놔두면 굳어서 쓰질 못해."

바르톨로메가 붓을 진녹색 물감에 묻혔다. 밑그림을 그릴 잉크가 없었던 까닭에 바로 물감을 사용할 수밖에 없었다. 바르톨로메는 마드리드로 출발한 첫날, 고된 여정을 마치고 물방앗간에 도착했을 때 처음 보았던 소나무 숲을 떠올리며 그것을 그리기로 작정했다. 머릿속으로는 어떤 색깔이 좋을까 궁리했다.

색깔을 섞어서는 안 되고 층지게 물감을 칠해야 한다는 안드레스의 말이 생각났다. 바르톨로메는 이 말을 가슴 깊이 새기며 색깔을 칠해 나갔다. 서서히 목판 위에 하나의 그림이 생겨났다. 흑갈색의 우람한 나무들이 어두운 밤하늘을 향해 힘껏 솟아 있었다. 그런데 언뜻 보기에는 소나무들이 흑갈색이었지만, 자세히 보면 녹색이 배어 나오고

그림   257

있었다. 하늘도 마찬가지였다. 겉보기에는 검은색 하나 같지만, 지는 해의 붉은색과 드문드문 걸친 구름들의 희뿌연 색깔, 그리고 하늘의 깊은 푸른색이 함께 우러나오고 있었다. 바르톨로메는 물방앗간을 저녁 어스름의 회색으로 그리는 것이 어떨까 고민했다. 그러나 그림의 전체 분위기와는 딴판으로 환한 흰색으로 칠하기로 결정했다. 마치 한낮의 햇빛을 마지막까지 내보내지 않고 품어 두려는 것처럼 보이게 하기 위해서였다.

바르톨로메는 얇은 붓으로 나머지 부분들을 채워 가기 시작했다. 짐을 잔뜩 실은 수레, 나귀, 부모님과 형제자매들, 그리고 문을 반쯤 열고 자신이 들어오기만을 기다리는 궤짝.

바르톨로메는 안드레스가 아까부터 뒤에 서서 어깨 너머로 자신이 그리는 것을 지켜보고 있는 것을 눈치채지 못하고 있었다.

안드레스는 설마 이 불구 난쟁이가 그림을 그릴 수 있으리라고는 생각하지 못했다. 물론 그림 속에는 사실과 맞지 않는 부분들이 많았다. 예를 들어 물레방아의 바퀴는 너무 크고 삐딱해서 실제로 물레방아가 돌게 되면 담벼락에 부딪혀 으깨질 것 같았고, 나귀의 다리는 몸통의 엉뚱한 곳에 붙어 있었으며, 수레바퀴도 하나만 제대로 자갈 바닥에 닿아 있었다. 그러나 빛과 색만큼은 감탄을 자아낼 정도로

황홀했다. 안드레스는 다른 도제들을 손짓해서 불렀다. 이윽고 바르톨로메가 그림을 완성했을 때는 다섯 명의 도제가 그림을 내려다보고 있었다. 그림을 그리는 동안에는 한마디도 하지 않던 그들이 이제 그림이 완성되자 열띤 토론을 벌이기 시작했다.

"안드레스 말로는 물감으로 그림을 그린 게 처음이라는데 사실이니?"

도제 가운데 한 사람이 물었다. 바르톨로메가 당황한 표정으로 고개를 끄덕였다.

"그렇다면 넌 재능이 있는 거야. 그것도 아주 대단한 재능이……."

다른 사람들도 맞장구를 쳤다.

"아까운 재주를 썩히고 있었군."

레온이 말을 받았다. 레온은 도제들 중에서 가장 나이가 많은 사람으로, 곧 스승 벨라스케스와 엄격한 화가조합인 성 루카스 길드의 대표자들 앞에서 시험을 치르기 위해 자신의 최고 작품을 준비하고 있었다.

바르톨로메는 다섯 명의 도제를 차례로 돌아보았다. 물감 얼룩이 밴 가운을 입은 도제들에게 둘러싸여 있으니 자신도 마치 화방의 도제가 된 기분이었다. 이 사람들은 바르톨로메가 요상한 개 의상을 입은 난쟁이 꼽추라는 사실을 모르는 것일까? 모두 그런 데에는 신경도 안 쓰는 눈치

그림   259

였다. 심지어 안드레스까지 그 사실을 잊은 듯했다. 그는 바르톨로메의 그림에 어떤 니스를 칠할지 레온과 의논하고 있었다. 바로 얼마 전까지만 해도 바르톨로메가 결코 화가가 될 수 없다고 말하던 사람이 아니던가?

"그림을 오래 보관하려면 니스 칠을 해야 돼. 걸어 두려면 액자도 있어야겠지."

안드레스가 혼잣말처럼 중얼거리자 바르톨로메가 불쑥 끼어들었다.

"그만해요, 안드레스! 난 그림을 가질 수 없어요!"

"무슨 소리야? 너도 가질 수 있어. 내가 너한테 선물하면 아무도 못 빼앗아. 네 방에다 걸어 둬."

"난 방이 없어요. 대개 바르볼라 방의 바닥에서 자든지, 아니면 가끔 공주님 침실에서 방석을 깔고 자요. 니콜라시토한테 벌을 받으면 컴컴한 골방이나 장롱 속에서 밤을 새워야 할 때도 있고요."

안드레스는 뒤통수를 한 방 얻어맞은 것처럼 얼떨떨했다. 설마 그 정도일 줄은 몰랐기 때문이다. 공주의 인간개 노릇을 하는 것이 얼마나 비참하고 고달픈지 이제야 깨달았다. 다른 도제들도 갑자기 일거리를 찾아 주위를 두리번거리면서 자리를 피했다.

"네가 나를 부끄럽게 하는구나."

안드레스가 풀 죽은 목소리로 말했다.

바르톨로메가 무언가 대답을 하기도 전에 후안 데 파레하가 화방으로 급히 뛰어 들어오며 소리쳤다.

"빨리 빨리! 벨라스케스 스승님께서 공주님의 새로운 그림을 기획하셨는데, 폐하께서 쾌히 승낙하셨다. 곧 이리로 모두 오실 것이다. 폐하께서도 참석하신다고 한다."

파레하의 눈에 바르톨로메가 잡혔다.

"쟤는 여기서 뭐하는 거야? 안드레스, 빨리 분장을 끝내고 내보내!"

도제들은 화방을 청소하느라 수선을 떨었다. 반쯤 그린 그림들은 옆방으로 치웠고, 초벌칠을 끝낸 목판과 평평하게 펴 놓은 각종 크기의 화포들은 벽을 따라 세워 놓거나 가구에 기대어 놓았다. 레온이 잉크와 가느다란 붓을 높지막한 책상에다 가지런히 챙겨 놓았다. 벨라스케스가 밑그림을 그리는 데 사용할 도구였다. 이런 부산함 속에서 안드레스는 남은 갈색 물감으로 서둘러 바르톨로메의 얼굴을 분장하기 시작했다.

"자, 이제 빨리 여기서 나가."

분장이 끝나자 안드레스가 재촉을 했다. 그러나 그럴 여유가 없었다. 문이 활짝 열리더니 시종관이 소리 높여 왕의 행차를 알렸다.

"아무 구석에나 숨어. 들키면 안 돼!"

안드레스가 바르톨로메에게 속삭였다. 난쟁이 바르톨

로메는 즉시 아무 책상 밑으로나 기어 들어갔다. 책상 앞에는 나무로 테를 두른 화포가 기대어져 있었는데, 그 뒤에 숨어 있으면 아무도 발견할 수 없을 것 같았다.

걸작

왕의 근엄한 목소리가 화방에 잔잔히 울려 퍼졌다.

"벨라스케스, 아주 기발한 생각이야. 어린 공주가 시종들을 이끌고 방금 부모의 초상화를 그린 화방에 들르는 장면을 화폭에 담겠다? 근사한 아이디어야."

"예, 폐하. 유럽의 어떤 군주께도 그런 그림은 없는 줄로 알고 있사옵니다."

벨라스케스가 차분한 목소리로 대답했다.

왕은 화방을 이리저리 거닐며 완성된 그림과 반쯤 그려진 회화들을 살펴보았다. 벨라스케스가 공손하게 그 뒤를 따랐다. 파레하와 도제들은 한구석에 얌전히 시립해 있었다. 화방 사람들로서는 펠리페 폐하가 친히 벨라스케스 스승과 새 그림에 관해 상의하는 것만으로도 대단한 영광이었다.

"공주에게는 안 알렸나? 왜 이리 꾸물대는 것이냐?"

왕이 잠시 후 더는 참지 못하고 물었다.

"폐하, 공주마마께서 이리 오고 계시는 중이라고 하옵니다. 곧 도착할 것이니 심려 마시옵소서."

비서가 대답했다. 그와 동시에 화방 문이 활짝 열리면서 시종관이 공주의 행차를 알렸다.

마르가리타 공주는 스스럼없이 아버지에게 달려갔다. 그러나 왕 앞에서 걸음을 멈추고는 무릎을 살짝 꺾어 인사를 했다. 스페인의 공주라면 함부로 국왕 폐하의 품에 안겨서는 안 된다는 것을 벌써 알 만한 나이가 되었기 때문이다. 그러나 왕은 딱딱한 궁중 예법에 별로 개의치 않았다. 그는 어린 공주를 잠시 끌어안았다.

"궁정화가 벨라스케스가 너를 모델로 아주 특별한 그림을 그릴 것이다. 그림을 그리는 동안 얌전히 있을 수 있겠지?"

왕의 부드러운 물음에 공주가 고개를 끄덕였다.

"그럼 저 달덩어리를 내보내 주세요. 저것만 보면 웃음이 나오거든요."

공주가 바르볼라를 가리켰다.

왕이 고개를 저었다.

"그건 안 된다. 이 그림에는 너의 시종들도 나와야 한다.

그래야 네가 시종들을 데리고 우연히 화방에 들른 것이 되지 않겠느냐?"

마르가리타가 주위를 둘러보았다. 아우구스티나 여관과 이사벨 데 벨라스코 여관, 울로아 수석 여관, 근위대 병사 하나, 바르볼라, 니콜라시토가 서 있었다.

"이 사람들을 모두 그릴 거예요?"

공주가 믿어지지 않는다는 듯이 물었다. 왕이 흐뭇하게 웃었다.

"그래. 거기다가 벨라스케스 궁정화가와 너의 시종관인 호세 니에토도 나올 것이다. 네 어머니와 나도 그림 속에 등장하고."

공주가 얼굴을 찌푸렸다.

"그럼 내 그림이 아니네요!"

"아냐, 네 그림이 맞다. 네가 중심에 있으니까. 다른 사람들은 모두 장식품에 불과해."

그래도 공주는 뾰로퉁해 있었다.

"난 이런 그림 싫어."

공주가 벨라스케스를 보고 발을 쾅쾅 구르며 말했다. 벨라스케스가 무슨 대답을 해야 하나 생각도 하기 전에 아우구스티나 여관이 끼어들었다.

"달덩어리를 옆에 세워 놓으면 공주님이 더 예쁘게 나올 거예요. 안 그래요, 벨라스케스 궁정화가님?"

벨라스케스가 헛기침을 했다.

"어떤 점에서는 맞는 이야깁니다. 이를테면 밝은 색이 어두운 색과 같이 있으면 더욱 도드라져 보이는 이치라 할 수 있겠죠……."

벨라스케스가 말을 끝내지 못하고 망설이다가 마침내 결심을 했는지 이렇게 덧붙였다.

"공주님께서는 다른 사람들과 함께 있으면 한결 더 빛나 보이실 겁니다."

"허허, 그래서 이 못생긴 애비도 딸아이의 그림 속에 집어넣으려는 게로군!"

왕의 말에 마르가리타가 정색을 하고 되받았다.

"아빠는 안 못생겼어요!"

"호 그놈, 기특하게도 말하는구나."

왕이 공주의 긴 금발머리에 부드럽게 입을 맞추었다. 마르가리타 공주가 벨라스케스에게 고개를 돌리며 말했다.

"바르볼라를 내 바로 옆에 세워요. 여기서 제일 못생겼으니까."

그림을 그릴 화포는 왕이 친히 골랐다. 화방을 서성이던 펠리페 4세가 마침내 한 화포 앞에 멈추어 섰다. 하필이면 바르톨로메가 숨어 있는 책상 앞에 세워둔 바로 그 화포였다. 안드레스와 레온이 황급히 달려와 왕이 지목한 화포를 들어올렸다. 순간 사람들의 시선이 책상 밑으로 쏟아졌다.

"내 인간개다!"

공주가 기쁨에 겨워 소리쳤다. 반면에 니콜라시토는 얼굴을 찡그렸다. 저놈이 당분간 공주님 주위에 얼씬거리지 않으면 공주님도 바르톨로메를 잊으리라 생각했던 니콜라시토였으니 상이 찡그려질 만도 했다.

"공주님, 저 녀석은 아직 벌을 더 받아야 합니다."

니콜라시토가 얼마 전의 일을 상기시켰다.

"아냐, 저걸 봐. 얼마나 미안했으면 저렇게 책상 밑에 숨어 있겠어? 이리 와. 이제 다 용서해 줄게."

공주가 허리를 굽히며 난쟁이 바르톨로메를 향해 어서 오라고 손을 뻗었다.

바르톨로메는 나가고 싶지 않은 것을 억지로 책상에서 기어 나왔다. 방금 전까지 자신의 그림에 감탄을 보내던 레온과 안드레스 앞에서 이제 공주의 개로서 비참한 꼴을 보여야 한다는 것이 너무 부끄러웠다.

마르가리타 공주가 바르톨로메를 있는 힘껏 끌어안았다. 그러자 바르톨로메는 누가 명령이라도 한 것처럼 멍멍 짖어 댔다. 나직하고 목이 쉰 소리였다.

"감기에 걸렸구나."

공주가 깜짝 놀라 소리쳤다. 바르톨로메가 고개를 흔들었다. 공주가 바르톨로메를 벨라스케스에게로 끌어당겼다.

"내 개예요! 그림에 함께 넣어 줘요. 내가 가진 것들 중에서 가장 귀여운 거예요."

바르톨로메는 곁눈질로 니콜라시토의 안색을 살폈다. 당연히 화가 나서 어쩔 줄 모르고 있었다.

벨라스케스가 정중하고도 노련한 솜씨로 공주 일행의 위치를 조정하는 일을 마무리하자 왕은 흡족한 미소를 띠며 화방을 떠났다.

벨라스케스는 공주를 중심으로 좌우로 두 명의 젊은 여관을 배치하고, 공주 뒤쪽으로 수석 여관과 근위대 병사를 세웠다. 바르볼라와 니콜라시토는 오른쪽 한 켠으로 몰았고, 바르톨로메는 니콜라시토의 발밑에 눕게 했다. 니콜라시토가 장난으로 바르톨로메의 곱사등에 한 발을 올려놓자 공주가 우스워 죽겠다는 듯이 깔깔거렸다. 벨라스케스는 이맛살을 찌푸렸지만 아무 말도 하지 않았다. 니콜라시토는 기고만장한 표정으로 계속 그런 자세를 취하고 있었다.

"공주마마께서 잠시만 그러고 서 계시면 제가 바로 밑그림을 끝내겠습니다."

벨라스케스가 공손하게 말했다.

첫 모델 시간은 오래 걸리지 않았다. 벨라스케스는 불과 몇 분 만에 인물들의 윤곽과 주요 특징들을 화폭에 담아냈다. 그러고는 공주가 힘들게 서 있어 준 것에 감사를 표하고, 자세가 아주 멋있었다고 칭찬하였다.

공주가 시종들을 이끌고 화방을 떠나자 바르톨로메도 따라가야 했다. 공주가 바르톨로메에게 다시 관심을 쏟는 것을 기쁘게 바라보던 바르볼라가 바르톨로메의 목에 줄을 묶고 끌었다.

"우린 다시 공주님의 총애를 얻은 거야. 그림에까지 나오고. 상상해 봐. 우리 그림이 생기는 거야. 그런 일이 어디 있겠어?"

바르볼라가 바르톨로메에게 나직이 속삭였다. 뒤에서 걷던 니콜라시토가 바르볼라의 말을 들었다.

"너희가 그림에 나온 건 지독하게 못생겼기 때문이야. 그걸 알아야지!"

벨라스케스는 혼신의 힘을 다해 이 그림에 매달렸다. 어쩌면 자신의 마지막 작품이 될지도 모를 이 그림을 꼭 걸작으로 만들고 싶었다. 그는 몸이 예전 같지 않다는 것을 스스로 느끼고 있었다. 기력이 떨어지고, 눈이 침침하고, 팔다리가 뻣뻣했다. 평소 같았으면 중요하지 않은 부분이나 사전 작업은 조수와 도제들에게 맡겼을 테지만, 이번에는 자신이 하나에서 열까지 다 맡았다.

첫 모델 시간 이후 공주와 여관들은 더 이상 화방을 찾

지 않았다. 그렇다고 높으신 분들을 함부로 오라 가라 할
수도 없었다. 대신에 난쟁이 세 명은 여러 차례 불러들였
다. 이들은 화려한 의상들을 걸쳐 놓은 공주와 여관들의
목조 모형 옆에서 몇 시간씩 똑같은 자세를 취하고 있어야
했다. 바르볼라는 서 있는 것을 담담하게 잘 참아 냈다. 얼
굴은 무표정했지만, 그 뒤에는 만족스러움이 깔려 있었다.
그림에 자신이 나오는 것만 해도 영광인데, 거기다가 은실
로 수놓고 하얀 레이스가 달린 검은 비단옷까지 선사 받았
으니 얼마나 흐뭇하겠는가! 심지어 목에는 값비싼 호박 목
걸이까지 걸고 있었다. 시동 복장을 한 니콜라시토도 자신
이 선택한 자세에 상당히 만족스러워하는 눈치였다. 그런
데 이런 자세로 서 있는 시간이 길어질수록 바르톨로메의
등을 밟고 있는 그의 발에 한층 더 힘이 가해졌다. 이러한
가학 행위를 눈치챈 벨라스케스가 니콜라시토에게 나무
받침대를 갖다 주게 했다. 밟고 싶은 대로 마음껏 밟아 보
라는 뜻이었다. 니콜라시토는 눈에 쌍심지를 켜고 궁정화
가를 노려보았지만, 차마 불만을 밖으로 드러내지는 못했
다. 벨라스케스가 바르톨로메에게 눈길을 주었다.

"너는 이제 가도 된다. 필요하면 따로 사람을 보낼 테니
네 부분은 그때 그리도록 하자."

바르톨로메가 용기를 모았다.

"여기 남아서 구경하면 안 될까요?"

"지루할 텐데. 아이들에게는 재미없는 일이야."

"꼭 보고 싶은데……."

바르톨로메의 목소리가 기어들어 갔다. 그것을 들은 안드레스가 한 걸음 앞으로 나섰다.

"스승님께서 허락하신다면 물감 만드는 일을 돕게 하겠습니다. 절대 방해가 될 아이는 아닙니다."

벨라스케스가 고개를 끄덕였다. 난쟁이 아이가 화방을 정신없이 돌아다니지 않고, 안드레스가 제 할 일만 게을리하지 않는다면야 마다할 이유가 없었다. 벨라스케스가 다시 화폭으로 눈을 돌렸다. 그런데 안드레스의 말을 건성으로 들은 게 분명했다. 그렇지 않다면 이 난쟁이 아이가 물감 만드는 방법을 알고 있다는 것을 이상하게 생각했을 것이다.

그림 모델

─────

벨라스케스는 바르볼라와 니콜라시토를 화폭에 담기 위해 세 번을 더 불렀는데, 한 번에 보통 몇 시간씩 걸렸다. 혼자 따로 불리어 온 바르톨로메는 벨라스케스를 방해하지 않는 한 마음껏 화방에 머물 수 있었다. 안드레스와 레온을 포함한 다른 도제들은 기꺼이 바르톨로메를 자기들의 무리에 끼워 주었다. 공주에게 불리어 갈 염려는 없었다. 공주는 화방에 들른 뒤 곧바로 국왕 부처를 따라 울창한 참나무 숲으로 둘러싸인 토레 데 라 파라다 성으로 갔기 때문이다. 바야흐로 가을 사냥철이 다가온 것이다. 이 무렵이면 이런저런 구실로 연회도 자주 열렸다.

화방 도제들은 바르톨로메에게 담비 털이나 다람쥐 털로 붓을 만들고, 풀로 목판을 붙이고, 흰 석회석과 산화아

연 색소 그리고 아교물을 섞어서 화포에 초벌칠을 하는 방법을 가르쳐 주었다. 또한 유성물감과 바르톨로메의 얼굴에 칠해져 있는 수성물감을 구분하는 법을 알려주기도 했다. 그런데 바르톨로메가 무엇보다 가장 행복했던 것은 얼굴의 분장을 지우고 개 의상을 벗고 있어도 된다는 사실이었다.

안드레스가 낡은 화가 가운을 갖다 주었다. 바르톨로메는 도제들의 호기심 어린 시선을 피해 화포 뒤에서 옷을 갈아입었다. 가운은 바르톨로메의 몸을 다 가리고도 남았다. 안드레스가 웃으며 소매를 잘라 주고 허리 부분에서 가운을 몇 번 접어 끈으로 졸라매 주었다. 이렇게 입고 나니 바르톨로메는 자신도 이제 어엿한 화방 도제가 된 듯한 기분이었다. 바르톨로메는 화방에 머무르는 동안 뭐든지 열성으로 배우려고 들었다. 무엇 하나 놓치지 않고 꼼꼼히 살폈고, 궁금한 게 있으면 귀찮을 정도로 캐물었다. 늘 어느 정도 도제들과 거리를 두는 후안 데 파레하까지 바르톨로메의 학구열에 감동해서, 도제들이 바르톨로메의 질문에 대답을 못하면 자신이 나서서 친절하게 답해 주기도 했다.

바르톨로메는 세 번째 모델 시간에 용기를 내서 자신이 그린 그림을 파레하에게 보여 주었다.

파레하는 한참 동안 그림을 들여다보았다. 얼핏 보아도 잘못된 곳이 군데군데 눈에 띄었지만, 그 역시 도제들과 마찬가지로 바르톨로메의 색상 선택에 깊은 인상을 받았다. 아직 한낮의 색깔을 품은 듯한 어스름한 저녁 풍경 속에 환하게 빛나는 물방앗간의 모습이 이상한 울림으로 다가왔다.

"이건 왜 하얀색으로 칠했지?"

파레하가 집게손가락으로 물방앗간을 가리켰다.

"그건 저도 잘 모르겠어요. 그냥 그렇게 보였어요."

바르톨로메가 수줍게 대답했다.

"그것으로는 설명이 부족해. 화가는 자신이 왜 그렇게 그렸는지를 설명할 수 있어야 해."

바르톨로메는 묵묵히 생각에 잠겼다. 자신은 왜 물방앗간을 그렇게 환한 색깔로 칠한 것일까? 실제로는 저녁 어스름이라 진회색으로 그리는 것이 맞았다. 어쩌면 바르톨로메가 실수를 한 것인지도 몰랐다. 좀 더 어둡게 덧칠을 해야 했을까?

"생각해 보고 그 이유를 찾으면 나한테 다시 오너라. 듣고 싶구나."

네 번째 모델 시간이 끝나고 벨라스케스가 바르볼라와 니콜라시토를 내보냈다. 그러고는 바르톨로메에게로 시선을 돌렸다.

"너는 내일 그리도록 하자. 아침 일찍 오도록 해라."

바르톨로메가 고개를 끄덕였다.

"분장도 하고, 의상도 제대로 챙겨 입어야 한다."

벨라스케스가 명령했다. 이제야 이 난쟁이가 개 의상을 벗고 있다는 것을 알아차린 것이다.

바르톨로메가 고개를 떨구었다. 자신은 개 의상이 싫었다. 하지만 선택의 여지가 없었다. 그림 속에서는 다시 공주의 인간개 노릇을 할 수밖에 없었다.

그날 밤 바르톨로메는 몰래 화방 구석에서 잤다. 안드레스는 알고 있었지만 그냥 내버려 두었다. 바르톨로메가 화방에서 다른 짓을 할 아이가 아니라는 것을 확신하고 있었기 때문이다. 게다가 안드레스는 어쩐지 얼마 전부터 바르톨로메에게 동료 의식을 갖고 있었다.

이튿날 아침 바르톨로메는 묵묵히 의상을 챙겨 입었다. 안드레스가 단추 채우는 것을 도와주었다.

"괜찮아. 이것도 나쁘진 않아."

안드레스가 바르톨로메의 슬픈 얼굴에 분장을 해주면서 위로조로 말했다.

"개란 충직과 용기의 상징이라는 것을 잊지 마."

바르톨로메는 입술을 깨물었다. 자신은 개가 아니었다. 개가 되고 싶지도 않았다. 스페인에서 가장 용감하고 충직한 개라고 하더라도 말이다. 자신은 그냥 바르톨로메이고 싶었다.

벨라스케스가 바르톨로메에게 옆으로 길게 누워 팔다리를 뻗고 고개를 높이 치켜들라고 지시했다. 그러고는 그림을 그리기 시작했다. 바르톨로메는 벨라스케스의 손놀림을 유심히 관찰했다. 이미 니콜라시토와 바르볼라를 그릴 때 벨라스케스가 얼마나 민첩하고 짧은 필치로 인물들의 특징을 잡아 나가는지 본 적이 있던 바르톨로메였다. 그런데 이번에는 이상했다. 손을 놀리는 벨라스케스의 손길이 자꾸만 멈추어졌다. 무언가 마음에 들지 않는 게 있는 모양이었다. 한번은 붓을 신경질적으로 탁자 위에 내팽개치고는 주걱으로 박박 긁어서 칠을 지우기도 했다. 기분이 몹시 좋지 않아 보였다. 우스꽝스러운 의상을 입은 불구 아이를 그림 속에 집어넣는 것이 아무래도 마뜩치 않았던 것이다. 마르가리타 공주만 아니었더라면……. 벨라스케스가 한숨을 내쉬었다. 뚱뚱한 난쟁이 여자와 시동처럼 옷을 입은 니콜라시토에게는 그림에 어울리는 나름대로의 품위를 부여할 수 있었다. 하지만 사람을 개로 분장시켜 놓은 이 불구 아이에게는 그것이 불가능했다.

바르톨로메가 잠시 고개를 내렸다. 오랫동안 고개를 치켜들고 있었더니 고개가 너무 아팠기 때문이다.

"바로 하지 못해?"

벨라스케스가 호통을 쳤다. 바르톨로메는 목이 빠질 듯

이 아팠지만 순순히 고개를 다시 들었다. 하지만 처음처럼 높이 치켜들지는 못했다.

"진짜 개처럼 자세를 잡을 수는 없어? 그게 그렇게 힘들어?"

벨라스케스가 팔레트를 내려놓고 바르톨로메에게 다가가서 거칠게 고개를 들어올리며 자세를 바로잡아 주었다.

순간 바르톨로메가 찢어질 듯이 비명을 질렀다. 소리가 얼마나 컸던지 화방 안이 갑자기 조용해졌다. 벨라스케스가 깜짝 놀라 바르톨로메의 몸에서 손을 떼자 바르톨로메가 옆으로 풀썩 쓰러졌다. 목덜미와 등에서 견디기 어려운 통증이 밀려왔다. 고개를 움직여 보았지만 움직여지지 않았다. 바르톨로메는 속이 메스껍고 현기증이 났다. 도제들과 후안 데 파레하가 급히 달려왔다.

"이 아이가 몹시 아파하는 것 같네. 그러려고 했던 게 아닌데……."

벨라스케스는 무척 당황한 표정이었다.

파레하가 바르톨로메를 번쩍 안아 안드레스와 레온이 급히 치워 놓은 탁자 위에 뉘였다. 그런 다음 바르톨로메의 의상을 조심스럽게 벗겨 등과 목과 어깨를 찬찬히 만져 보았다. 바르톨로메는 몸을 움찔하며 간신히 비명을 참았다.

"어깨뼈가 탈골했군."

파레하가 이렇게 중얼거리며 바르톨로메의 뒤틀린 등

을 조심스럽게 주무르기 시작했다.

"조금만 기다려라. 우선 근육을 이완시킨 뒤 뼈를 맞추어 줄 테니."

파레하가 묵묵히 눈을 감은 채 탁자 위에 누워 있는 바르톨로메에게 설명했다.

다른 사람들은 말없이 서 있기만 했다. 화가들은 원래 사람의 몸을 잘 알고 있었다. 사람을 제대로 그리려면 인체에 대한 지식이 필수였기 때문이다. 그런데 벨라스케스조차 개 의상 뒤에 이렇게 굽고 일그러진 몸이 숨어 있다고는 상상하지 못했다. 그는 자신이 화를 못 이겨 무슨 짓을 했는지 그제야 깨달았다. 바르톨로메가 다시 비명을 지르지 않으려고 이를 꽉 물고 있는 것을 바라보며 자신이 이 불쌍한 불구 난쟁이에게 참으로 몹쓸 짓을 했다고 생각했다.

"이런 애를 인간개로 그릴 수는 없어."

벨라스케스는 이렇게 중얼거리며 화포로 돌아가서 반쯤은 인간의 모습으로, 반쯤은 개의 모습으로 그려 놓은 바르톨로메의 기괴한 형상을 조심스럽게 지워 냈다.

안드레스가 뚜벅뚜벅 벨라스케스에게로 걸어갔다.

"스승님!"

벨라스케스는 안드레스를 좋아했다. 꼭 젊은 시절의 자신을 보는 듯했기 때문이다.

"무슨 일인가, 안드레스?"

"바르톨로메를 진짜 개처럼 크고 강하고 멋진 모습으로 그려 주실 수는 없습니까? 저는 바르톨로메에게 화가가 그림 속에 충직함과 용기를 표현하고 싶으면 개를 선택한 다고 말했습니다. 바르톨로메는 무척 용감한 아이입니다."

"저 아이의 이름이 바르톨로메인가 보군."

안드레스는 스승의 대답을 기다렸지만 끝내 답을 들을 수가 없었다. 벨라스케스는 묵묵히 다시 붓과 팔레트를 들고 있었다.

미래의 꿈

─

벨라스케스는 고민에 빠졌다. 안드레스의 제안을 받아들이는 것은 궁정의 법도에 어긋나는 것이었다. 왕이 이미 그림 속의 인물들을 재가한 상태에서 그것을 바꾸는 것은 있을 수 없는 일이었다. 하지만 바르톨로메를 공주가 바라보는 대로 그릴 수도 없다는 것이 자신의 솔직한 심정이었다. 벨라스케스는 수년 동안 왕실 궁정화가로 일하면서 가끔 궁정의 난쟁이들을 그렸지만, 늘 그들에게 합당한 품위를 부여하려고 노력해 왔다. 하지만 바르톨로메에게는 그것이 불가능했다. 저 사람들이 바르톨로메에게 개 의상을 입히고 개처럼 행동하게 만듦으로써 인간으로서의 품위를 송두리째 빼앗아 버렸기 때문이다.

고심 끝에 벨라스케스는 안드레스의 제안을 받아들이

기로 결심하고, 화폭에 진갈색의 크고 강인하고 늘씬한 개를 그려 나가기 시작했다.

"이건 폐하가 아끼시는 사냥개 주피터다."

개의 윤곽이 드러나자 벨라스케스가 안드레스에게 말했다.

"폐하의 마음에도 드실 게다. 그러면 공주님께서도 어쩔 수 없이 따르시겠지."

벨라스케스가 입가에 흡족한 웃음을 머금었다.

그사이 파레하가 바르톨로메의 어깨뼈를 다시 맞추어 놓았고, 레온이 바르톨로메에게 화가 가운을 입혀 주었다. 벨라스케스가 그들에게 다가갔다.

"바르톨로메, 네 모습이 어떻게 변했는지 보고 싶지 않니?"

벨라스케스의 말에 바르톨로메가 고개를 가로저었다.

"보고 싶지 않아요."

"봐야 돼!"

안드레스가 탁자에서 바르톨로메를 번쩍 안아 그림이 있는 곳으로 걸음을 옮겼다. 바르톨로메는 두 눈을 감으며 고집을 부렸다.

"보고 싶지 않아요. 내가 얼마나 추악하게 생겼는지 잘 알고 있어요!"

"바보 같은 소리 그만하고 어서 눈을 떠! 안 그러면 다시는 그림을 못 그리게 할 거야!"

안드레스가 윽박질렀다.

바르톨로메가 마지못해 눈을 떴다. 눈앞에 자신의 새로운 모습이 펼쳐져 있었다.

"이건 내가 아니에요! 이건 진짜 개예요. 나를 그린 게 아니라고요!"

바르톨로메는 한편으론 홀가분하면서 다른 한편으론 상처를 받았다. 궁정 회화에 어울리지 않을 정도로 자신의 모습이 추악했기 때문이다.

"너를 그린 게 맞다."

벨라스케스가 분명히 못을 박았다.

"저는 개가 아니에요."

바르톨로메가 반박했다.

"그건 나도 안다. 하지만 공주님께서는 너를 개로 분장시켰다. 너의 겉모습만 보고 그리하신 게지. 공주님은 아직 어리다. 우리 모두 그런 공주님을 용서해야 한다."

벨라스케스는 단어 선택을 신중하게 했다.

"화가란 겉으로 드러나지 않는 내면의 것을 보고, 그것을 화폭에 담아내려고 노력해야 한다."

"그래도 저는 개가 아니에요!"

바르톨로메는 고집을 꺾지 않았다. 이 순간만큼은 어떤

일이 있어도 개가 되지 않으려는 자신의 마음을 솔직히 밝히고 싶었다.

벨라스케스가 고개를 끄덕였다.

"그래, 맞다. 넌 개가 아니다. 그래서 나는 너를 공주님께서 생각하시는 그런 모습으로 그릴 수가 없었다. 대신 나는 너의 내면을 보았고, 폐하의 애견 주피터 속에 너의 내면을 집어넣었다. 자, 여길 봐라. 개의 힘이 느껴지지 않니? 이게 바로 너의 힘이다!"

바르톨로메가 가만히 개를 바라보았다. 정말 이 개의 내면에 숨어 있는 것이 자신일까? 혹시 벨라스케스가 이 불쌍하고 추악한 난쟁이를 위로하려고 거짓말을 하고 있는 건 아닐까?

바르톨로메는 한참 동안 개를 관찰했다. 개는 자신을 보고 있지 않았다. 다만 평화롭게 니콜라시토의 발밑에 누워 있었다. 그때였다. 갑자기 머릿속이 환해지면서 벨라스케스의 말뜻을 깨달았다. 개의 힘을 느낀 것이다. 진갈색의 매끄러운 가죽 아래에서 꿈틀거리는 강인한 근육이 느껴졌다. 니콜라시토가 개를 지배하고 있는 것이 아니라 개가 니콜라시토의 콧대 높은 자세를 의연하게 참아 내고 있었다.

바르톨로메의 머릿속이 바삐 움직였다. 이 개가 지금은 이러고 있지만, 언제라도 벌떡 일어나 니콜라시토에게 이

빨을 드러내며 응징할 수 있을 것만 같았다. 생각이 여기까지 미치자 바르톨로메는 자신도 모르게 입가에 웃음이 배어 나왔다.

"네가 그걸 본 모양이구나."

벨라스케스의 표정에 만족스러움이 깃들어 있었다. 바르톨로메가 고개를 끄덕였다. 순간 번개가 내려치듯이 갑자기 머릿속을 스치고 지나가는 것이 있었다.

"파레하 선생님!"

바르톨로메가 흥분한 목소리로 불렀다. 완성된 그림에 한창 니스 칠을 하고 있던 파레하가 고개를 들었다.

"제 그림에서 물방앗간을 왜 하얗게 칠했는지 이제 알아냈어요!"

"네 그림이라니?"

벨라스케스가 어리둥절한 얼굴로 물었다.

"스승님, 제가 쪼개진 목판과 쓰다 남은 물감을 바르톨로메에게 그림을 그리라고 주었습니다."

안드레스의 설명에 스승이 고개를 끄덕했다.

"좋은 그림이었습니다. 재능이 있는 아이인 것 같습니다."

파레하가 안드레스의 말에 힘을 실어 주었다. 그러고는 바르톨로메의 그림을 가져와 벨라스케스에게 보여 주었다.

"물방앗간을 왜 하얗게 칠했지?"

벨라스케스가 물었다.

"기나긴 하루의 목적지였기 때문이에요. 제 아버지는 해가 떨어지기 전에 이곳에 도착할 계획이었는데, 그렇게 하지 못했어요. 뙤약볕 아래에서 우리가 너무 천천히 걸었기 때문이죠. 우리가 도착했을 때는 벌써 어두워져 있었어요. 그래도 지금 제 기억 속에는 물방앗간이 진회색보다는 흰색으로 남아 있어요. 마치 한낮의 햇빛을 오래 품은 채 지친 나그네에게 편하게 밤을 쉬어 가라고 손짓하는 듯이 보였기 때문이죠."

바르톨로메는 부끄러워 고개를 숙였다. 자신의 이런 발상이 어른들에게는 유치하고 어리석게 보일지 모른다고 생각했기 때문이다. 안드레스와 레온이 웃음을 터뜨리지나 않을까 슬그머니 걱정까지 되었다.

"그래, 그것이 화가의 생각이다."

파레하가 기특하다는 듯이 말했다.

"정말이에요?"

바르톨로메가 깜짝 놀라 물었다. 주위 사람들이 모두 공감의 뜻으로 고개를 끄덕였다. 심지어 벨라스케스까지.

"네 속에는 화가가 잠들어 있구나, 바르톨로메."

파레하가 자신의 판단을 다시 한 번 강조했다.

"난쟁이는 화가가 될 수 없어요."

바르톨로메가 기어들어 가는 목소리로 대꾸했다.

"누가 그러더냐?"

벨라스케스가 물었다.

"제가 그랬습니다."

안드레스가 고백했다.

"화가가 되려면 초벌액을 담은 통을 끌고 종이를 거르고 목판을 날라야 하는데, 바르톨로메가 어떻게 그런 일을 하겠습니까? 게다가 화포도 펴고, 완성된 그림도 액자에 집어넣고, 화방도 열심히 치워야 합니다. 바르톨로메에겐 너무 힘든 일이라고 생각했습니다."

"그러기에 화가들이 제자를 두지 않느냐?"

벨라스케스가 안드레스를 꾸짖었다. 안드레스의 얼굴이 빨개졌다.

"불평을 했던 게 아닙니다, 스승님. 다만 화가가 되려면 먼저 제자가 되어야 한다는 점을 말씀드리려고 했던 겁니다."

"그렇지 않을 수도 있다."

"화가라면 대형화도 그려야 하는데, 바르톨로메가 그걸 어떻게 그리겠습니까?"

"세밀화를 전문으로 그리면 되지."

벨라스케스가 안드레스의 말을 받았다.

"하지만 어떤 화가가 그런 조건으로 바르톨로메를 제자로 받아들이겠습니까? 화가조합에서도 가만있지 않을 거고요."

화가조합의 시험을 목전에 두고 있던 레온이 끼어들었다.

벨라스케스는 아무 말이 없었다. 화가들은 성 루카스 화가조합에 자신의 도제들에 관해 일일이 보고해야 할 의무가 있었다. 조합이 아무런 교육 과정도 거치지 않은 바르톨로메를 화가로 받아들일 리 만무했다. 또한 조합의 강령에 따르면 바르톨로메 같은 아이에게는 그림 기술을 가르칠 수조차 없었다.

"스승님께서는 왕실의 궁정화가이기 때문에 더더욱 바르톨로메를 도제로 받아들일 수 없습니다. 바르톨로메가 아무리 재능이 있더라도 화가는 될 수 없습니다."

안드레스가 단정했다.

지금까지 막연한 희망에 부풀어 스승과 제자 간의 대화를 가만히 듣고 있던 바르톨로메가 마침내 주먹을 불끈 쥐고 폭발했다.

"제발 그만 좀 해요! 어떤 사람들은 내가 미워서 고통을 주고, 또 어떤 사람들은……."

"당치도 않은 희망을 품게 해서 고통을 준다는 뜻이냐?"

파레하가 바르톨로메의 말을 이어 주었다.

바르톨로메가 고개를 끄덕였다. 뺨 위로 두 줄기 눈물이 흘러내렸다.

당황한 안드레스와 레온은 차마 바르톨로메를 마주 볼

수가 없어 눈길을 피했다. 그들은 바르톨로메를 좋아했고, 언제든 기꺼이 도와주려고 애썼다. 하지만 화가조합의 엄격한 규칙까지 어길 수는 없는 노릇이었다.

"스승님."

지금까지 잠자코 있던 파레하가 입을 열었다.

"오래 전 스승님께서는 제노바에서 한 노예 아이를 사들여 노예의 사슬에서 풀어 주셨습니다. 그 아이가 장터 모랫바닥에 그림 그리는 것을 보셨기 때문입니다. 그렇게 스승님께서는 저를 제자로 받아들여 그림을 가르쳐 주셨습니다. 루카스 화가조합의 눈치는 보지 않으셨습니다. 저는 제가 화가로 불릴 수 없다는 것을 잘 알고 있습니다. 그렇다고 도제도 아닙니다."

안드레스와 레온이 흥미로운 눈길로 파레하를 바라보았다. 그들도 처음 듣는 이야기였다. 파레하가 계속 말을 이어나갔다.

"화가조합의 장인들은 저에게 시험 칠 기회조차 주지 않을 것입니다. 저는 그림에 제 이름조차 붙일 수가 없지요. 흑인 노예였던 사람에게는 그럴 권리가 없으니까요. 하지만 저는 한 번도 한탄하거나 불평한 적이 없고, 스승님께 그런 요구를 한 적도 없습니다. 스승님 밑에서 일을 할 수 있는 것만으로도 과분한 일이었으니까요. 바르톨로메를 제 제자로 받아들일 수 있게 해주십시오. 스승님이 과거에 저를 거두어 주셨듯이 이젠 제가 저 아이를 거두어 일을 가르치겠습니다. 그러면 어떤 누구도 스승님을 고소하지는 못할 것입니다."

바르톨로메가 환한 얼굴로 파레하를 쳐다보았다. 벨라스케스는 한참을 침묵했다.

"저 아이가 앞으로 자신의 처지가 어떠하다는 걸 이해한다면 허락하겠다."

마침내 벨라스케스가 결론을 내렸다.

바르톨로메는 하늘을 날 것처럼 기쁜 마음에 부지런히 고개를 끄덕거렸다.

"저는 화가가 되겠어요."

파레하가 바르톨로메를 번쩍 안아 올려 탁자 위에 올려놓고는 정색을 하고 물었다.

"바르톨로메, 장차 너한테 무슨 일이 일어날지 아느냐?"

"예. 저는 화가가 되고 싶어요!"

"잘 들어라, 바르톨로메. 너는 절대 화가가 될 수 없다. 여기 있는 안드레스와 레온과는 애초에 다르다는 것을 명심해라. 우리 같은 흑인이나 노예, 난쟁이들은 사회 주변부에 머무를 수밖에 없다. 일반인들과 똑같은 권리를 갖고 있다고 생각하면 오산이다. 우리는 조합이나 단체에 가입할 수도 없고, 출세나 성공 같은 건 아예 꿈도 꾸지 말아야 한다. 사람들은 우리가 아무런 요구를 하지 않고 이 사회에 조그마한 도움이 되는 한 그저 우리를 참아 줄 뿐이라는 사실을 알아야 한다."

"상관없어요!"

바르톨로메가 소리쳤다.

"상관없는 게 아냐! 네 것이 되지 않을 것을 위해 하루 종일 일하는 것이 무엇을 의미하는지 알겠니? 남들로부터 솜씨를 인정받으면서도 네가 심혈을 다해 그린 그림에는 낯선 사람들의 인장이 찍히고, 낯선 사람의 이름이 붙을 것이다."

"파레하 선생님, 아무리 그래도 이제껏 제 자신이었던 적이 없었던 과거보다는 백배 더 나아요. 저는 화가가 될 수 없다고 하더라도 그림을 그리고 싶어요."

바르톨로메가 파레하의 눈을 빤히 쳐다보았다.

"좋다. 그럼 이제부터 넌 내 제자다."

화방 도제들이 박수를 치며 기쁨에 넘치는 바르톨로메를 안고 화방을 한 바퀴 빙 돌았다. 레온이 선임 도제로서 붓을 씻은 물로 바르톨로메에게 세례를 내려 주었다. 안드레스가 팔레트를 선물하며 이렇게 약속했다.

"내가 언젠가 장인이 되면 나한테로 와라. 너는 작은 그림을 그리고, 나는 큰 그림들을 그리는 거야. 그래서 모든 그림에 우리 두 사람의 이름을 함께 적는 거야. 바르톨로메 안드레스라고 말이야."

파레하와 벨라스케스는 이 즐거운 소동을 흡족한 표정으로 지켜보고 있었다.

"저 아이에겐 쉽지 않은 일일 거야."

벨라스케스가 조용히 말했다.

"저 역시 마찬가지였습니다. 하지만 저 아이는 더 이상 잃을 게 없습니다."

"근데 공주님께서 저 아이를 다시 찾으면 어쩌지?"

벨라스케스가 걱정스러운 얼굴로 말했다.

"아이들은 금방 잊습니다. 3주나 안 봤으니까 벌써 새로운 놀잇감을 찾았을지도 모릅니다."

"그렇지 않다면?"

파레하가 잠시 생각에 잠겼다.

"어느 현자가 이렇게 말했습니다. 무언가를 바꿀 힘이 네 손에 없거든, 다른 누군가가 그렇게 할 것이라 믿어라! 저는 운명도 언젠가는 바르톨로메의 편에 서리라 믿습니다."

강아지

바르톨로메가 니콜라시토의 홍계로 물에 빠졌던 그날 오후 후안 카라스코는 마부석에서 아들을 안쓰럽게 한 팔로 끌어안아 준 다음, 집으로 돌아가면서 아들을 반드시 궁에서 빼내 고향 마을로 데려다주어야겠다고 결심했다. 바르톨로메를 마드리드로 데려온 것부터가 치명적인 실수였다. 후안은 자신이 이제껏 한 번도 바르톨로메에게 따뜻한 관심을 보인 적이 없다는 것을 스스로 인정했다. 난쟁이 꼽추 아들은 항상 이질적인 존재였을 뿐 자식이라는 느낌이 들지 않았다. 예전에 드문드문 고향을 찾았을 때도 그랬다. 아내가 바르톨로메 때문에 고생하는 것을 볼 때마다 저런 아이는 태어나면서 죽었어야 했다고 생각했다. 바르톨로메가 세상에 태어날 때 자신도 그 자리에 있었다.

늙은 산파가 작고 축 늘어진 아이를 엄마 배 속에서 꺼내 찬물에 집어넣자 그제야 갓난아이는 울면서 숨을 쉬기 시작했다. 얼마 뒤 산파가 아이를 알몸인 채로 그의 팔에 안겨 주었다. 순간 후안은 깜짝 놀라 손을 떨었다. 진흙을 뭉쳐 놓은 것 같은 발, 곱사등의 징후가 보이는 굽은 등, 그리고 몸에 비해 너무 큰 머리는 부인하려야 부인할 수 없는 기형의 표시였다.

후안은 후안나와 호아킨, 베아트리스와 마누엘에 대해서는 늘 자부심을 느꼈다. 하지만 바르톨로메에 대해서는 처음부터 수치심뿐이었다. 만일 이사벨이 갓난아이에게 그렇게 강한 애정을 보이지 않았더라면 한시라도 빨리 그 아이를 수도원 문 앞에 버리고 싶었던 게 자신의 솔직한 마음이었다.

후안은 마드리드 거리를 지나 천천히 집으로 걸음을 옮기며 이 모든 과거를 생생하게 떠올리고 있었다.

후안이 집에 들어섰을 때, 식구들은 벌써부터 기다리고 있었다. 화덕에서는 음식이 부글부글 끓고 있었다. 마누엘이 번쩍 안아 공중 비행기를 태워 줄 것을 바라며 아빠의 품속으로 뛰어들었다. 그러나 후안은 그런 막내아들을 모른 척했다. 호아킨이 오랜만에 집에 와 있었다. 후안나와 이사벨은 창가에서 뜨개질을 했고, 베아트리스는 식탁을 차리고 있었다.

"바르톨로메를 궁에서 빼내야겠어."

후안이 방 안이 울릴 정도로 크게 말했다.

"그 사람들이 바르톨로메를 업신여기고 괴롭히는 걸 더는 볼 수가 없어."

후안은 이렇게 뱉어 놓고 나니 마음이 한결 가벼워지는 것 같았다. 이사벨이 벌떡 일어났다.

"무슨 말씀이에요? 바르톨로메에게 무슨 일이 있어요? 그 사람들이 어쨌다는 거예요?"

이사벨이 속사포처럼 질문을 던졌다. 지금까지 바르톨로메에 관한 이야기라면 한사코 대화를 거부하던 남편이었기에 더 놀랄 수밖에 없었다.

후안이 침대에 털썩 주저앉았다.

"공주마마께서 바르톨로메에게 개 옷을 해 입히셨어. 꼬리도 있고 귀도 축 늘어진 그런 의상이지. 게다가 오늘 오후에는……."

후안이 머뭇거렸다.

"오늘 오후에는 투우 경기 전에 물속에 처넣기까지 했어. 때맞춰 누군가가 구해 주지 않았더라면 물에 빠져 죽을 뻔했어."

이사벨, 후안나, 호아킨은 할 말을 잊은 채 멍하니 후안을 바라보기만 했다.

"그 사람들은 바르톨로메를 짐승처럼 다루고 있어. 아니, 그보다 더해. 짐승은 물거나 할퀴면서 반항이라도 하지. 바르톨로메는 그러지도 못해. 그저 시키는 대로 묵묵히 견뎌 내고 있을 뿐이야."

"대체 언제 알았는데 이제 그런 이야기를 해요? 왜 알면서 당장 데려오지 않았어요?"

이사벨이 분을 참지 못하고 남편에게 따졌다. 후안은 슬그머니 손으로 얼굴을 가렸다. 아내의 질책 속에 담긴 경멸감을 느꼈기 때문이다. 후안이 나지막이 말했다.

"나보고 어떡하라고? 상대는 공주마마야. 바르톨로메는 공주마마의 소유물이라고. 내가 만약 그런 짓을 했다가는 도둑놈으로 몰려 당장 감옥에 갇힐 거야. 그러면 우리 가족은 누가 돌볼 거야?"

"어쨌든 빨리 데려와야 해요. 바르톨로메는 짐승이 아니에요. 공주님 물건도 아니고요."

후안나가 나섰다. 후안이 고개를 끄덕였다.

"나도 그러고 싶어. 하지만 방법을 모르겠어. 공주마마는 바르톨로메를 인간개로 데리고 노는 데 홀딱 빠져 있어. 절대 내놓으려고 하지 않을 거야."

"방법이 있을 거예요. 바르톨로메를 몰래 납치해서 숨기면 어떻겠어요?"

호아킨이 제안했다.

"그건 안 돼. 공주마마의 처소는 경비가 아주 삼엄해. 폐하의 명령이나 수석 여관의 허락 없이는 접근하는 것 자체가 불가능해."

그래도 호아킨은 포기하지 않았다.

"편지를 쓰는 건 어때요? 우리가 궁궐 앞에서 기다리고 있을 테니 도망쳐 나오라는 편지를 써서 바르톨로메에게 보내는 거예요!"

"누가 편지를 쓰고?"

"당연히 크리스토발 수사님한테 부탁을 드려야죠. 바르톨로메가 짐승처럼 살고 있다는 이야기를 들으면 분명 도와주실 거예요."

"그건 그렇다 치더라도 바르톨로메에게는 누가 읽어 주고?"

"바르톨로메는 글을 읽을 줄 알아요!"

후안나가 얼른 대답했다.

후안은 그 사실을 깜박 잊고 있었다. 이제야 끔찍했던 그날 오후의 일이 다시 생각났다. 만일 바르톨로메의 비밀 수업 때문에 그렇게 화가 나지 않았더라면 후안나를 때리지는 않았을 것이고, 어쩌면 바르톨로메를 궁으로 보내지 않았을지도 모른다.

"어쨌든 그것도 안 되겠어. 궁중에는 편지를 믿고 맡길 만한 사람이 없어. 궁궐 안에는 시기하는 사람들이 득실득실하거든. 만일에라도 누군가 편지를 읽게 되면 나는 곧장 감옥행이야. 그건 안 돼!"

"공주님께서는 왜 진짜 개를 애완견으로 키우지 않아요?"

베아트리스가 뜬금없이 말했다. 마드리드에는 작고 귀여운 개가 널려 있는데, 공주가 왜 하필 바르톨로메같이 못생긴 난쟁이를 애완견으로 키우는지 도무지 이해가 되지 않았던 것이다. 얼마 전에 장터에 갔다가 우연히 강아지들을 담아 놓은 광주리를 보고 눈을 떼지 못했는데, 어떤 강아지든 바르톨로메보다 백배는 더 귀엽고 예뻤다.

그런데 베아트리스의 말에 귀를 기울이는 사람은 없었다. 하지만 베아트리스는 당돌한 아이였다. 그냥 이대로 포기할 아이가 아니었다. 베아트리스는 허리에 양손을 올린 채 아빠 앞에 다부지게 나섰다.

"아빠, 내가 바르톨로메 오빠를 집으로 다시 데려오는 방법을 알아요."

후안이 피식 웃었다.

"정말이라고요!"

베아트리스는 아빠가 비웃는 것 같아 기분이 나빴다.

"어떻게?"

후안나가 물었다.

"바꾸는 거야."

"뭐하고?"

이번에는 이사벨이 물었다.

"개하고요. 진짜 개하고 바르톨로메 오빠하고 바꾸는 거예요."

모두들 웃음을 터뜨렸다. 베아트리스가 한쪽 발을 쾅쾅 굴렀다.

"왜 웃어요? 내가 공주라면 당장 바르톨로메 오빠랑 진짜 개하고 바꾸겠어요."

이사벨이 팔을 뻗어 위로의 뜻으로 베아트리스를 안아 주려고 했다. 그때 호아킨이 어머니의 팔을 잡았다. 눈이 반짝반짝 빛나고 있었다.

"왜 바르톨로메보다 진짜 개가 더 좋아?"

베아트리스가 어이없다는 눈으로 호아킨을 쳐다보았다. 그렇게 뻔한 걸 물어보는 바보가 어디 있어, 하는 눈빛이었다.

"바르톨로메 오빠는 못생긴 데다가 달리지도 못해. 그리고 진짜 개도 아니잖아."

"개가 아닌 게 당연하지!"

이사벨이 베아트리스를 못마땅한 눈으로 바라보았다. 호아킨이 어머니에게 가만히 있으라고 눈짓을 주었다.

"그럼 진짜 개는?"

베아트리스는 광주리에 담긴 강아지들의 모습이 떠올

랐다.

"진짜 개는 너무 귀여워. 쓰다듬을 수도 있고, 달리기 시합도 할 수 있고, 침대에 데리고 잘 수도 있어. 나도 그런 예쁜 개를 가지고 싶어. 정말 잘 키울 수 있는데……."

베아트리스가 애원의 눈길로 아버지를 쳐다보았다. 누가 알겠는가? 혹시 아버지가 베아트리스에게 진짜 개를 선물할지.

그러나 후안은 고개를 흔들었다.

"베아트리스, 지금은 집안에 다른 걱정거리가 있어. 개를 먹일 형편도 안 되고."

호아킨은 곰곰이 생각에 잠겼다. 공주는 베아트리스와 나이가 같았다. 그렇다면 신분의 차이는 있더라도 생각하는 것이나 바라는 것은 비슷할 가능성이 컸다.

"아버지, 만일 우리가 귀여운 강아지를 사서 공주님께 선물로 드리면 공주님께서도 바르톨로메를 잊지 않을까요?"

후안이 곰곰이 생각해 보았다. 얼핏 보면 그럴듯했지만, 허점도 많아 보였다.

"만일 강아지가 방 안에서 똥오줌을 누고, 공주님을 할퀴거나 물면 어떡하려고?"

"우리가 먼저 데리고 있으면서 교육을 시켜야죠."

"공주님께 강아지는 어떻게 전달하고?"

"바르톨로메가 있잖아요! 진짜 개를 자기 대신 받아 달라고 부탁하는 거예요."

후안이 고개를 저었다. 이렇게 되면 다시 원점으로 돌아가는 셈이 되는 것이다.

"바르톨로메를 어떻게 몰래 만나? 편지 한 장 남의 눈에 띄지 않게 전달할 수 없는데, 개를 어떻게 주라고?"

호아킨도 결국 여기서 막히고 말았다. 하지만 쉽게 포기하지는 않았다.

"분명 길이 있을 거예요. 바르톨로메를 만나지 않고도 전달하는 방법이 있을 거예요."

"어쨌든 시도는 해 봐야 해요."

후안나가 호아킨의 말에 힘을 실었다. 후안이 이사벨을 흘낏 바라보았다.

"당신 생각은 어때? 괜찮을 것 같아?"

이사벨이 뭐라 대답을 하기도 전에 베아트리스가 먼저 입을 열었다.

"공주님이 개를 받으면 나도 강아지를 사도 되죠? 먹는 건 저랑 나눠 먹을게요."

이사벨이 희미하게 웃었다.

"아이들 말대로 해 봐요. 할 수 있는 데까지는 해 봐야죠."

이사벨까지 이렇게 나오자 결국 후안도 동의할 수밖에 없었다. 바르톨로메와 호아킨이 집을 떠나면서 입을 두 개줄인 덕에 돈을 약간 저축할 수 있었는데, 강아지 한 마리는 살 돈이 될 것 같았다. 후안은 아까 바르톨로메 이야기를 처음 꺼냈을 때 아내의 모멸찬 질책에 깊은 상처를 받았다. 자식을 책임져야 할 아버지로서 부끄러웠던 것이다. 만일 이런 방법으로라도 바르톨로메를 구해 내서 고향 마을로 데려다줄 수 있다면 아내에 대한 미안함을 어느 정도 씻을 수 있을 것 같았다.

하지만 이 계획이 과연 성공할 수 있을까? 후안은 의구심이 들었다.

이사벨은 남편의 표정에서 그런 회의감을 읽은 것 같았다.

"성공하지 못하면 강아지를 다시 팔면 돼요."

"좋아, 한번 해보기로 하자."

베아트리스는 잔뜩 볼이 부어 있었다. 어차피 자신에게는 강아지가 생기지 않으리라는 것을 알아차렸기 때문이다. 공주에게 줄 강아지를 고르러 장터에 함께 가자고 해도 막무가내로 버티며 따라나서지 않으려고 했다. 이사벨이 그런 베아트리스를 일으켜 세웠다.

"너는 바르톨로메 오빠가 다시 집에 오는 게 싫어?"

베아트리스가 마지못해 고개를 흔들었다.

"그럼 같이 가! 네 도움이 필요해."

"내가 왜? 원래 내 생각인데, 호아킨 오빠가 마치 자기가 생각해 낸 것처럼 다 하고 있잖아? 나한테는 강아지도 안 사 주면서……"

이사벨이 호아킨에게 눈짓을 했다.

"그건 네 오빠도 다 알고 있어. 안 그러니, 호아킨?"

"물론이죠. 그건 베아트리스 생각이었어요. 자, 그럼 이제 시장에 같이 가는 거지? 강아지를 파는 상인들 중에 내가 아는 사람이 있어."

"저 봐, 또 자기가 다 하려고 그래!"

베아트리스의 입이 툭 튀어나왔다.

"잠깐!"

계획을 곱씹어 보고 있던 후안이 다시 말문을 열었다.

"베아트리스는 이 의견을 처음 냈을 뿐 아니라 베아트리스의 도움이 없으면 이 계획은 성공할 수 없어."

"정말요?"

"강아지는 네가 골라야 한다."

"호아킨 오빠가 아니라요?"

"물론."

후안이 식구들을 빙 둘러보며 말했다.

"다들 무슨 말인지 알겠니? 강아지는 무조건 베아트리

스 마음에 들어야 한다. 그게 가장 중요해. 그다음에 강아지가 베아트리스만 따르도록 교육을 시켜야 돼. 그래야 나중에도 공주님만 따를 테니까. 공주님과 베아트리스는 비슷한 또래니까 통하는 게 많을 거야."

"그럼, 내가 공주님이 되는 거네요."

이사벨이 딸아이를 꼭 끌어안았다.

"네가 공주보다 백배 천배 더 낫다."

후안의 가족은 장터에서 귀여운 강아지를 샀다. 주인은 혈통이 좋은 녀석이라고 입이 마르게 칭찬을 늘어놓았다. 하지만 그보다 더 중요한 것은 베아트리스가 수많은 강아지들 가운데에서 유독 그 녀석을 골랐다는 사실이었다.

며칠 동안 후안의 식구들은 개를 길들이는 데 온 정성을 쏟았다. 후안은 공주가 파라다 성에 2주가량 더 머물 예정이고, 움직일 일이 있으면 왕의 마차를 타고 다니기로 했다는 소식을 전해 듣고 하늘의 뜻인 양 감사했다. 베아트리스가 '후스토'라는 이름을 붙여 준 강아지는 배우는 속도가 아주 빨랐다. 얼마 안 있어 방 안에 실례를 해서는 안된다는 사실을 알아차렸고, 베아트리스가 아이다운 발랄한 목소리로 부르면 쏜살같이 달려올 줄도 알았다. 후안도 많은 시간을 들여 후스토가 어른들의 굵은 목소리에는 움직이지 않도록 교육을 시켰다. 그러기 위해 특별한 훈련 방법을 생각해 냈다. 방 한쪽에는 베아트리스나 후안나를 교대로 세워 두고, 맞은편에는 자신이나 이사벨이 서서 양쪽에서 동시에 강아지를 불렀다. 만일 후스토가 베아트리스나 후안나에게 달려가면 맛있는 음식으로 상을 주었고, 어른들에게 달려가면 아무것도 주지 않았다. 결국 후스토는 오래지 않아 사람들이 자신에게 무엇을 요구하는지 알아차렸다.

"후스토를 우리가 키웠으면 좋겠다."

베아트리스가 가끔 한숨 섞인 목소리로 이렇게 말했다. 그새 듬뿍 정이 든 것이다. 그래서 강아지를 키울 수 있게 해달라고 속으로 기도하기도 했다. 공주님의 마차를 모는 아빠가 공주님한테 바르톨로메 오빠를 집으로 보내 달라고 하면 간단할 것 같은데, 왜 그런 이야기를 못하는 것일까?

후안은 궁궐에 있을 때나 시간이 남을 때마다 바르톨로메에 관한 새 소식을 얻기 위해 부지런히 쫓아다녔다. 공주궁의 경비병들에게 은근슬쩍 말을 걸기도 하고, 술을 한 잔 사겠다며 술집으로 불러 조금이라도 새로운 정보를 캐내려고 애썼다. 하지만 그들은 바르톨로메가 공주의 인간 개라는 사실밖에 알고 있는 게 없었다. 후안은 시간이 없었다. 왕의 일행이 곧 마드리드로 돌아올 것이라는 소문이 들려왔던 것이다. 시종관 니에토의 인솔하에 일부 공주궁 사람들이 공주님의 도착을 준비하기 위해 벌써 파라다 성을 출발했다는 소식까지 전해져 왔다.

어느 날 오후 후안이 마구간에서 공주의 마차를 청소하고 있는데 시동 하나가 헐레벌떡 달려왔다.

"급한 일이야. 어서 니에토 시종관님을 위해 마차를 대령하게나!"

후안은 허리를 숙였다. 바르톨로메에 관한 정보를 캐낼 절호의 기회였다.

"나리, 소인 놈한테 제법 영리한 아들 녀석이 하나 있는데, 그 녀석도 공주님의 시동이 될 수 있습니까?"

시동이 콧방귀를 뀌며 같잖다는 듯이 웃었다.

"시동은 뭐 아무나 하는 줄 아느냐? 우리 아버님은 폐하의 충직한 심복에다 지방의 대지주시다."

"그럼, 나리처럼 높으신 귀족들만 시동이 될 수 있습니까?"

후안은 한껏 비위를 맞추어 주었다. 시동이 어깨에 힘을 주며 고개를 끄덕였다.

"아무렴. 귀족 중에서도 지체 높은 귀족 자제들만 공주님을 모실 수 있지."

"아 그렇군요. 용서해 주십시오, 나리. 소인처럼 무식한 놈이 그런 줄도 모르고 아들 녀석을 공주님의 시동 자리에 앉힐 생각을 하다니……. 헌데 제가 듣기론 공주님께서 꼽추 난쟁이도 시동으로 쓰신다고 하던데, 그럼 그 난쟁이도 지체 높은 귀족 집안입니까?"

"그놈은 그냥 하찮은 인간개야. 시동이라니! 누가 그 따위 소리를 해?"

시동이 격분해서 소리쳤다.

후안은 속으로 미소를 지었다. 녀석이 드디어 미끼를 물었다고 생각한 것이다.

"죄, 죄송합니다. 고주망태가 된 한 경비병한테 들었는데, 정확하게 누군지는 모르겠습니다."

시동이 등을 돌렸다. 더 이상 대꾸해 봐야 시간 낭비라고 생각한 듯했다. 그러나 후안은 미끼를 문 물고기를 이대로 놓칠 수는 없었다.

"저기 나리, 마지막으로 하나만 더 여쭈어 볼 수 있도록 허락해 주십시오."

궁중에서는 늘 말단에서 윗사람들의 명령만 받던 시동이 갑자기 후안에게서 뜻하지 않은 예우를 받자 기분이 좋아 고개를 끄덕였다.

"나리, 대체 인간개라는 것이 무엇입니까?"

시동이 웃었다.

"공주마마께서 그리 부르는 게지. 원래는 그냥 평범한 난쟁이야. 공주님께서 길을 가시다가 우연히 궁지에 처한 난쟁이를 구해 주셨는데, 그 뒤로 개 옷을 해 입혀 인간개로 만든 거야. 인간개는 하루 종일 개가죽을 걸치고 다녀. 얼굴도 갈색이어서 진짜 개처럼 보이지. 하는 짓도 개와 비슷해서 우린 가끔 그놈이 사람인지 개인지 헷갈릴 때가 많아."

"얼굴이 갈색이라뇨?"

하여튼 상것들은 무식하기는……. 시동은 속으로 후안을 경멸하며 큰 소리로 일러 주었다.

"원래 갈색이 아니라 개처럼 분장을 했다는 뜻이야. 궁정화가 화방의 한 도제가 분장을 도맡아 하지."

화방 도제라! 후안은 속으로 쾌재를 불렀다. 그래, 어쩌면 이게 실마리가 되어 줄지 몰라.

"근데 마차를 가지러 간 녀석은 왜 이렇게 안 오는 거야?"

시동이 갑자기 소리를 쳤다.

"예, 나리, 제가 빨리 가서 마차를 대령하겠습니다."

후안은 마차에 말을 묶으면서 묵묵히 생각에 잠겼다. 마드리드에서 화방 도제들이 모이는 장소를 찾는 것은 그리 어려운 일이 아냐. 직인조합마다 자기네들끼리만 모이는 술집이 따로 있으니까. 근데 그 도제를 만나면 뭐라고 하지? 후안은 문득 강아지와 바르톨로메를 바꾸는 계획이 유치하기 짝이 없게 느껴졌다. 괜히 아이들 말을 들었다가

돈만 날리고 힘만 빼는 게 아닐까? 그러나 여기서 포기할
수는 없었다. 후안은 해질 무렵에 화가들이 자주 모이는
술집을 찾아 나섰다.

안드레스

———

화가조합의 회원들이 모이는 술집은 큼지막한 지하 공간에 있었다. 거리 쪽 입구에는 팔레트와 나무로 만든 붓이 쇠줄에 대롱대롱 걸려 있었다. 문을 열면 곧바로 가파른 계단이 나타났고, 계단을 내려가면 아치형의 현관이 기다리고 있었다. 손님들이 입구의 문을 열 때마다 담배 연기, 음식 냄새, 왁자지껄 떠드는 소리, 그리고 웃음소리가 거리 밖으로 봇물처럼 쏟아져 나왔다.

아치형의 현관은 기름 램프와 촛불을 밝혀 놓은 아늑한 공간으로 이어졌다. 예술가들이 모이는 술집답게 분위기가 독특하고 자유로웠다. 장사는 아주 잘되는 것처럼 보였다. 초저녁인데도 빈자리가 거의 눈에 띄지 않을 정도였다. 주인과 종업원 둘이 포도주 항아리와 잔과 음식을 들고 테이블 사이를 부지런히 오가고 있었다. 주방에서는 주인 아낙의 큰 목소리가 시도 때도 없이 흘러나왔다. 주인 아낙은 가끔 주방에서 목을 길게 뺀 채 술집 안을 한번 휙 둘러보고는 다시 사라지곤 했다. 여장부라 불러도 좋을 정도로 풍채가 좋고 옹골찼다. 술집 벽에는 그녀의 그림이 걸려 있었다.

안드레스와 파레하는 한구석의 빈자리에 앉아 포도주와 빵과 수프를 시켰다.

"내일 공주님이 돌아오신다는군."

파레하가 접시에 남은 수프를 빵에 싹싹 묻혀 입에 넣고는 말문을 열었다.

"이제 바르톨로메를 어떡하지?"

"어쩌면 바르톨로메를 벌써 잊었을지도 모르죠."

안드레스가 희망에 찬 어조로 말했다. 파레하가 고개를 흔들었다.

"그걸 믿고 마냥 손 놓고 기다릴 수야 없지. 또 그럴 가능성도 희박해 보이고. 뭔가 적극적인 방법이 필요할 것 같은데……."

두 사람은 한동안 침묵하며 포도주만 마셨다.

"공주님한테 부탁을 드리는 것 말고는 다른 방법이 떠오르지 않아요."

마침내 안드레스가 다시 입을 열었다.

"그건 안 돼. 그럴수록 공주님은 바르톨로메를 놓아주지 않으려고 할 거야. 다른 사람들이 원하는 것일수록 내주지 않으려고 하는 게 버릇없이 자란 응석받이 아이의 일반적인 성향이거든."

"누가 듣겠어요! 공주님을 그렇게 이야기하다가 들키면 바로 모가지예요."

안드레스가 손으로 목에 줄을 긋는 시늉을 하면서 싱긋 웃었다. 말은 이렇게 살벌하게 하면서도 웃을 수 있는 까닭이 있었다. 화가들만 들어오는 이 술집에는 관가의 염탐꾼이 없었다. 술집 주인도 예술가 손님들이 이따금 악의 없이 왕실과 궁정을 욕하고 헐뜯는 것에 이골이 나서 그런 소릴 들어도 그런가 보다 하고 넘어갔다.

단골손님의 얼굴을 전부 꿰차고 있는 술집 주인이 슬그머니 안드레스에게 다가가 무언가 은밀하게 할 이야기라도 있다는 듯이 허리를 숙여 나직이 말했다.

"저기 계산대 옆에 서 있는 사람이 자네하고 이야기를 좀 했으면 하던데."

"누구 만나기로 한 사람 있나?"

파레하가 의아한 표정으로 물었다.

"아뇨."

안드레스가 일어나 계산대 쪽으로 시선을 던졌다. 모르는 남자였다. 하지만 왕실 마부 제복을 입고 있는 것으로 보아 궁정에서 일하는 사람이 분명했다.

"이리 보내 주세요."

후안은 안드레스 앞에 어색하게 서 있었다. 상대를 어떻게 불러야 할지 정확히 가늠이 되지 않았다. 원래대로 하자면 화방 도제는 그저 젊은 기술자일 뿐이었다. 하지만 안드레스의 당당한 표정과 그 옆에 앉아 있는 중년 남자의 말쑥한 차림새와 진지하고 차분한 얼굴을 보는 순간 마음속에서 자연스레 조심스러움이 우러나왔다. 결국 후안은 허리를 약간 숙여 인사를 했다.

"저기, 제가 좀 이상한 질문을 드리더라도 부디 용서해 주시기 바랍니다. 혹시 바르톨로메를 아시는지요? 불구에다 난쟁이 아이입니다."

안드레스가 주먹으로 탁자를 쾅 내리쳤다.

"나더러 바르톨로메를 아느냐고요? 그 녀석 때문에 우리가 지금 이렇게 앉아 머리를 쥐어짜고 있다고요. 그 녀석을 어떻게 하면……."

파레하가 안드레스의 말을 중단시켰다.

"안드레스, 이분이 우리한테 할 말이 있어서 온 것 같으니까 일단 말부터 들어 보자고."

파레하가 후안에게 빈자리를 권했다.

"이리 앉으시죠. 포도주 항아리 하나와 잔을 시켜야겠

군."

파레하가 주인을 불러 주문을 했다. 후안이 자리에 앉으며 생각했다. 바르톨로메와 무슨 관계이기에 이 신사 분들이 머리를 쥐어짜고 있다는 것일까?

"우리한테 물어볼 말이 있다고 하셨는데, 그게 뭐죠?"

안드레스가 호기심에 찬 눈으로 후안을 빤히 보았다.

"예, 그러니까…… 저는……."

후안은 말을 더듬거렸다. 이제껏 한 번도 남들 앞에서 바르톨로메를 자신의 아들이라고 말한 적이 없었기 때문이다.

"괜찮아요. 말씀하세요."

안드레스가 기다리지 못하고 재촉했다.

"저는 바르톨로메의 아비 되는 사람입니다. 그 애를 다시 집으로 데려왔으면 해서요."

"바르톨로메의 아버지 되신다고요?!"

안드레스가 벌떡 일어나 다짜고짜 후안의 손을 잡고 정신없이 흔들었다.

"정말 재능이 뛰어난 아이를 두셨습니다. 축하합니다."

후안은 안드레스가 무슨 말을 하는지 도무지 알 수가 없어 얼굴에 낭패감과 당혹감만 잔뜩 드러내고 있었다. 파레하가 보기에 애처로울 정도였다.

"바르톨로메가 언젠가 안드레스 이 친구로부터 분장을

받기 위해 화방에 들렀습니다. 그런데 그림에 아주 관심이 많더군요. 그래서 안드레스가 화방도 이리저리 둘러보게 하고, 화방 일도 약간 거들게 했습니다."

"그림도 그리게 해줬어요. 그랬더니 재능이 바로 나타났어요. 그것도 보통 재능이 아니었어요. 바르톨로메 안에는 화가의 영혼이 숨어 있어요."

안드레스가 설명을 짧게 마무리 지었다.

그림, 화가, 재능? 후안은 도저히 갈피를 잡을 수가 없어 안드레스의 상기된 얼굴과 파레하의 신중한 얼굴을 차례로 둘러보았다.

"걔는 난쟁이예요. 그것도 불구가 심한 난쟁이죠."

후안의 목소리가 떨렸다. 안드레스가 다 안다는 듯이 고개를 끄덕였다.

"손과 눈과 머리는 정상입니다. 그림을 그리는 데는 그것만 있으면 충분합니다. 바르톨로메를 가르칠 수 있도록 허락해 주십시오."

"하지만 바르톨로메 같은 아이는 화가가 될 수 없어요!"

난쟁이같이 사회에서 천대받는 사람이 어떻게 화가가 된단 말인가? 후안은 이 남자들이 지금 농담을 하고 있다고 생각했다.

파레하가 고개를 끄덕였다.

"맞습니다. 바르톨로메는 화가가 될 수 없습니다. 조합에서 허락을 해주지 않겠죠. 하지만 재능이 있는 아이입니다. 제가 가르쳐 보겠습니다. 바르톨로메가 그림 기술을 완전히 익히면 아무 화방에서나 일자리를 찾을 수 있습니다. 물론 보수도 제법 받겠죠. 그러면 제 먹을 것은 제 손으로 충분히 벌 수 있습니다. 저축도 할 수 있을 겁니다."

후안은 완전히 얼이 빠졌다. 바르톨로메를 고향 마을로 데려다줄 방법을 찾으려고 이리로 왔을 뿐인데, 지금 자신 앞에 마주 앉은 사람들이 무슨 말을 하고 있는가? 난쟁이 불구 아들이 제 손으로 돈을 벌 수 있다니! 후안은 자신의 귀를 의심했다.

안드레스는 후안의 침묵을 잘못 해석했다.

"바르톨로메가 파레하 선생님 밑에서 배울 수 있도록 허락해 주십시오. 화가로서 공식 인정은 받지 못하지만, 중요한 건 그게 아닙니다. 바르톨로메 역시 화가가 될 수 없다는 건 잘 알고 있어요. 하지만 그림을 그리고 싶어합니다. 지금껏 개 껍데기를 뒤집어쓰고 남의 강요에 의해 살았던 그 끔찍한 삶보다는 분명 나을 겁니다."

후안은 부끄러워 고개를 들지 못했다. 안드레스의 말이 마치 자신을 향한 질책처럼 들렸기 때문이다.

"당시 저로서는 어쩔 수가 없었어요. 공주님께서는 길거리에서 바르톨로메를 발견하자마자 가지고 싶어하셨거든요. 일개 마부에 불과한 제가 무슨 힘이 있어 그걸 막겠습니까?"

파레하가 후안의 축 처진 어깨에 한 팔을 올렸다.

"지금 중요한 건 우리가 힘을 합쳐 공주님으로부터 바르톨로메를 되찾아 올 방법을 강구하는 겁니다. 그 아이의 장래 문제는 나중에 천천히 상의해도 늦지 않습니다."

"그런데 안타깝게도 현재로서는 공주님 앞에 무릎을 꿇고 바르톨로메를 놓아 달라고 부탁하는 것 외에는 떠오르는 생각이 없습니다."

안드레스가 솔직하게 고백했다.

"하지만 그건 역효과만 부를 게야."

파레하의 말이었다.

이윽고 두 화가가 기대에 부푼 시선으로 후안을 바라보자 후안이 당황한 얼굴로 입을 열었다.

"저희 식구들끼리 세운 계획이 하나 있긴 한데…… 그러려면 우선 바르톨로메에게 접근하는 것이 필요합니다. 이곳을 찾은 것도 그때문이죠."

후안이 몇 마디 말로 간단하게 계획을 설명했다.

"가능할지도 모르겠군요."

파레하가 신중하게 말했다.

"가능하게 만들어야죠. 방법은 잘 모르겠지만……."

안드레스가 답답한 표정을 지었다.

"바르톨로메가 공주님께 강아지를 선물하는 대신 자기

를 놓아 달라고 하면 들어주지 않을까요?"

후안이 물었다.

"그러지 않을 겁니다. 공주님은 분명 둘 다 가지려고 할 겁니다."

파레하가 대답했다.

"그럼 마술 같은 걸 쓸 수밖에 없겠군요."

안드레스가 웅얼거리듯이 말했다.

"무슨 마술?"

"바르톨로메를 사라지게 하고 대신 개를 나타나게 하는 거죠. 그러면 공주님은 바르톨로메가 진짜 개로 변신했다고 믿을 게 아닙니까?"

"그건 불가능합니다."

후안이 말했다.

파레하는 곰곰이 생각에 잠겼다. 아주 가까운 곳에 해결책이 있을 것 같은데……. 손만 뻗으면 잡힐 것도 같은데……. 마침내 파레하가 빙그레 웃음을 머금었다. 예전에 벨라스케스 스승님과 함께 로마 여행을 갔을 때의 일이 떠올랐다.

"그런 마술이라면 불가능한 건 아니지."

파레하가 자신감에 찬 목소리로 말했다.

마술

———

　니콜라시토가 화방 사람들에게 에워싸여 있었다. 요란하게 치장을 한 난쟁이를 바라보는 눈길이 다들 곱지 못했다. 진지한 얼굴의 파레하와 곳곳에 물감이 튄 가운을 입은 안드레스, 그리고 레온이 니콜라시토를 둘러싸고 있었다.

　바르톨로메는 약간 떨어진 대리석 타일에 앉아 있었다. 바르톨로메의 품 안에는 후스토가 안겨 있었다. 후안이 이른 아침에 궁궐 앞에서 안드레스를 만나 강아지를 건네준 것이다. 일이 뜻대로만 풀린다면 이 강아지는 몇 시간 뒤에 공주의 품에 안겨 있을 것이다. 그렇게만 되면 바르톨로메는 자유의 몸으로 독립적인 인생을 시작할 수 있을 것이다.

파레하는 후안과 상의해서 사전에 모든 것을 조치해 놓았다. 바르톨로메를 고향 마을로 보내지 않고 마드리드에서 그림 공부를 시키기로 합의했다. 호아킨이 제빵공 도제로 들어갔듯이 바르톨로메도 화가 밑으로 들어가 일을 할 것이다. 그렇게 되면 이따금 집에 들르기도 하고, 첫 월급을 타서 아버지에게 용돈도 드릴 수 있을 것이다. 바르톨로메가 상상으로나 꿈꾸던 일이 바로 눈앞에 현실로 다가온 것이다.

강아지가 주둥이를 비비며 바르톨로메의 품속으로 파고들었다.

"공주님도 분명 너를 좋아하실 거야."

강아지가 빨간 혓바닥으로 바르톨로메의 손을 핥았다.

"만일 공주님이 너를 괴롭히면 꽉 물어 버려. 알겠지? 공주님도 그냥 어린 소녀일 뿐이야. 너를 마음대로 할 권리는 없어. 그러니까 부당하다고 생각되면 맞서 싸워. 만일 공주님이 그런 너를 내치면 당장 화방으로 와. 내가 숨겨 줄 테니까."

바르톨로메가 강아지를 꼭 끌어안았다. 그 순간 후안 데 파레하의 힘찬 목소리가 바르톨로메의 귓전에 메아리쳤다.

"니콜라시토, 그 마술에 필요한 재주를 가진 사람은 너 하나뿐이야."

파레하가 진지하게 설명했다. 니콜라시토가 거만하게

고개를 끄덕였다.

"그건 알아. 하지만 내가 왜 그걸 해야 돼? 나한테 무슨 이득이 생긴다고!"

바르톨로메는 희망이 무너져 내리는 기분이었다. 사실 니콜라시토는 바르톨로메를 도울 이유가 없었다. 왜 그런 짓을 하겠는가? 바르톨로메가 고통을 받을수록 고소해하는 게 니콜라시토였다.

"다시 한 번 생각해 봐……."

안드레스가 더는 참지 못하고 나섰다. 생각 같아서는 당장이라도 꼴같잖게 시동 복장을 한 이 오만한 난쟁이의 귀싸대기를 올려주고 싶었다. 바르톨로메가 새로운 삶을 시작하도록 도와주면 어디가 덧나, 하고 호통도 치고 싶었다.

니콜라시토의 눈이 반짝거렸다. 은근히 자신에게 힘이 쏠리는 걸 느끼며 그것을 즐기고 있었다. 파레하가 가만히 안드레스의 어깨에 손을 올리며 만류했다. 흥분해 봐야 좋을 게 없었기 때문이다. 결국 안드레스는 할 말을 끝내지 못하고, 성난 눈으로 니콜라시토를 꼿꼿이 노려보았다. 니콜라시토는 싱긋 웃기만 했다.

파레하는 이 돌발 사건을 그냥 없던 일처럼 넘기며 계속 말을 이어 나갔다.

"마리아 아우구스티나 여관은 네가 자기를 제치고 공주

님에게 더 귀염을 받는 것에 화가 나 있어. 일전에 그 여관이 너를 보고 '공주님의 인형'이라고 하는 소리도 들었어."

바르톨로메가 귀를 쫑긋 세웠다. 니콜라시토가 공주님의 인형일 뿐이라고? 그럼, 공주님과의 우정 운운하며 뻐기던 것은 모두 허풍이었나?

"아냐, 거짓말이야!"

니콜라시토가 소리쳤다. 예쁘장한 그의 얼굴이 마치 토마토처럼 발갛게 달아올랐다.

"사실이야, 나도 들었으니까. 여관한테 복수해야 돼. 이번만큼 좋은 기회는 없어!"

레온이 거들었다.

니콜라시토는 곰곰이 생각했다. 내가 이 사람들의 계획을 성공시키면 아우구스티나 여관의 콧대를 완전히 누를 수 있어. 공주님도 나를 최고로 생각하겠지! 멋들어지게 성공만 하면……. 니콜라시토의 눈앞에 꿈같은 그림이 그려졌다. 어디 그뿐인가? 잘하면 그 도도한 아우구스티나 여관도 아예 궁에서 내쫓아 버릴 수 있을 것 같았다. 공주님만 내 편이면 제까짓 게 무슨 수로 덤비겠어?

하지만 다른 한편으론 하필이면 바르톨로메가 이 계획으로 자유를 얻게 된다는 사실에 화가 났다. 대체 저 병신 자식이 뭐가 좋아서 화가들이 저렇게 열성으로 도와주려고 하는 것일까? 이제껏 자신을 위해서는 저렇게 힘을 써 준 사람이 하나도 없었던 것이다.

　파레하가 니콜라시토의 심적인 갈등을 읽은 것 같았다.

　"이 마술은 아직 유럽의 어떤 궁정에서도 선보인 적이 없다. 동방에서 들여온 이 마술은 그곳에서도 가장 소중하게 보존되는 비밀 중의 비밀이다."

　거짓말이었다. 파레하는 한 이탈리아 백작의 저택에서 이 마술을 본 적이 있는데, 호기심에 마술사를 꾀어 그 비밀을 알아냈다. 마술의 원리는 단순했다. 하지만 두 개의 거울을 이용한 교묘한 장치가 필요했다. 파레하는 당시 이 비밀을 가르쳐 준 대가로 마술사에게 중간 크기의 초상화를 그려 주었다.

　"싫으면 관둬. 내가 할 테니까!"

　안드레스가 도저히 못 참겠다는 듯이 소리쳤다. 파레하가 고개를 흔들었다.

　"이 마술의 관건은 눈속임이야. 사람들의 눈을 속이는 기술을 완벽하게 갖추지 않고는 성공하기 어려워."

　니콜라시토의 마음이 흔들렸다. 자기를 두고 하는 말이 분명한 파레하의 말에 내심 어깨가 으쓱했다. 니콜라시토의 입가에 갑자기 음흉한 미소가 떠올랐다. 그래, 이자들의 말대로 하자. 그래서 내 예상대로 권력을 쥐지 못하면, 나중에 때를 봐서 마술의 속임수를 폭로하고 바르톨로메를 다시 인간개로 만들면 되지!

파레하는 니콜라시토의 음흉한 미소 뒤에 숨어 있는 교활한 생각을 간파했다. 네놈 생각대로 되진 않을 게다! 일단 바르톨로메가 공주의 품에서 벗어나기만 하면, 네놈이 그 아이를 계속 괴롭히는 걸 내가 가만 두고 보지는 않을 테니.

"알았어. 내가 할게."

마침내 니콜라시토가 동의했다. 바르톨로메는 그제야 안도의 한숨을 내쉬었다.

마술사로 니콜라시토를 선택한 파레하의 안목은 정확했다. 니콜라시토는 계획에 동참하기로 결정을 내리자마자 그렇게 열심일 수가 없었다. 자신이 주인공이 될 연극을 하나부터 열까지 철저히 준비해 나가고 있었다. 이것저것 빈틈없이 명령을 내렸고, 자신이 두를 검은 비단 망토를 만들게 했으며, 신비스러운 느낌이 들도록 자신의 얼굴에 특이한 분장까지 하게 했다.

공주가 느지막한 오후에 궁궐의 안뜰에 도착했을 때는 이미 모든 준비가 끝나 있었다.

니콜라시토는 공주가 마차에서 내리기만을 기다렸다. 옆에는 바르톨로메가 개 의상을 걸친 채 웅크리고 앉아 있었고, 뒤에는 큰 나무궤짝이 하나 놓여 있었다. 궤짝의 표면에는 알 수 없는 글자와 무늬들이 그려져 있었다. 파레하는 이 글자와 무늬들을 가리켜 아라비아에서 마술을 펼칠 때 쓰는 진정한 주문이라고 니콜라시토에게 설명해 주었다.

안드레스가 바르톨로메의 귀에다 대고 속삭였다.

"저것도 다 속임수야. 그냥 우리가 기분 내키는 대로 그린 거거든. 파레하 선생님은 아라비아어를 몰라. 어릴 때 유럽으로 왔으니까."

궤짝 안에는 후스토가 웅크리고 앉아 있었다. 거울로 가린 궤짝 속의 또 다른 공간이었다. 바르톨로메가 궤짝에다 얼굴을 대고 강아지에게 자분자분 이야기를 했다. 어두운 궤짝 속에 갇힌 강아지가 무서워서 난리를 치면 곤란했기 때문이다. 안드레스와 레온과 파레하도 아라비아 옷으로 갈아입고 니콜라시토 뒤에 얌전히 서 있었다.

니에토 시종관이 공주를 마차에서 번쩍 안아 올렸다. 공주는 뜨겁고 덜커덩거리는 긴 마차 여행으로 무척 지친 표정이었다. 마찬가지로 지치고 땀에 흠뻑 젖은 아우구스티나 여관이 공주 뒤를 따랐다. 그런데 우스꽝스럽게 옷을 차려입은 니콜라시토를 보는 순간 눈초리가 험악하게 치켜 올라갔다. 대체 저 녀석은 무슨 생각으로 저런 꼴을 하고 있는 것일까? 아우구스티나 여관은 니콜라시토를 당장 내쫓아 버리려고 했는데, 니콜라시토가 먼저 선수를 쳤다.

껑충껑충 공중제비를 돌며 공주에게 달려가 우스울 정도로 과장되게 허리를 숙이며 인사를 했다.

"어서 오십시오, 공주마마. 저는 머나먼 동방에서 온 천하에 둘도 없는 마술사인데, 고된 여행에 지친 공주마마를 위로해 드리기 위해 놀라운 마술을 준비했나이다…….."

순간 니콜라시토는 잠시 말을 멈추고, 긴 여행으로 옷이 엉망으로 구겨진 아우구스티나에게 의미심장한 눈길을 보냈다.

"……그동안 제가 없어 얼마나 지루하셨습니까? 제가 가뭄에 내리는 상큼한 단비처럼 공주마마의 지루함을 풀어 드리겠사옵니다."

공주가 생긋 웃음을 지었다. 피곤함도 잊고, 울적했던 기분도 단숨에 사라진 듯했다. 시종관의 팔에 안겨 있던 공주가 호기심 어린 눈길로 니콜라시토를 내려다보았다.

"제가 이 세상에서 가장 신기한 마술을 보여 드리겠습니다."

니콜라시토의 얼굴에 거만함이 잔뜩 묻어났다.

공주가 기대에 부풀어 박수를 치자 니콜라시토는 손으로 크게 원을 그리며 바르톨로메와 나무궤짝을 가리켰다.

"마법의 문아 열려라! 엔테로 마기스 라비린툼!"

니콜라시토의 말을 신호로 바르톨로메가 뒷발로 섰다. 이것이 마지막이라는 심정이었다. 그러나 공주는 바르톨로메를 거들떠보지도 않았다. 오로지 니콜라시토가 예고한 마술에만 관심을 보였다.

안드레스가 얼른 달려가 궤짝의 뚜껑을 열었다.

"이 궤짝은 비어 있습니다."

니콜라시토가 일부러 굵은 목소리를 내며 말했다. 그러고는 검은 망토에서 마술지팡이를 꺼내 궤짝 위에 동그랗게 원을 그렸다.

바르톨로메가 궤짝 안으로 기어들어 가자 안드레스가 뚜껑을 닫았다. 공주는 아예 시종관의 품에서 내려와 입을 쩍 벌리고 니콜라시토의 마술을 구경했다. 니콜라시토는 희한한 동작으로 마술지팡이를 공중에 휘저으며 자신이 직접 개발한 주문을 중얼거리기 시작했다. 그것을 신호로 안드레스와 레온과 파레하가 상자를 천천히 돌렸다. 궤짝의 나무판자가 바닥의 자갈에 부딪히면서 요란한 소리를 냈다. 혹시 날지 모를 상자 속의 소음을 듣지 못하게 하기 위해서였다.

상자 속에 들어가 있던 바르톨로메가 얼른 숨겨져 있는 거울문을 열고 강아지와 자리를 바꾸었다. 후스토는 반가워서 바르톨로메의 얼굴을 마구 핥아 댔다.

"그만해!"

바르톨로메가 강아지를 붙잡았다.

"조용히 있어야 돼. 절대 짖으면 안 돼, 알았지?"

바르톨로메가 조심스럽게 문을 닫자, 거울은 감쪽같이 다시 원래의 상태로 돌아갔다.

순간 돌아가던 궤짝이 멈추어 섰다. 화가들이 한 걸음 뒤로 물러나서 니콜라시토에게 절을 했다. 니콜라시토는 궤짝으로 다가가 단 한 번의 손동작으로 뚜껑을 홱 하고 날려 버렸다.

후스토는 갑자기 궤짝 속으로 쏟아지는 햇빛에 눈이 부신지 눈을 끔벅거리고 있었다. 천천히 다가온 공주가 궤짝을 들여다보고는 깜짝 놀라 소리쳤다.

"강아지야!"

후스토는 사람들이 가르친 대로 잘해 냈다. 냉큼 상자 밖으로 튀어나와 공주 앞에서 펄쩍펄쩍 뛰었다. 공주는 쪼그리고 앉아 팔을 뻗었다. 그러자 후스토는 공주의 품으로 펄쩍 뛰어오르더니 앙증맞은 소리로 멍멍 짖으며 귀여운 주둥이를 공주의 볼에 비벼 댔다. 공주는 순식간에 강아지에게 마음을 빼앗겨 버렸다. 뿌듯한 표정으로 옆에 서 있던 니콜라시토는 공주가 분명히 자신에게 사례를 하리라고 생각했다.

아우구스티나 여관은 니콜라시토가 자신을 바라보는 것을 느끼고는 얼른 치마를 여미며 공주를 따라갔다.

안드레스 일행이 재빨리 궤짝을 건물 안으로 나르는 것에 신경을 쓰는 사람은 없었다.

벨라스케스는 화방 창가에 서서 안뜰에서 벌어진 일들을 죄다 내려다보고 있었다. 자신의 걸작을 다시 수정해야겠다는 생각이 들었다. 갑자기 새로운 영감이 떠오른 것이다. 왕의 늘씬한 사냥개 대신 공주의 새로운 개를 그려 넣기로 마음먹었다. 강아지가 아니라 다 자란 개의 모습이었다. 훗날 후스토가 크면 윤기가 흐르는 진갈색의 털에 우람하고 늠름한 개가 될 것이다.

벨라스케스는 반쯤 마른 색깔층을 조심스럽게 긁어내기 시작했다. 그러자 아래쪽에 처음 그렸던 그림의 윤곽이 어렴풋이 드러났다. 벨라스케스는 파레하가 바르톨로메를 안고 화방에 들어와 자기 뒤에 서 있는 것조차 알지 못할 정도로 일에 열중했다.

"어째서 또 바꾸시는 거예요?"

바르톨로메는 또다시 그림 속의 자기 모습이 바뀐 것을 슬픈 눈으로 바라보며, 감히 궁정화가에게 질문을 던졌다.

벨라스케스가 화들짝 놀라며 고개를 돌렸다. 바르톨로메 얼굴에 불안이 가득했다.

"너를 그리려는 게 아니다. 너 대신 후스토의 다 자란 모습을 그려 넣을 것이다."

그제야 바르톨로메의 얼굴이 펴졌다.

"그럼 이제 여기 앉아 후스토에게 맞는 색깔을 섞어 보도록 해라. 물론……."

벨라스케스가 파레하에게로 눈길을 돌렸다.

"네 스승이 허락하신다면 말이다."

이 말은 이제부터 파레하를 바르톨로메의 스승으로 인정한다는 뜻이었다.

신분의 장벽으로 결코 공식적으로는 스승의 자리에 오를 수가 없었던 파레하가 목례를 했다.

"저는 스승님의 제자이고, 앞으로도 영원히 그러할 것입니다. 존경하는 스승님의 말씀이라면 언제든 쾌히 따를 뿐입니다. 그건 제 밑에서 배우는 사람들도 마찬가지일 것입니다."

벨라스케스가 흡족한 표정으로 고개를 끄덕거렸다. 파레하가 자신의 직분을 깨닫고, 바르톨로메에게도 그러한 태도를 가르치리라는 믿음이 갔던 것이다.

바르톨로메는 아무래도 상관없었다. 중요한 건 그림을 그릴 수 있다는 사실이었다.

바르톨로메는 물감통에서 신중하게 후스토에게 맞는 색깔을 골라냈다. 창문을 통해 후스토에게 재주를 가르치는 니콜라시토의 목소리가 들려왔다. 공주의 웃음소리가 궁중 높이 울려 퍼졌다.

다시는, 다시는 그렇게 살지 않을 거야! 바르톨로메는 갈색 물감을 부지런히 저으며 다짐했다.

디에고 벨라스케스, 「시녀들」

1980년대 어느 미술잡지에서 미술계 인사들에게 '역사상 최고의 명화는 무엇인가'라는 도발적인 질문을 던진 적이 있는데, 놀랍게도 열에 아홉이 벨라스케스의 「시녀들」(Las Meninas)을 꼽았다고 한다. 일반인들에게는 인기가 없지만 전문가들 사이에선 평판이 높은 영화나 문학작품이 있듯이 이 그림 역시 그런 축에 속하는가 보다.

디에고 벨라스케스(Diego Velázquez, 1599~1660)는 스페인 펠리페 4세의 조정에서 궁정화가로 이름을 날린 화가였다. 사실주의 화풍의 그는 왕족의 인물화나 초상화뿐 아니라 백성들의 궁핍한 일상이나 궁정에서 생활하는 난쟁이, 어릿광대들의 초상화를 그리면서 다른 궁정화가들과는 달리 소외받는 사람들에 대한 남다른 관심을 표시하였다. 그의 걸작으로 꼽히는 「시녀들」에서도 시녀, 난쟁이, 개가 신분의 귀천과는 상관없이 똑같은 비중으로 그려져 있다.

그림을 함께 감상해 보자. 「시녀들」은 국왕 부처의 초상화를 그리는 벨라스케스의 화방에 공주 일행이 잠깐 들른 순간을 포착한 그림이다. 우선 화면 왼쪽에 팔레트를 들고 캔버스 앞에 우뚝 서 있는 화가의 모습이 눈에 띄고, 그 옆으로 공주를 중심으로 시녀 둘과 난쟁이 둘, 그리고 개가 보인다. 왕과 왕비는 어디 있을까? 뒷벽에 걸린 거울에 왕과 왕비의 모습이 비친다. 그렇다면 왕과 왕비는 지금 우리가 그림을 보는 위치에 앉아 있는 셈이다. 화가는 국왕 부처를 보고, 마르가리타 공주 역시 왕과 왕비에게 시선을 던지고 있다. 오른쪽의 시녀가 절을 하는 대상도 당연히 국왕 부처다. 그런데 국왕 부처의 초상화를 그리는 자리임에도 정작 그림의 주인공은 팔레트를 들고 있는 화가 자신과 빛이 집중된 공주처럼 보인다. 이 때문에 그림은 전체적으로 묘한 인상을 풍긴다. 보통의 그림이라면 모델이 화면에 나타나지만 여기선 거꾸로 모델이 화가와 구경꾼들을 보고 있다. 즉 '보는 자'와 '보이는 자', 주체와 객체의 위치가 뒤바뀌어 연극의 배우가 관객을, 소설의 주인공이 작가와 독자를 바라보는 구도다. 이 그림은 이런 특이한 구도와 중후한 색감으로 묘한 울림과 묘미를 자아내고, 미술사적으로 많은 이야깃거리를 낳았다.

『바르톨로메는 개가 아니다』(Kein Hundeleben für Bartolomé)의 작가 라헐 판 코에이(Rachel van Kooij)는 이 그림에서 사람이 아닌 개에 초점을 맞추고 있다. 응석받이 공주의 애완견으로 보이는 개는 난쟁이 어릿광대가 등에 발을 올려놓고 짓밟아도 무심한 표정으로 묵묵히 참고 있다. 작가는 이 개의 모습에서 당시 사람들에게 버림받고 개로서 살기를 강요당한 바르톨로메라는 소년을 보았다.

혼자서는 걷기조차 힘든 난쟁이 꼽추 바르톨로메는 남에게 모습을 드러내지 않는다는 조건으로 공주의 마부로 취직한 아버지를 따라 마드리드로 온다. 그러나 골방에만 갇혀 지내야 하는 마드리드에서의 삶은 감옥이나 다름없었다. 당시 바르톨로메 같은 장애인은 사람이 아니었다. 중세의 기독교적 가치관에 따르면 난쟁이나 불구는 하늘로부터 벌을 받은 불완전한 인간이었다. 그러니 멸시와 조롱을 받아도 당연했다. 이런 가혹한 환경 속에서도 희망을 버리지 않고 살아가던 바르톨로메는 우연히 길에서 공주의 눈에 띄어 공주의 노리개가 되었다. 이제부터는 공주의 인간개가 되어 개처럼 기고 짖어야 했다. 이런 바르톨로메에게 유일한 벗과 희망이 되어 준 것은 궁정화가 벨라스케스의 화방과 그림이었다. 개 의상을 뒤집어쓰고 개처럼 분장한 바르톨로메에게 인간의 모습을 일깨워 준 것은 그림의 세계였다. 겉으로 보이는 것이 아니라 대상 속에 숨어 있는 원래의 모습을 드러내는 것이 회화이기 때문이다. 회화는 표면에 드러난 그대로를 재현하는 사진과는 달리 여러 색깔을 겹쳐 사물 속에 숨겨진 깊은 맛이 우러나오게 하는 예술이다. 예를 들어 밤하늘을 그리더라도 검은색 하나만 칠하지 않고 흰색, 노란색, 파란색을 겹쳐서 칠할 수 있다. 떠오를 아침 해에 대한 기대와 별빛, 달빛, 깊은 우주에 대한 경건함, 거기다가 화가의 소망까지 시커먼 하늘에 담겨져 있기 때문이다. 이처럼 회화는 겉으로 드러나지 않는 대상의 깊은 본질을 선과 색채로 포착하는 예술 장르이다.

벨라스케스는 개의 그림 속에 비록 몸은 불편하지만 누구보다 순수한 열정과 영혼을 담은 한 소년의 모습을 집어넣었다. 그로부터 350여 년 뒤 이 책의 작가는 개의 껍질을 벗겨내고 그 속에 잠들어 있는 인간의 권리와 주어진 환경에서 묵묵히 최선을 다하고 희망을 찾아나가는 인간의 모습을 보았다. 물론 이것은 해석의 오해일 수도 있지만, 역사라는 것이 해석의 산물이라는 것을 감안하면 '행복한 오해'라는 이름을 붙여도 무방할 것이다. 역사적 사실과 문학적 상상력이 만나는 지점이 바로 이 행복한 오해일 테니까.

박 종 대

바르톨로메는 개가 아니다

Kein Hundeleben für Bartolomé

2017년 7월 3일 1판 1쇄

지은이	라헐 판 코에이
옮긴이	박종대
편집	김태희, 장슬기, 나고은, 김아름
디자인 기획	PaTI(파주타이포그라피학교)
	아트디렉션 오진경, 디자인 곽해나, 그림 윤재희
제작	박홍기
마케팅	이병규, 양현범, 박은희
인쇄	천일문화사
제책	J&D바이텍

펴낸이	강맑실
펴낸곳	(주)사계절출판사
등록	제406-2003-034호
주소	(10881) 경기도 파주시 회동길 252
전화	031)955-8588, 8558
전송	마케팅부 031)955-8595 편집부 031)955-8596
홈페이지	www.sakyejul.co.kr
전자우편	skj@sakyejul.co.kr
페이스북	facebook.com/sakyejul
인스타그램	www.instagram.com/yoloyolo_book

ISBN 979-11-6094-055-8 04850
ISBN 979-11-6094-050-3 (세트)

이 도서의 국립중앙도서관 출판시도서목록(CIP)은 서지정보유통지원시스템 홈페이지
(http://www.nl.go.kr/cip.php)와 국가자료공동목록시스템(http://www.nl.go.kr/kolisnet)에서
이용하실 수 있습니다.(CIP제어번호: CIP2017013575)